Natascha Wodin, 1945 als Kind sowjetischer Zwangsarbeiter in Fürth/Bayern geboren, wuchs erst in deutschen DP-Lagern, dann, nach dem frühen Tod der Mutter, in einem katholischen Mädchenheim auf. Sie übersetzte aus dem Russischen und lebte zeitweise in Moskau. Auf ihr Romandebüt «Die gläserne Stadt» (1983) folgten zahlreiche Veröffentlichungen, darunter «Einmal lebt ich» – auf dem «Irgendwo in diesem Dunkel» basiert – und «Nachtgeschwister». Für «Sie kam aus Mariupol» erhielt sie den Alfred-Döblin-Preis, den Preis der Leipziger Buchmesse und den August-Graf-von-Platen-Preis. 2019 wurde ihr der Hilde-Domin- Preis für Literatur im Exil zugesprochen. Natascha Wodin lebt in Berlin und Mecklenburg.

«Mit dem Doppel der autobiografischen Bücher über ihre Eltern hat Natascha Wodin sich einen Platz in der vordersten Linie der deutschen Literatur erobert.»
Uwe Schütte, der Freitag

«Natascha Wodin hat ein weiteres ungeheuerliches Buch verfasst (...). Dass sie die Schweigespirale in ihrer Familie mit ihrem literarischen Schaffen durchbrochen hat, ist der Kern ihres Lebenswerks.»
Stefan Berkholz, SR 2

«Wie Natascha Wodin ihre eigene Nachkriegskindheit aus Schweigen, Gewalt und Rebellion beschreibt, (...) das kann dem Leser, der Leserin das Herz zerreißen.»
Natascha Freundel, NDR Kultur

«Das aktuelle Buch ist nichts weniger als der stille, zurückhaltende Triumph einer Autorin über die Traumata ihrer Biografie.» *Holger Heimann, ORF*

Natascha Wodin

IRGENDWO IN DIESEM DUNKEL

ROWOHLT TASCHENBUCH VERLAG

Das vorliegende Buch ist in Anlehnung an Natascha Wodins Roman «Einmal lebt ich» entstanden, der 1989 beim Luchterhand Literaturverlag, Frankfurt am Main, und 1992 auch bei der dtv Verlagsgesellschaft, München, erschienen ist.

2. Auflage Mai 2022
Veröffentlicht im Rowohlt Taschenbuch Verlag, Hamburg, Februar 2020

Das Gedicht auf Seite 142 von Natalja Gorbanewskaja erschien 1998 beim «Verband junger Literaten ‹Babylon›» und wurde von Natascha Wodin aus dem Russischen übersetzt.
Covergestaltung any.way, Barbara Hanke/Cordula Schmidt, nach einem Entwurf von Anzinger und Rasp, München
Coverabbildung privat
Satz aus der Unico bei Pinkuin Satz und Datentechnik, Berlin
Druck und Bindung GGP Media GmbH, Pößneck, Germany
ISBN 978-3-499-27449-7

Für Oleg Dobrozrakow
in Dankbarkeit und Liebe

Es war ein stürmischer, verregneter Tag im Dezember. Ich steuerte das Auto durch die fränkische Mittelgebirgslandschaft, die kahl und abweisend unter den grauen, schnell ziehenden Wolken lag. Längst war der Ort, an dem ich den größten Teil meiner Kindheit und Jugend verbracht hatte, ein innerer Ort für mich geworden, der kaum noch Ähnlichkeit hatte mit der Realität, die ich jetzt durchs Autofenster sah. Der Wind schleuderte große, vereinzelte Regentropfen gegen die Windschutzscheibe, prallte in wütenden Böen aufs Dach.

Seit meinem letzten Besuch war eine lange Zeit vergangen. Ich fragte mich, ob die «Häuser» noch standen, in denen wir gewohnt hatten, die primitiven, für ehemalige Zwangsarbeiter erbauten Nachkriegsblocks, die außerhalb der ländlichen Kleinstadt lagen, an der Regnitz, die schon in den sechziger Jahren zu einem Teil des Rhein-Main-Donau-Kanals geworden war. Im Vorbeifahren konnte ich sie nicht sofort entdecken, erst auf den zweiten Blick begriff ich, was sich verändert hatte: Die Blocks waren verschwunden, jedenfalls deckte sich, was ich jetzt sah, nicht mit meiner Erinnerung. Mich blickten ganz neue, pastellfarbene Fassaden mit modernen Kunststofffenstern an, hinter denen Wohnungen mit Zentralheizung und Warmwasser zu vermuten waren. Man hatte die Blocks nicht abgerissen, ganz im Gegenteil, man hatte sie saniert. Es erschien mir unwirklich, aber nun gehörten sie zur Stadt, waren eingebettet in ein belebtes Neubaugebiet. Wer jetzt hier wohnte, sah aus den Fenstern nicht in die Wildnis, in das Niemandsland, das zwischen uns und den Deutschen gelegen hatte, sondern auf ein Einkaufszentrum an einer stark befahrenen Straße. Der einst abseitige, wie aus der Welt verbannte Ort war in einer gewöhnlichen Wohnlandschaft aufgegangen, im Organismus der Stadt, die für mich, als ich in den fünfziger und sechziger Jahren hier gewohnt hatte, der unerreichbare Planet der Deutschen gewesen war. Nichts hatte ich mir damals mehr gewünscht, als den «Häusern» zu entrinnen. Nun, im Jahr 1989, da kaum noch etwas an ihr früheres Erscheinungsbild erinnerte, war mir, als hätte man mir etwas genommen, das, ohne dass ich es wusste, ein Teil von mir geworden war.

Ich parkte vor dem Friedhof, wir stiegen aus. Meine Schwester machte eine zu laute, schrill klingende Bemerkung, Wolfgang, meine Freundin Heike und ich schwiegen. Zwei Minuten später standen wir vor der Scheibe des Leichenschauhauses, das mir von früher noch so gut bekannt war, und da sah ich ihn, den offenen Sarg, in dem der tote Körper meines Vaters lag. Der Anblick seines Todes erschien mir viel selbstverständlicher und natürlicher als das Leben seiner letzten Jahre.

Fast bis zu seinem siebzigsten Lebensjahr war er von zäher, beinah unnatürlicher Gesundheit gewesen, aber eines Nachts, als er zur Toilette gehen wollte, fiel er neben dem Bett hin und konnte nicht mehr aufstehen. Er war 1944 mit meiner Mutter aus der südukrainischen Hafenstadt Mariupol nach Deutschland gekommen, wo er als Zwangsarbeiter in einem Rüstungsbetrieb der Firma Flick arbeiten musste. Die ersten Jahre nach dem Krieg hatten wir in Lagern für Displaced Persons verbracht, schließlich wurde uns eine Wohnung in jenen Blocks zugewiesen, an denen ich eben vorbeigefahren war. Damals hatte man sie speziell für ehemalige Zwangsarbeiter erbaut, die, seit sie aus der Verantwortlichkeit der amerikanischen Besatzungsmacht entlassen und den deutschen Verwaltungsorganen übergeben waren, heimatlose Ausländer genannt wurden. Hier lebte mein Vater bis zu seinem Schlaganfall inmitten von Osteuropäern, auf einer Insel, auf der die deutsche Sprache weitgehend unbekannt war, allenfalls als eine Art Hilfsesperanto, mit dem sich die in babylonischer Sprachverwirrung lebenden Verschleppten aus dem gesamten osteuropäischen Raum radebrechend miteinander verständigten. In dem Altersheim, in das er nach dem Schlaganfall umziehen musste, befand er sich zum ersten Mal unter Deutschen, aber obwohl er jetzt Tür an Tür mit ihnen wohnte, gelang es ihm auch hier, seine deutsche Umwelt zu ignorieren – er lebte noch fünfzehn Jahre lang so weiter, als existiere diese Umwelt gar nicht. Die einzigen deutschen Wörter, die er in fast fünf Jahrzehnten in Deutschland gelernt hatte, waren «brauche» und «brauche nix». Das genügte ihm, um seiner deutschen Umgebung alles zu sagen, was er ihr zu sagen hatte.

Abgesehen von meiner Schwester, die weit entfernt wohnte und die er nicht öfter als einmal im Jahr sah, war ich, soviel ich wusste, bis zu seinem Tod der einzige Mensch, mit dem er sprach, einmal in vierzehn Tagen etwa, wenn ich ihn besuchte in seinem Zimmer mit Waschbecken und Balkon, den er nie benutzte, weil er den Blick in die Tiefe nicht mehr vertrug. Wie er sich mit dem deutschen Pflegepersonal verständigte, wusste ich nicht. In allen Angelegenheiten, die, wie minimal auch immer, über das

Alltägliche hinausgingen, hatte er seit dem Tod meiner Mutter immer mich oder meine Schwester als Dolmetscherin gebraucht. Schon als Zehnjährige musste ich auf Ämtern dolmetschen, Formulare ausfüllen und alle anderen Verbindungen zur deutschen Umwelt herstellen, die sich nun einmal nicht vermeiden ließen. Seit das Leben meines Vaters in die Zuständigkeit der Medizin übergegangen war, wagte ich es kaum noch, meinen Wohnort zu verlassen, da ich jeden Augenblick gebraucht werden konnte zur lebensnotwendigen sprachlichen Vermittlung zwischen ihm und den Ärzten.

Im Jahr 1900 geboren, war er sein Leben lang immer so alt gewesen wie das Jahrhundert. Wann immer ich das Datum auf ein Blatt geschrieben hatte, standen die letzten zwei Zahlen für das Alter meines Vaters. Aber die Zeit blieb nicht stehen mit seinem Tod. Ich sah auf seine Leiche, und vor ihren Anblick schob sich ein weit zurückliegendes Bild, die Schlüsselszene unserer Beziehung. Ich war zehn Jahre alt, als meine Mutter sich im Oktober 1956 in der Regnitz ertränkte. Zu dieser Zeit war mein Vater nicht zu Hause, sondern auf Tournee mit dem russischen Kosakenchor, in dem er damals sang. Die Behörden suchten nach ihm, konnten ihn aber nicht finden. Mindestens zwei Wochen lang lag die Leiche seiner jungen Frau in einer Kühlkammer, während man erfolglos nach ihm fahndete. Ich hatte schon fast aufgehört, auf ihn zu warten, er schien für immer verschollen, da fand man ihn irgendwo in Spanien, und kurz darauf traf er zu Hause ein. Ich war gerade draußen, jemand rief es mir zu, und ich rannte sofort los, ich flog. Außer ihm und meiner Schwester, die erst vier Jahre alt war, hatte ich niemanden mehr. Er stand auf der Treppe vor unserer Wohnungstür, für die er keinen Schlüssel hatte, mit Hut, in seinem straff gegürteten Popelinemantel, neben ihm sein abgestellter Koffer. In meiner Vorstellung war ich jetzt, da seine Frau nicht mehr lebte, als die ältere seiner zwei Töchter ins Zentrum seines Lebens gerückt, seine erste Bezugsperson, mit der er alle wichtigen Dinge teilen und besprechen würde. Ich stürzte außer Atem auf ihn zu, aber in einer einzigen Sekunde prallte ich an ihm ab – an dem grün schimmernden Popeline seines Mantels, an seinem versteinerten Gesicht, in dem sich keine Miene verzog, als er mich erblickte. Er hatte im Treppenhaus nicht auf mich gewartet, sondern auf den Schlüssel. Wortlos nahm er ihn mir aus der Hand und schloss die Tür auf.

Auf meinem nächsten Erinnerungsbild saß er in der Küche und rauchte, eine Zigarette nach der anderen, Nacht für Nacht. Ich wusste, worüber er nachdachte, während er in den Rauch starrte, den er aus seinen Lungen ausstieß. Er musste wieder auf Tournee, er hatte nichts anderes als seine Stimme, um Geld zu verdienen, und er wusste nicht, wohin mit meiner Schwester und mit mir. Seine Frau hatte ihn allein gelassen mit den zwei Kindern, sie hatte ihn zum Witwer einer Selbstmörderin gemacht, ihn, den schon gealterten sechsundfünfzigjährigen Mann, den Fremdling, der sich mit nichts auskannte in Deutschland und keine Ahnung hatte, wie es jetzt weitergehen sollte. Ich stand im Nachthemd auf dem dunklen Flur und sah durchs Schlüsselloch in die Küche, sah meinen Vater am Tisch sitzen, mit seiner schwarzen Zigarettenspitze in der Hand, die er in kurzen Abständen zum Mund führte. Er saugte den Rauch mit zugekniffenen Augen ein, hielt ihn einen Atemzug lang in sich fest, dann stieß er ihn wieder aus, in das graue Gewölk, in dem er saß, reglos wie eine Sphinx, während sich hinter der steilen Falte auf seiner Stirn mein Schicksal entschied.

Immer, seit ich denken konnte, war es ein Fluch für mich gewesen, das Kind meiner Eltern zu sein. Ich wollte nicht zu einer Welt außerhalb der Welt gehören, zu den Fremden, den Aussätzigen, die hinter der Stadt wohnten, von allen gemieden und verachtet, irgendein Abschaum, von dem ich nicht wusste, wo er herkam und wie er entstanden war. Ich wollte deutsche Eltern haben, in einem deutschen Haus wohnen, wollte Ursula oder Susanne heißen. Nun, nachdem mein Vater eine Entscheidung getroffen hatte, kam ich der Erfüllung dieses Wunsches schwindelerregend nah.

Für meine Schwester hatte er eine Unterkunft bei zwei alten Frauen gefunden, die als einzige Deutsche noch hinter unseren Blocks in einem verwunschenen Häuschen am Fluss wohnten. Frau Lerner war eine aufgeschwemmte, herzkranke Alte mit wasserblauen Augen, die, wann immer meine Mutter sich über den Zaun hinweg mit ihr unterhalten hatte, um ihren Sohn weinte, der Pfarrer geworden war und irgendwo weit entfernt am Ort seiner Pfarrei lebte. Ihre winzige, ausgedorrte Schwester Kuni, eine alte Jungfer, ging so gekrümmt, als würde sie mit ihrer Nase die Erde pflügen. Wie mein Vater den beiden seinen Wunsch vermittelt hatte, eine seiner Töchter bei ihnen abzugeben, wusste ich nicht. Vielleicht hatte er jemanden aus den Blocks zum Dolmetschen mitgenommen, vielleicht hatten die mitfühlenden christlichen Frauen den russischen Witwer auch ohne Worte verstanden. Jedenfalls packte er einen Pappkoffer und lieferte meine Schwester in dem abgelegenen Häuschen am Fluss ab. Sie war verwirrt, verstand nicht, dass ihre Mutter tot war und nicht wiederkommen würde.

Den Platz für mich hatte er über eine Russin gefunden, mit der meine Mutter einmal befreundet gewesen war. Sie war keine von uns, sondern wohnte mit ihrem deutschen Mann, einem Rechtsanwalt, in einem der feinen Häuser in der Gartenstraße. Meine Mutter hatte sie manchmal besucht, bis der Rechtsanwalt, der auf seinen Ruf achten musste, seiner Frau den Umgang mit einer Bewohnerin der «Häuser» verbot. Offenbar hatte mein Vater es dennoch gewagt, sie aufzusuchen, jedenfalls machte sie ihn mit der deutschen Kriegerwitwe bekannt, die sich bereit erklärte, mich, die russische Halbwaise, gegen ein angemessenes Pflegegeld bei sich aufzunehmen.

Frau Drescher wohnte im Neubauviertel der Stadt, in einem der ersten futuristischen Hochhäuser mit Lifts und bunten Balkonen. Sie war eine große, hagere Frau, die immer eine Kittelschürze trug und jeden Samstag zur Wasserwelle ging. Ihre Tochter Rotraud, eine unterkühlte, spitzzüngige Schönheit, wurde von ihr ständig instruiert, wie sie ihren Freund, einen vielversprechenden jungen Ingenieur, behandeln müsse, um ihn auf Dauer zu halten. Rotraud sagte immer nur «pah», lackierte sich die Fingernägel mit Perlmuttlack oder drückte Mitesser vor dem Spiegel aus. Frau Dreschers Sohn, der kleine, dicke Bernhard, elfjährig wie ich, machte mit seiner Schwerfälligkeit seinem Namen alle Ehre – er ähnelte einem Bernhardiner.

Jeden Tag gab es zum Abendbrot etwas, das Schnittchen hieß. Ich kannte dieses Wort nicht und hatte Vergleichbares noch nie gesehen. Die dünn geschnittenen, präzise geviertelten Brotscheiben waren belegt mit Wurst, Gürkchen,

Käse, Lachsschnitzeln oder gekochten Eiern mit Schnittlauch. Bei uns zu Hause hatte es immer nur Borschtsch und andere dickflüssige Suppen mit klobigen Brotstücken gegeben, auch das deutsche Essen, das ich in einem Erholungsheim für unterernährte Nachkriegskinder kennengelernt hatte, war nicht zu vergleichen mit Frau Dreschers Schnittchen, die allein durch ihren Anblick den ganzen Appetit in mir erweckten, den ich nie gehabt hatte – sie schienen mir der ureigentliche Ausdruck des Deutschen zu sein. Ich stopfte ein Schnittchen nach dem andern in mich hinein, ich konnte nicht genug davon bekommen, aber nach ein paar Tagen, in denen ich die befremdeten Blicke der anderen schon deutlich auf mir gespürt hatte, erklärte mir Frau Drescher, dass für die Mengen, die ich verschlang, das Geld nicht reichen würde, das mein Vater ihr für mich bezahlte. Immer war ich bisher ermahnt worden, mehr zu essen, weil ich so mager war, jetzt erfuhr ich, dass es unanständig sei, so viel zu essen. Mein Anteil an den Schnittchen wurde reduziert, aber mein Appetit war nicht das Einzige, was Frau Drescher an mir missfiel. Das Geld meines Vaters stand in keinem Verhältnis zu der Zumutung, die ich für sie darstellte. «Man merkt sofort, wo du herkommst», waren ihre geflügelten Worte, die ich schon mein Leben lang hörte. Sie trafen ins Schwarze meiner Scham und zerstörten immer wieder meine Hoffnung, dass mir gerade meine Herkunft aus den «Häusern» vielleicht doch nicht anzumerken sei.

Ich fraß Frau Drescher nicht nur die wassergewellten Haare vom Kopf, ich war auch ungezogen, faul, frech, ich log, wenn ich den Mund aufmachte, ich vernachlässigte meine Hausaufgaben und zierte mich, wenn ich mich morgens gemeinsam mit Bernhard im Bad ausziehen und waschen sollte. In dieser Scham erkannte Frau Drescher ein Zeichen meiner Verdorbenheit. Immer wieder klatschte mir ihre harte Kriegerwitwenhand ins Gesicht, und mehrmals musste ich meinem Vater auf Russisch Briefe schreiben, in denen ich ihn im Namen von Frau Drescher aufforderte, entweder mehr Pflegegeld für mich zu überweisen oder mich sofort wieder abzuholen. Mein Vater, dem die Post durch eine Konzertagentur nachgesandt wurde, antwortete nicht, er schien erneut verschollen, aber eines Tages stand er in seinem Popelinemantel unangekündigt vor der Tür. Ohne seinen Hut abzunehmen, ließ er Frau Dreschers wütende Klagen und Vorwürfe über sich ergehen, dann nahm er wortlos den Koffer mit meinen gepackten Sachen entgegen und brachte mich ins städtische Waisenhaus.

Ich sehe einen rostigen Maschendrahtzaun vor mir, einen großen kalten Waschraum mit vielen Wasserhähnen und meine Füße in hässlichen braunen Schnürschuhen. Diese Füße sehe ich rennen, immerzu rennen, ich weiß nicht, warum und wohin, doch ich erinnere mich, dass ich gedacht habe, ich muss doch schwarze Schuhe tragen, weil meine Mutter gestorben ist, alle tragen Schwarz, wenn jemand gestorben ist, aber meine Schuhe, in denen ich renne und renne, die sind braun.

Lange durfte ich nicht im Waisenhaus bleiben, weil ich keine Vollwaise war, sondern noch einen Vater hatte. Nach einer Zeit, an deren Dauer ich mich nicht erinnere, musste er mich erneut abholen, und gleich darauf starb Frau Lerner, bei der meine Schwester untergebracht war, an ihrer Herzkrankheit. Die krumme Kuni, die allein zurückblieb, konnte sich selbst kaum versorgen, geschweige denn ein Kind. So verlor auch meine Schwester ihre Bleibe. Und wieder saß mein Vater Nacht für Nacht in der Küche und rauchte.

Hilfe kam diesmal von Frau Lerners Sohn, dem katholischen Pfarrer. Er hatte Beziehungen zur Bischofsstadt Bamberg und vermittelte uns, meiner Schwester und mir, Plätze in einem katholischen Mädchenheim. Es wurde von Nonnen geführt, die sich Schwestern vom Göttlichen Erlöser nannten. Hinter den schweren alten Klostermauern verschwanden wir für fast fünf Jahre aus der Welt.

Daran erinnerte ich mich, während ich durch die Glasscheibe auf meinen toten Vater sah. Ich wusste, dass es gegen die Regeln moderner deutscher Bestattungspietät verstieß, aber ich hatte ihn nach russischer Sitte im geöffneten Sarg aufbahren lassen. Einer dunklen Logik folgend, hatte das von mir beauftragte Bestattungsinstitut ihm, dem im Leben so viel Gewalt widerfahren war, auch im Tod noch Zwang angetan. Immer war mein Vater akkurat rasiert gewesen, erst in den letzten Monaten seines Lebens, als er den Rasierapparat nicht mehr halten konnte, war ihm ein dünner, filziger Bart gewachsen. Die zwei weißen Spritzer in diesem Bart verrieten den Grund für den lächerlichen Ausdruck seines Totengesichts. Sie mussten von der Masse stammen, mit der seine Mundhöhle gefüllt worden war, das zahnlose Loch, in das er mit der letzten Atemluft seine Lippen eingesogen hatte, und bei der Behebung dieses Malheurs war man nicht gerade sorgfältig vorgegangen. Die nach außen geschürzten Lippen kräuselten sich über der Füllmasse in seinem Mund, es sah aus wie bei einem albernden Kind, das im Begriff war, jemanden anzuprusten.

Er trug die Kleidung, die ich für ihn ausgesucht hatte,

seinen dunkelblauen Sonntagsanzug, das weiße Hemd und die silbergraue Krawatte, auf die er stets bei feierlichen Anlässen zurückgekommen war. Die Sachen passten ihm nicht mehr, sein winziger, kaum noch vorhandener Körper versank in den Falten des verrutschten Jacketts, der abstehende Hemdkragen gab seinen dünnen, runzligen Hals preis, der mich an den eines gerupften Huhns denken ließ. Alle seine Glieder schienen sich auf dem Transport zum Friedhof verzogen zu haben, er lag schief und krumm in dem hölzernen, mit Rüschenpapier ausstaffierten Kasten, die Hände waren über dem weißen Pappmaché gefaltet, mit dem der untere Teil seines Körpers bedeckt war. Irgendeinen Rest meines einstigen, zu meiner Kindheit und Jugend gehörenden Vaters erkannte ich in diesen Händen, die in den letzten Jahren kaum noch ein Wasserglas hatten halten können und jetzt an die gefältelten, fast stofflosen Flügel einer Fliege erinnerten, aber selbst dieser Anblick rührte noch an den Schrecken, den sie mir früher eingeflößt hatten.

Als Kind und als Jugendliche hatte ich meinem Vater inbrünstig den Tod gewünscht. Ich hatte mir vorgestellt, wie ich ihn meuchlings in den Fluss stieß, in dem meine Mutter sich ertränkt hatte, wie ich ihn vergiftete oder mit einem Messer erstach, ich hatte ihn als siechen, gelähmten alten Mann vor mir gesehen, der mir auf Gedeih und Verderb ausgeliefert war. Wenn er eines Tages, schwach und hilflos geworden, auf mich angewiesen sein würde, wollte ich ihn eiskalt seinem Untergang überlassen, genauso wie er einst mich dem meinen.

Später, ich war längst erwachsen, besuchte ich ihn etwa zweimal im Monat im Altersheim. Er war gelähmt, er war siech, er war alt, denen, die ihn pflegten, ausgeliefert auf Gedeih und Verderb. Um ihn jetzt zu töten, wäre nicht mehr nötig gewesen, als ihn für ein paar Tage einfach nur zu vergessen, ein einziger Schlag von denen, die seine Faust früher zu Dutzenden auf mich niederfahren ließ, hätte gereicht, um sein Leben auszulöschen. Es hätte genügt, ihm einen Tag lang seine Medikamente zu entziehen, und er hätte es nicht überlebt.

Doch niemand tat ihm den Gefallen. Niemand erlöste ihn von dem Martyrium seines zu Tode erschöpften Körpers, an dem es kaum noch etwas Menschliches gab, niemand erlöste ihn von dem Rest seines Lebens, das längst zu einer Unnatur geworden war. Ein Greis von biblischer, von monströs gewordener Langlebigkeit – als wäre der Tod die letzte menschliche Schwäche, die ihm, der Schwäche immer verachtet hatte, nun zu seiner Erlösung versagt blieb, damit er sie bis ans Ende auslitte an sich selbst. Es war, als bannte ihn etwas ins Diesseits, als gäbe es eine Schuld, die ihn zu einer unmenschlichen Lebenszeit verdammt hatte – als müsste er die Jahre nachleben, die meine Mutter noch gelebt hätte bis zu ihrem natürlichen Tod, als wäre er gestraft mit den Jahren, um die ihr Leben zu kurz gewesen war. Als sie starb, war er schon fast ein alter Mann, aber dreißig Jahre später lebte er immer noch. Beinah ein ganzes Jahrhundert drängte sich zusammen in seiner winzig gewordenen Gestalt, in seinem verdorrten, erstarrten Körper, den das Leben so hart gemacht hatte, dass er nicht sterben konnte. Manchmal erinnerte er mich an Michail Bulgakows Pontius Pilatus, der irgendwo allein im Universum auf einem steinernen Thron saß und, für immer schlaflos, ins Licht des Mondes starrte.

Das Altersheim war ein riesiges, sechsstöckiges Betongebäude, das der evangelischen Kirche gehörte. Es befand sich in einer der für die Nachkriegszeit typischen Siedlungsgegenden, in denen die Straßennamen den verlorenen deutschen Osten beschworen: Breslauer Straße, Königsberger Straße, Stettiner Straße. Schon am Schmuck der Eingangstür erkannte man die Jahreszeit: Fasching, Ostern, Erntedank, Weihnachten. Alles war modern, hell, alles blitzte und blinkte. Die Zimmer hatten fließendes kaltes und warmes Wasser, die meisten einen Balkon. So luxuriös hatte mein Vater noch nie gewohnt. Es gab eine Kellerbar, einen Gymnastikraum, eine Hauskapelle, man konnte Lichtbildvorträge und Volksmusikkonzerte besuchen, aber von alldem nahm er keine Notiz. Er verließ sein Zimmer nur, um die Mahlzeiten im Speisesaal einzunehmen und zur Toilette zu gehen, solange er das noch konnte.

Nie wusste ich, ob er Wert auf meine Besuche legte oder ob sie ihm womöglich lästig waren. Er saß in seinem mit Kissen und Windeln ausgepolsterten Sessel, klein, grau, entrückt in die Moränenlandschaft seiner zerstörten Gefäße, in denen er dem Tropfen einer unendlichen Zeit nachzulauschen schien. Immer hatte er meine Mutter und später auch mich mit seinem Sauberkeits- und Ordnungswahn verfolgt, immer hatte er uns die beispielhafte deutsche Ordnung vorgehalten, die er selbst nur vom Hörensagen kennen konnte – nun hatte die Ironie des Schicksals ihn an einen Ort verpflanzt, der sein ganzes Deutschlandbild auf den Kopf stellen musste. Hinter den pieksauberen Fassaden des Altersheims saß er im Schmutz. Verstaubte Möbel, ungewaschene Vorhänge, ein schmuddeliger Teppichboden, Asseln im Waschbecken. Für Menschen wie meinen Vater schien hier niemand zuständig zu sein. Er war ein Grenzfall, sehr schwach und hinfällig, aber noch nicht schwach und hinfällig genug, um auf die Pflegestation verlegt zu werden. Es war, als hätte man ihn tatsächlich vergessen, als hätte sich um ihn bereits zu Lebzeiten eine Todeszone gebildet.

Obwohl sein Alltag nichts als eine Abfolge elementarster Handgriffe und Schritte war und er fast die ganze Zeit im Sessel saß, schien dieser Alltag ihm eine übermenschliche Anstrengung abzuverlangen, die offenbar nur darin bestand, am Leben zu sein. Er war fast blind und orientierte sich hauptsächlich an Geräuschen. Manchmal schien mir, sein angestrengtes Lauschen gelte der Akustik im Innern seines Körpers, dem Lärmen seiner Organe, einer ausgedienten Maschinerie, die in den letzten Zügen lag.

Ich hasste ihn immer noch, aber noch schlimmer war mein Mitleid mit ihm. Es fühlte sich an wie Salzsäure in mir, wie Fieber, das mich auszehrte. Aus jeder Entfernung erreichten mich die seismographischen Ausschläge seiner Schmerzen, mein Körper signalisierte mir, was ihm gerade wehtat, ich fühlte es in meinen eigenen Organen, in meinem eigenen Gewebe. Es war, als hätte er mich endlich doch noch besiegt, als wäre ihm meine Unterwerfung schließlich doch geglückt, als hätte er mit seiner Schwäche und seiner Verlassenheit erreicht, was ihm einst mit seiner Kraft nicht gelungen war. Nichts wollte ich damals weniger sein als sein Kind – jetzt ertrug ich es nicht, dass er schwächer war als ich, dass ich, da er mein Kind geworden war, nicht mehr sein Kind sein konnte. Ich lebte in einem ständigen Kampf gegen die Zusammenbrüche meines Körpers, gegen eine Schwäche, die, um die seine zu übertreffen, nur noch die Schwäche des Todes hätte sein können.

Und weil es mich immer mehr in diese letzte Schwäche zog, die mich am Ende doch noch zu seinem Kind gemacht hätte, phantasierte ich wieder, wie früher, seinen Tod. Ich phantasierte, ihn zu ersticken, indem ich ihm ein Kissen aufs Gesicht drückte, um sein Leiden nicht mehr mit ansehen zu müssen, um erlöst zu werden von meinem selbstmitleidigen Mitleid. In den Nächten lag ich wach und kämpfte mit ihm – ich rang mit ihm um mein Leben, als wäre das seine nicht nur noch das einer Motte, die schon im allerletzten Rest ihres Silbers lag. In meinen Träumen erschien er mir in immer neuen, unheimlichen Gestalten, als schwerer, heißer, von oben bis unten bandagierter Körper, den ich auf meinen Armen treppab tragen musste und der, ließe ich ihn fallen, in tausend Scherben zerspringen würde. Er erschien mir als böser, gestikulierender Zwerg, der in einem bizarren Möbel, das Thron und Krankenbahre in einem war, zu meiner Wohnung hinaufgetragen wurde, um Gericht über mich abzuhalten.

Immer besuchte ich ihn bei Dunkelheit, die mir Geleitschutz geben musste, und immer schleppte ich mich lieber die fünf Treppen zu ihm hinauf, als den Lift zu benutzen – aus Angst, ich könnte stecken bleiben, im letzten Moment doch noch für immer in seine Gefangenschaft geraten.

In den Jahren im Heim hatte ich fast vergessen, dass ich irgendwo draußen in der Welt noch einen Vater hatte. Ich war immer schon von der Welt abgeschnitten, seit dem Tag meiner Geburt, aber jetzt gab es nur noch dieses jenseitige Reich aus Schlafsälen, Speisesälen, Lernsälen, Rosenkränzen, Messen, Hochämtern, ein Leben mit Exerzitien und immerwährenden Gebeten: Beten nach dem Aufstehen, Beten bei der Morgenandacht in der Kapelle, Beten vor dem Frühstück, Beten nach dem Frühstück, Beten vor der ersten Unterrichtsstunde, Beten in den Pausen zwischen den Unterrichtsstunden, Beten nach Schulschluss, Beten vor dem Mittagessen, Beten nach dem Mittagessen, Beten vor der Mittagsruhe, Beten nach der Mittagsruhe, Beten vor dem Lernen, Beten nach dem Lernen, Beten vor dem Abendessen, Beten nach dem Abendessen, Beten bei der Abendandacht in der Kapelle, Beten vor dem Schlafengehen. Und auch dazwischen immer Beten, innerlich, jeder für sich, Vater unser, der du bist im Himmel … vergib uns unsere Schuld … mea culpa, mea culpa, mea maxima culpa … Schuld, Schuld ohne Anfang und Ende. Das hatte ich nicht gewusst, dass ich schon kraft Geburt schuldig war und dass man beten, immerzu beten musste, denn sobald eine Lücke beim Beten entstand, konnte durch diese Lücke sofort der Satan in uns fahren. Ich war in ein Schuldgefängnis geraten, in dem man seine Schuld nicht absaß, sondern ständig einatmete, wie die giftige Luft einer Bleikammer, so lange, bis man erstickte. Sogar nachts im Schlaf hörte man die Schuld durchs Haus geistern. Eine verstorbene Nonne, die ihr Armutsgelübde gebrochen und Geschenke für sich behalten hatte, anstatt sie beim Orden abzuliefern, kam Nacht für Nacht zurück und suchte nach ihrem sündigen Diebesgut, das sie überall im Haus versteckt hatte. Man hörte das Rascheln und Scharren in den Wänden, das leise Wimmern und Klagen der unerlösten Seele.

Als Elfjährige war ich in die Gruppe der Großen gekommen, die von Schwester Marie-Joseph geleitet wurde, einer dicken, rotgesichtigen Frau, die alle fürchteten. Generationen undankbarer Heimkinder hatten ihre Nerven ruiniert, so jedenfalls wurde ihr jähzorniges, cholerisches Temperament erklärt. Ihre flinken, an Sprungfedern erinnernden Hände fürchtete ich fast genauso, wie ich einst die meines Vaters gefürchtet hatte. Manchmal schlug sie uns auch mit Gegenständen, mit einer Triangel oder Rassel aus dem Musikzimmer, manchmal, wenn sie nichts anderes zur Hand hatte, verwendete sie ihren langen Rosenkranz aus schweren Holzperlen, den sie um die Taille trug – ein immer parates Züchtigungsinstrument.

Und nicht selten hörte man aus dem Refektorium die Geräusche tätlicher Auseinandersetzungen. Die Nonnen schlugen nicht nur ihre Zöglinge, sondern drangsalierten sich auch gegenseitig. Sie alle schienen einander aus tiefster Seele zu hassen, man hörte, wie sie sich schubsten und traten, ihr Kreischen klang, als würden sie einander den Schleier vom Kopf reißen und an den Haaren zerren. Die meisten von ihnen waren wahrscheinlich nicht freiwillig ins Kloster eingetreten, sie stammten aus armen Familien, die ihre vielen Kinder nicht ernähren konnten und deshalb eines von ihnen Gott opferten. So schlug man zwei Fliegen mit einer Klappe. Man hatte ein Maul weniger zu stopfen und konnte dereinst, nach dem Tod, auf eine bevorzugte Behandlung am Himmelstor hoffen.

An den Wochenenden und Feiertagen durften die anderen Mädchen in einem bestimmten Turnus nach Hause fahren, zu Ostern, zu Weihnachten und in den ausgedehnten Sommerferien war das Haus leer. Nur ich und Gretl, ein Waisenkind mit einem Wolfsrachen und pfeifendem Atem, waren immer da. Auch meine Schwester war natürlich da, aber die durfte ich nicht sehen. Nach unserer Ankunft hatte man uns sofort getrennt, sie kam in die Gruppe der Kleinen, ich in die Gruppe der Großen. Der Kontakt zwischen diesen zwei Altersgruppen war nicht erlaubt, offenbar fürchteten die Klosterschwestern anarchistische Umtriebe, außerdem mussten die Kleinen vor der Verderbtheit der Großen geschützt werden. So vergaß ich mit der Zeit auch meine Schwester. Wenn ich ihr einmal auf einem der langen Korridore begegnete, begann sie zu weinen und sich an mich zu klammern, aber ich versuchte, sie so schnell wie möglich wieder loszuwerden, weil ich mich vor Schwester Marie-Josephs Strafe fürchtete. Wir alle zitterten Tag für Tag vor ihrer schlechten Laune, vor ihren regelmäßigen Strafgerichten über uns, die wie eine unabwendbare Naturgewalt über uns hereinbrachen.

Manchmal war es auch schön. Wenn wir Theater spielten oder sangen. Ein Sonntag, irgendein Feiertag, an dem es zum Frühstück Kakao gab, die Sonne schien durch die hohen staubigen Fenster im Speisesaal, und wir sangen: Lobe den Herren, den mächtigen König der Ehren ... Meine Stimme floss mit den Stimmen der anderen, deutschen Kinder zusammen, ein jubelnder, ekstatischer Lobgesang.

Zwei-, dreimal im Jahr bekam ich eine bunte Ansichtskarte von meinem Vater. Schwester Marie-Joseph, die jeden eingehenden Brief vor der Aushändigung öffnete und las, befahl mir, den Inhalt der Karte aus dem Russischen zu übersetzen, obwohl ich das eigentlich gar nicht mehr konnte, denn auch das Russische hatte ich schon fast vergessen. Mühsam entzifferte ich die belanglosen, nichtssagenden Worte, unter den misstrauischen Blicken von Schwester Marie-Joseph, die mir nicht glauben wollte, dass mein Vater mir nichts Wichtigeres schrieb. Ich bewahrte die Karten in meinem Spind auf und betrachtete sie hin und wieder. Der Eiffelturm, der in einer Stadt namens Paris stand, eine Flamencotänzerin mit einem Rock aus fliegenden roten Volants, ein Meeresstrand mit Strandkörben und Menschen in Badeanzügen. Irgendwo dort war mein Vater, in der fernen, für mich unerreichbaren Welt, die ich, so schien es mir, nie im Leben sehen würde.

Hatte meine negative Besonderheit bisher immer darin bestanden, dass ich nicht deutsch war, so bestand sie jetzt darin, dass ich nicht katholisch war. Ich kannte nur das russisch-orthodoxe Kreuzzeichen, ich durfte nicht beichten, damit mir meine Sünden vergeben wurden, in der Morgenmesse, wenn die anderen zur Kommunion nach vorn gingen, blieb ich allein in der Kirchenbank zurück, ich war nie ein kleines weißes Bräutlein Christi geworden, ich wusste nicht einmal, ob ich getauft war. Das Nichtdeutschsein war eine Verdammnis auf Erden, das Nichtkatholischsein die Verdammnis in Ewigkeit, weil nur Katholiken in den Himmel kamen. Für mich gab es bloß ein endloses Fallen, Tag für Tag, jahrelang, sogar noch im Schlaf fühlte ich dieses ständige Sündenfallen auf die Hölle zu.

Das Ende dieses Fallens verdankte ich einer Tragödie, die meinem Vater widerfahren war. Er hatte seine Stimme verloren, seinen kostbarsten, eigentlich einzigen Besitz. Schon als Knabe hatte er gesungen, im Kirchenchor seiner Heimatstadt in Kamyschin an der Wolga, wo er noch in der Zarenzeit geboren war. Später, in den Nachkriegsjahren in Deutschland, hatte er mit seiner Stimme zum ersten Mal etwas Geld verdient und uns damit vor dem Hunger gerettet. Angeblich war es ein zu kalt getrunkener Rotwein gewesen, der seine Stimme ruiniert hatte, aber da ich ihn seit je als Trinker kannte, fragte ich mich, ob es wirklich an der Temperatur des Weins gelegen hatte oder ihm nicht vielmehr die Menge zum Verhängnis geworden war. Jedenfalls reiste er nicht mehr und nahm mich und meine Schwester wieder zu sich.

Seinen Alkoholismus hatte er schon aus Russland mitgebracht, und das Leben in Deutschland war nicht dazu angetan gewesen, ihn zu kurieren. Außerdem erinnerte ich mich, dass er schon früher, wenn er in Tourneepausen zu Hause war, meiner Mutter von Streitigkeiten mit anderen Chormitgliedern erzählt hatte, es schien eine verschwimmende Grenze zwischen seiner Trunksucht und irgendwelchen geheimnisvollen Dingen zu geben, die in seinem Leben vor meiner Geburt begraben lagen, in seiner Vergangenheit in der anderen, kommunistischen Welt. Niemals hörte ich meine Eltern über diese Vergangenheit sprechen, ich schnappte immer nur Andeutungen auf, die ich nicht verstand, aber jedes Mal spürte ich, dass sich irgendwo in diesem Dunkel der Schlüssel zu ihrem Leben verbarg. Alles schien von Anfang an um dieses Geheimnis zu kreisen, und weil das Eigentliche unaussprechlich war, war bei uns immer alles unaussprechlich gewesen, schon die simpelste, belangloseste Wahrheit war so etwas wie Gift, das auf keinen Fall in den Mund genommen werden durfte. Die einzig sichtbare Wahrheit war für mich immer nur das Entsetzen in den Augen meiner Mutter gewesen, das mit jedem Tag zu wachsen schien, bis sie schließlich ganz aufhörte zu sprechen und nur noch auf einem Stuhl saß und ins Leere starrte, bevor sie ins Wasser der Regnitz ging.

In all dem Verschwiegenen mochte sich auch der Grund dafür verbergen, dass mein Vater zurückgekommen war. Vielleicht war etwas Schlimmes über seine Vergangenheit in der Sowjetunion herausgekommen, vielleicht hatte man ihn deshalb aus dem Chor geworfen, vielleicht hatte ihn seine Geschichte eingeholt und seiner Existenz beraubt, gemeinsam mit dem Alkohol. Aber vielleicht war er der jahrelangen Tingelei auch einfach müde geworden, vielleicht waren seine Stimmbänder erschlafft, was bei einem Mann von über sechzig Jahren nicht abwegig war. Erst hatte er seine Frau, dann seine Stimme verloren, ohne die ich ihn mir gar nicht vorstellen konnte. Seine Stimme war immer das Wichtigste an ihm gewesen, sein Wesen, seine Substanz, ohne seine Stimme war mein Vater gar nicht mein Vater. Nach seinem Ausscheiden aus dem Chor hatte ich ihn nie wieder singen gehört, erst als er im Altersheim war, versuchte er zwei- oder dreimal mit dünner, brüchiger Stimme, eines der alten Lieder anzustimmen, Lieder, die wir früher, als meine Mutter noch lebte, so oft auch zu Hause gesungen hatten. Nach ihrem Tod waren diese Lieder für immer verstummt.

Schwester Marie-Joseph hatte mir zum Abschied den Gürtel meines Mantels gelockert, weil es unanständig war, die Taille zu betonen. Draußen auf der Straße, als das große schwere Eisentor hinter uns ins Schloss gefallen war, zog ich ihn sofort wieder enger, so eng es ging. In einer einzigen Sekunde fiel meine ganze Anständigkeit von mir ab, auch alle Schuld, alle heiligen Versprechen und alle Höllenangst. Fünf Jahre lang war ich tot gewesen, jetzt schritt ich mit meiner Schwester und meinem Vater, einem fremden, braun gebrannten Mann in eleganten Schuhen, zum letzten Mal den Bamberger Domberg hinunter, zum letzten Mal durch die grauen, weihrauchgetränkten Gassen einer Stadt, die einem riesigen, aus Ewigkeitsstein gebauten Mausoleum glich. Ich war entkommen. Ich trug meinen Koffer in der Hand, ich war sechzehn, und vor mir lag mein unbekanntes Leben, meine Zukunft in der Welt.

Wir kehrten zurück in unsere alte Wohnung in den «Häusern», wie die Deutschen unsere Wohnblocks an der Regnitz nannten. Vielleicht diente das der Unterscheidung zwischen uns und den Zigeunern, die noch weiter draußen als wir in Holzbaracken in einem ausgetrockneten Kanalbecken wohnten. Sie standen noch eine Stufe unter uns und lösten in mir ein ähnliches Grausen aus wie wir wahrscheinlich in den Deutschen.

Mein Vater, der es immer abgelehnt hatte, nach seiner Zwangsarbeit bei Flick wieder einem deutschen Herrn zu dienen, bekam Arbeit in einer Papierfabrik. Er war jetzt kein feiner Mann mehr, der in der Welt herumreiste, in großen Konzertsälen auftrat und in Hotels wohnte, sondern ein Hilfsarbeiter wie die meisten Männer in den «Häusern», denen der deutsche Staat nun kein Fürsorgegeld mehr bezahlen musste. Das boomende Wirtschaftswunder hatte sie wieder zu gefragten Arbeitskräften gemacht. Ein erstes Auto parkte im Hof, ein erster Fernseher lief in einer Wohnung – die Nachbarn standen Schlange, um einen Blick auf die neue Zaubermaschine zu werfen.

Wenn mein Vater Spätschicht hatte, hörte ich an den Mittwochabenden das Wunschkonzert mit Fred Rauch im Radio: «La guitarra brasiliana», «Der Löwe schläft heut Nacht», «Wir wollen niemals auseinandergehn». Manchmal wurde auch ein Song der Beatles gespielt, die unerhörte Sturmzeichen aus einer englischen Stadt namens Liverpool sandten, oder von Elvis Presley, der mit seiner lasziven Stimme «Muss i denn zum Städtele hinaus» sang. Von der Existenz all dessen hatte ich bisher nichts geahnt. Ich kannte nur die Volksmusik, die wir im Kloster an manchen Sonntagen während des Frühstücks hören durften.

Die Mädchen in meiner neuen Schulklasse trugen Petticoats, Stöckelschuhe mit Pfennigabsätzen, sie toupierten ihr Haar und lackierten sich die Fingernägel. Ich besaß nur Kleider, die Schwester Marie-Joseph aus der Kleidersammlung für mich ausgesucht hatte, trug immer noch Strickstrümpfe, Schnürschuhe und abgewetzte Faltenröcke. Ich wusste nicht genau, wofür ich mich mehr schämte, für meine abstruse klösterliche Erscheinung oder dafür, dass ich jetzt, wie schon vor der Zeit im Kloster, wieder die «Russki» aus den «Häusern» war. Trotzdem empfand ich es als Glück, wieder an diesem Ort zu sein, wenn auch nur deshalb, weil ich ihn verlassen konnte: In den Frühschichtwochen meines Vaters lebte ich auf seine Spätschichtwochen hin, um abends auf die Hauptstraße zu gehen.

Früher, als meine Mutter noch da war, bekamen wir

manchmal Pakete aus Amerika, von Bekannten aus einem Lager für Displaced Persons, die es geschafft hatten, ein Einreisevisum zu bekommen. Alle stellten damals Anträge, Amerika war die große Hoffnung, mein heißestes Kindergebet vor dem Einschlafen, aber alle unsere Anträge wurden abgelehnt. Ich bekam von Amerika nie mehr zu Gesicht als den Inhalt der Pakete, die die Bekannten meiner Eltern uns, den Zurückgebliebenen, nach Deutschland schickten. Auf glänzenden Farbfotos bestaunten wir das schneeweiß gestrichene, mit einer Holzveranda versehene Haus, das auf dem Rasen stand wie auf einem riesigen grünen Teppich, vor der Garage ein Auto, das so groß war wie ein Schiff. Die Pakete enthielten meist eine wattige, rosafarbene Süßigkeit, die Marshmallow hieß, Dosen mit süßer, eingedickter Milch, Erdnussbutter, Instantkaffee und vor allem Kleidungsstücke, wie wir sie noch nie gesehen hatten.

Inzwischen trug die Sachen, die damals für mich bestimmt gewesen waren, meine Schwester, die Kleider meiner Mutter hatte ich nach der Rückkehr aus dem Kloster in einem großen Karton auf dem Speicher gefunden. Meine Erinnerung an sie war im Lauf der Jahre schon ein wenig verschwommen, aber plötzlich sah ich sie wieder ganz deutlich vor mir. In dem hellblauen amerikanischen Kleid mit den weißen Schiffchen, in dem dunkelblauen mit den weißen Punkten, in dem schwarzen mit den bunten Blumenkörbchen.

In diesem Kleid hatte sie mich einmal vom Bahnhof abgeholt. Ich kam aus Belgien zurück, ein unterernährtes Nachkriegskind, das vom Roten Kreuz für ein halbes Jahr auf einen wallonischen Bauernhof verschickt worden war. Mit meiner Schwester an der Hand hatte sie auf dem Bahnsteig gestanden, in dem schwarzen Kleid mit den Blumenkörbchen, aber sie selbst war gar nicht mehr vorhanden. «Wenn du zurückkommst, wird nichts mehr so sein wie früher», hatte sie mir in ihrem letzten Brief nach Belgien geschrieben, und das, ich hatte es sofort gewusst, war die Ankündigung ihres endgültigen Verschwindens gewesen, eines Verschwindens, von dem ich nicht wusste, wann es begonnen hatte. Seit ich sie kannte, verschwand sie, unentwegt entfernte sie sich und schien überhaupt nur noch da zu sein, weil ich sie immerzu festhielt, mit meiner ganzen Kraft. Jetzt holte sie mich zwar noch vom Bahnhof ab, aber sie sprach nicht mehr mit mir, sie fragte mich nichts und antwortete nicht auf meine Fragen, sie schien mich nicht mehr zu hören, nicht mehr zu sehen, ihre Augen blickten in irgendeine andere, mir verborgene Wirklichkeit. Ein halbes Jahr hatten wir uns nicht gesehen, eine lange Zeit, die ein großer blinder Fleck für mich war. Es schien, als hätte sie nur noch auf meine Rückkehr gewartet – vielleicht hatte sie es als ihre letzte Pflicht angesehen, mich vom Bahnhof abzuholen, oder sie hatte sich von dem Wiedersehen mit ihrem ersten Kind etwas erhofft, irgendeine Wende, die aber nicht eintrat. Drei oder vier Wochen später war sie tot.

Mittlerweile war ich mir manchmal nicht einmal mehr sicher, ob es sie wirklich gegeben hatte oder ob ich sie mir nur einbildete. Hätte mein Vater nicht hin und wieder von ihr sprechen müssen, wenn es sie gegeben hatte? Hätte er sie nicht zumindest erwähnen müssen, wenigstens ein einziges Mal? Manchmal suchte ich nach ihr in seinem Gesicht, irgendwo musste sie doch sein in ihm, irgendwo hinter seiner steinernen Stirn musste sich eine Erinnerung an sie verstecken, ein Gedanke an sie, irgendeine unmerkliche

Regung in seinem Gesicht musste doch einen Augenblick lang ausdrücken, dass sie einmal da gewesen war, aber nie entdeckte ich ein Zeichen an ihm, das ein Indiz dafür hätte sein können, dass er meine Mutter gekannt hatte.

Die Kleider meiner mageren Mutter, die sie auf einmal wieder gegenwärtig gemacht hatten, waren mir nur wenig zu groß. Bevor ich auf die Hauptstraße ging, stieg ich hinauf zum Speicher und stellte meine Garderobe zusammen. Am liebsten mochte ich das weite, dunkelblaue Taftkleid mit den weißen Punkten, die wie angeklebtes Konfetti aussahen. Die deutschen Mädchen trugen ihre Pullover manchmal verkehrt herum, mit dem V-Ausschnitt nach hinten, so machte ich es jetzt mit dem Kleid. Ich zog es mit der Vorderseite nach hinten an, die oberen der vielen kleinen, stoffbezogenen Knöpfe ließ ich offen und schlug den Stoff nach innen ein, sodass nun auch ich einen V-Ausschnitt am Rücken hatte. Unter dem Kleid trug ich den rosafarbenen amerikanischen Petticoat, den ich heimlich mit Mehl stärkte, wenn mein Vater nicht zu Hause war. Um die Taille schnallte ich mir den roten Lackgürtel, den ich nie an meiner Mutter gesehen hatte, ebenso wenig wie die roten Stöckelschuhe, die mir zu groß waren. Bevor ich sie anzog, musste ich sie an der Spitze mit dem Papier einer Zeitung ausstopfen, die *Nowoje Russkoje Slowo* – «Das neue russische Wort» – hieß und meinem Vater jede Woche aus Amerika zugestellt wurde, wo es so etwas wie ein zweites kleines Russland gab, mit russischen Zeitungen, russischen Geschäften, russischen Restaurants. Es gab auch Weihnachtskarten mit amerikanischen Weihnachtsmännern und russischen Aufschriften, manchmal bekamen wir von Agrippina und Akulina, zwei uralten Schwestern, die mein Vater noch aus Russland kannte, eine geschickt. Sie waren schon vor langer Zeit nach Amerika ausgewandert und gehörten zu den sogenannten alten Emigranten, die noch der Nimbus des untergegangenen Zarenreiches umgab, während wir, die neuen Emigranten, aus dem barbarischen Russland der Kommunisten stammten und irgendein unverständliches, namenloses Abfallprodukt des Krieges waren.

Vor dem Spiegel im Bad toupierte ich mein Haar nach dem Beispiel der Mädchen in meiner neuen Klasse und drohte meiner Schwester, auf die ich während der Abwesenheit meines Vaters aufpassen musste, Schläge an für den Fall, dass sie mich verraten würde. Dann ging ich los in meinen roten Stöckelschuhen, obwohl mir alles Rote verboten war. Rot nannte mein Vater eine Hurenfarbe. «Wenn mir ein einziges Mal zu Ohren kommt, dass du dich in der Stadt herumtreibst, während ich arbeite», hatte er gesagt, «schlage ich dich tot.» Zweifellos ahnte er, dass ich nichts anderes im Sinn hatte als genau das, die Stadt, die Hauptstraße zwischen Marktplatz und Paradeplatz. Das war für mich der Mittelpunkt der Welt, aus der ich für so lange Zeit verbannt gewesen war, die große Promenade, der Laufsteg, auf dem ich mich endlich zeigen konnte, auf dem ich endlich gesehen wurde.

Manche Mädchen in meiner Klasse trugen bereits das Zeichen der Auserwählten, waren schon auf der Zielgeraden. Sie gingen mit jemandem, so nannte man es, wenn ein Mädchen nicht allein, sondern Hand in Hand mit einem Jungen über die Hauptstraße flanierte. Mit einem Jungen gehen, sich verloben, heiraten – für die Mädchen in meiner Klasse war das der Gipfel der Erfüllung, für mich hingegen eine Frage des Überlebens, die einzige Chance, meinem Vater zu entkommen, den schrecklichen «Häusern», meiner verhängnisvollen russischen Haut.

Im Kloster war ich eine gute Schülerin gewesen, aber hier, in der neuen, der weltlichen Schule, war ich fast über Nacht die schlechteste geworden. Damals war ich anders gewesen, weil ich nicht katholisch war, und war auch dann anders geblieben, als der katholische Bischof mir die Sondererlaubnis erteilt hatte, gemeinsam mit den anderen die Beichte abzulegen und die Kommunion zu empfangen, aber katholisch war ich trotzdem nicht, ich genoss nur eine Gnade. Jetzt, in der neuen Schule, war das Katholischsein plötzlich nicht mehr wichtig, es war sogar falsch, weil hier alle evangelisch waren, was ich ja auch nicht werden konnte. Aber vor allem war ich wieder, wie schon vor der Zeit im Kloster, die Aussätzige aus den «Häusern», eine von denen, über die ich später bei Michael Schneider las. In seinem Buch «Nur tote Fische schwimmen mit dem Strom» schrieb er: «Die Unfälle und anonymen Feinde, die mir überall aufzulauern schienen, waren Ausgeburten nicht nur meiner persönlichen, sondern auch einer kollektiven Phantasie, Hirngespinste einer historischen Epoche, in der sich ein ganzes Volk vom Weltfeind bedroht sah, für uns Kinder waren das ‹die Russen›!»

Im Grunde hatten die deutschen Kinder nichts gegen mich haben können. Sie waren nur Erfüllungsgehilfen der Erwachsenen gewesen, Akteure in einem Schattenspiel, dessen Sujet sie nicht kannten. Sosehr ich den Schulschluss schon als Kind immer ersehnt hatte, so sehr hatte ich ihn Tag für Tag gefürchtet. Das Klingelzeichen nach der letzten Schulstunde war zumeist das Signal für den Beginn der Jagd gewesen. Ich war kein anonymer Feind, kein Hirngespinst, ich war der Weltfeind, eine Russin aus Fleisch und Blut. Fast jeden Tag rannte ich in den Grundschuljahren um mein Leben.

Jetzt, da aus den Kindern Teenager geworden waren, hatten sie erkannt, dass es eine viel wirksamere Waffe gegen mich gab als die physische Bedrohung: den Spott. Unter lautem Gelächter wollten sie von mir wissen, ob es stimme, dass wir zu Hause die Kartoffeln in der Kloschüssel wuschen und dass die Russenweiber keine Unterhosen trugen. Sie nannten mich «Russki», «Russla», «Russensau», «Russenlusch». Ich erinnere mich gar nicht, wann ich diese Wörter zum ersten Mal gehört hatte, mir war, als wären sie immer schon da gewesen, ein Bestandteil der Luft, ein Geruch, den ich nie loswurde. Vielleicht hatten sie mich schon mitgemeint, bevor ich sie verstehen konnte, an der Hand meiner zerlumpten Mutter, der man sie auf den Straßen nachwarf. Vielleicht erreichten sie mich von noch weiter her, aus der Zeit, als ich noch ein Teil ihres Körpers gewesen war, das ungeborene Kind einer ukrainischen Zwangsarbeiterin, die vom deutschen Aufsichtspersonal beschimpft wurde. Vielleicht hatte etwas in mir diese Laute schon gekannt, bevor ich zur Welt gekommen war.

Nach der Einschulung war das Deutsche sehr schnell meine natürliche Sprache geworden, seit meiner Rückkehr aus der klösterlichen in die städtische Schule kam es mir wieder fast wie eine Fremdsprache vor. Fünf Jahre lang hatte ich nie ein anderes Buch in der Hand gehabt als eines der Lehr- und Gebetbücher, die uns im Kloster gegeben wurden. Über allem hatte dort der Schleier der Gottesfurcht gelegen, auch in Geographie, Mathematik, Chemie waren wir mehr nach unserer Frömmigkeit beurteilt worden als nach unserem Wissen, dem Wissen über die weltlichen Dinge, in denen immer das Böse und Sündige lauerte. Meine guten Noten im Kloster hatte ich mir eher durch meine Scheinheiligkeit verdient als durch Aufmerksamkeit und Fleiß.

Nun ging es auf einmal um ganz unverschleierte Mathematik, um unverschleierte Geographie und Chemie, ich saß in der Bank und verstand nichts. Es war, als gäbe es zwei deutsche Sprachen, eine katholische und eine andere, die Sprache einer fremden, rätselhaften Welt, die mir weit voraus war und in der sogar Bruchrechnungen und Jahreszahlen etwas anderes bedeuteten als im Kloster. Wörter aus Romanpassagen und Zeitungsartikeln, die wir hier durchnahmen, sagten mir fast überhaupt nichts mehr. Ich verstand die Sprache der Lehrer und Lehrerinnen nicht, ich verstand die Sprache der Schüler nicht, weder die der Mädchen noch die der Jungen. Überhaupt saßen an der neuen Schule jetzt Jungen mit mir in einem Klassenzimmer, während ich sie in meiner Klosterzeit höchstens mal auf der Straße gesehen hatte, wenn sie, aus dem Jungenheim kommend, in geschlossener Zweierreihe, ein Gebetbuch in der Hand und mit gesenktem Kopf, flankiert von zwei Patres, zum Dom geführt wurden, um an der Messe teilzunehmen – genauso wie wir, aber strikt getrennt von uns.

Am allerwenigsten verstand ich nun die Sprache zwischen den Mädchen und den Jungen, ihren lockeren Umgang miteinander, ihre Späße und Plänkeleien, hatte ich doch gelernt, dass ein Junge immer eine Gefahr für ein Mädchen war, ja dass man nicht einmal den Blick eines Jungen erwidern durfte. Die Lehrer an der neuen Schule sagten «Sie» und «Fräulein» zu uns, auf einmal wurde ich behandelt wie eine Erwachsene, was ich mir immer so heiß ersehnt hatte, aber jetzt, da ich endlich erwachsen sein durfte und sogar musste, merkte ich, dass ich nichts weniger war als das. Ich konnte nicht mithalten mit den Mädchen meines Alters, sie waren mir weit überlegen, aus einem ganz anderen Stoff gemacht als ich.

Mir schien, als wäre nur das Russische, das Schmachvolle und Unerwünschte mit den Jahren an mir gewachsen, während das Deutsche, zu dem zu gehören mein dringlichster Wunsch war, mir zusehends entglitt. Jedes Mal erhob ich mich pflichtschuldigst von meinem Platz, wenn ich aufgerufen wurde, weil ich es aus dem Kloster so gewohnt war – das aufbrandende Gelächter drückte mich sofort auf die Bank zurück. Da saß ich dann, und wie bei den Morgenmessen im Kloster wollte etwas Schreckliches, Unbeherrschbares heraus aus mir. Im Kloster war es das Lachen gewesen, das grundlose Lachen, über das ich keine Macht gehabt hatte, das verräterische Lachen, das sich immer mehr in mir gestaut hatte, bis es zum Beweis einer mir selbst unbekannten, aber vernichtenden Wahrheit über mich in genau den Augenblicken aus mir herauszuplatzen drohte, in denen höchster Ernst und feierlichste Andacht geboten waren.

Diese verräterische Wahrheit über mich wohnte jetzt in meiner Blase und erinnerte mich an die größte Blamage, die mir je widerfahren war. Ich war sieben oder acht Jahre alt, und meine Mutter hatte mir Geld gegeben und mich zum ersten Mal zum Friseur geschickt, anstatt mir die Haare selbst zu schneiden. Halb angstvoll, halb entzückt saß ich auf dem Friseurstuhl, der mich an einen Zahnarztstuhl erinnerte, betäubt von Düften und all dem Luxus um mich herum, in ungeduldiger Erwartung meiner bevorstehenden Verwandlung vom hässlichen Entlein in einen schönen Schwan unter den Händen der deutschen Friseuse. Doch plötzlich, schon mitten in der Verwandlung, bemerkte ich in dem großen runden Spiegel vor mir eine merkwürdige Veränderung im Gesicht der Friseuse. Sie hatte das Haareschneiden abrupt unterbrochen, war hinter einem Vorhang verschwunden und flüsterte dort mit jemandem, bevor sie gleich darauf zusammen mit einer zweiten Friseuse zurückkam. Die schaute zuerst hinter mein linkes, dann hinter mein rechtes Ohr, und in dem Moment hörte ich das Wort «Läuse». Und als wäre das noch nicht genug gewesen, um im Erdboden zu versinken, versagte im selben Augenblick der Schließmuskel meiner Blase. Warme Nässe begann an meinen Strümpfen hinabzulaufen und auf den Boden zu tropfen, zu den Läusen, die sich, herausgekrochen aus meinen abgeschnittenen Haarbüscheln, bereits im ganzen Friseursalon ausgebreitet hatten und auf die Köpfe der deutschen Damen zustrebten, getränkt von meinem Urin, der den Friseurstuhl übergossen und auf das zartblaue Linoleum gelaufen war. Ich spürte nur noch, wie mir die Pelerine abgenommen wurde, und dann nichts mehr, als hätte meine Scham mich endlich zu Asche verbrannt. Erst auf der Straße fand ich mich wieder, und ich musste so, wie ich war, durch die halbe Stadt gehen, mit nassen Strümpfen und nassem Haar, das auf einer Seite schon kurz war und auf der anderen noch lang.

Eine ähnliche Blamage schien mir bevorzustehen, wenn ich jetzt in der Schulbank saß und das hinterhältige Wasser sich wieder in meinem Becken zu sammeln begann wie im

Kloster das Lachen in meinem Hals. Schon spürte ich die Vibration der Luft, in der sich das Gelächter meiner Mitschüler ankündigte, wenn ich zum zweiten oder dritten Mal zwischen zwei Pausen von der Bank aufspringen und zur Toilette stürzen würde, im letzten Augenblick vor dem Dammbruch, dem mein Schließmuskel nur noch mit äußerster Gewalt standhielt. Immer wieder musste ich mich hineinstürzen in eine Schneise aus Gekicher und Spott, die ich auf meiner Flucht zur Toilette zu durchqueren hatte, immer wieder wurde etwas anderes und genau das Gegenteil von dem sichtbar, was ich, die ich so lange unsichtbar gewesen war, der Welt so dringend und unaufschiebbar von mir zeigen musste.

An den Samstagabenden, wenn unser Hof sich im Sommer mit Stimmen und Geräuschen füllte wie ein großes Wohnzimmer, heizte mein Vater den Badeofen an. Nichts war qualvoller für mich als die Wochenenden, an denen er zwei Tage zu Hause war und ich Hausarbeit verrichten musste. Vom Samstagmittag, wenn ich von der Schule nach Hause kam, bis zum Montagmorgen, wenn ich wieder zur Schule ging, durfte ich die Wohnung nicht verlassen und war die Magd meines Vaters. Das Gefängnis öffnete sich nur in den Wochen, in denen er von drei Uhr nachmittags bis elf Uhr nachts arbeitete, für kurze Zeit auch in seinen Frühschichtwochen, in denen er gegen drei Uhr nachmittags nach Hause kam und ich nach Schulschluss noch ein, zwei Stunden für mich war.

Selbst bei Wind und Wetter nahm er sein schweres altes Fahrrad, auf dem ich als Kind das Fahren gelernt hatte. In den «Häusern» gab es damals kein einziges Damenrad, wir Kinder mussten, da wir nicht über die Stange eines Herrenrads kamen, mit einem Bein auf der einen Seite der Stange und mit dem anderen unter ihr hindurch die Pedale treten. Wir kannten nur diese asynchrone Fahrweise und sausten, seitlich an den Rädern hängend, durch den Hof. Mein Vater musste jeden Tag ans andere Ende der Stadt fahren, zur Papierfabrik, von der er außer seinem Lohn einmal im Monat ein Paket mit Papiertaschentüchern, Klopapier und Camelia bekam. Heimlich bediente ich mich an den Monatsbinden, womit ich etwas zugab, was er zwar ohnehin wissen musste, aber nichts schien unmöglicher zwischen ihm und mir, als solche Dinge auch nur mit einem halben Wort zu streifen.

Eigentlich hätte ich mich auf die Wochenenden freuen können, weil ich wenigstens einen Tag nicht zur Schule musste, aber zu Hause war ich noch unerbittlicher gefangen als im Kloster. Dort hatte ich in der kurzen Freizeit immerhin hinaus in den Garten oder in den Hof gedurft, um Federball oder Völkerball zu spielen, doch mein Vater erlaubte mir, wenn er zu Hause war, keinen einzigen Schritt vor die Tür. Ich durfte die Wohnung nur verlassen, um zur Schule zu gehen oder wenn er mich zu Wiemann schickte, einem Lebensmittelgeschäft, das nur hundert Schritte entfernt war und in dem ausschließlich Leute aus den «Häusern» einkauften. Die meisten ließen anschreiben und bezahlten am Monatsende oder auch nicht, aber zur Ehre meines Vaters gehörte es, niemals anschreiben zu lassen, weil er nicht zugeben wollte, dass auch uns das Geld am Monatsende ausging und wir manchmal nur noch Brot oder Kartoffeln zu essen hatten.

Ab und zu schickte er auch meine inzwischen elfjährige Schwester zum Einkaufen, die, wie schon seit je, ein stilles eigenes Leben führte, von ihm geduldet und offenbar sogar gutgeheißen. Nie konnte ich ergründen, wer er für sie war, was für einen Vater sie hatte, jedenfalls musste es ein ganz anderer sein als meiner, einer, der sie niemals schalt, geschweige denn schlug. Ganz offensichtlich bedeutete er ihr etwas, sie schmiegte sich manchmal sogar an ihn, was er sich zu meiner Verwunderung widerstandslos gefallen ließ. Meine rätselhafte kleine Schwester, die meinen Vater zu lieben schien und gleichzeitig mir die Stange hielt, indem sie ihm nie etwas von meinem Doppelleben verriet.

Während mein Vater an den Samstagen den Badeofen anheizte, drang im Sommer bei geöffneten Fenstern das osteuropäische Sprachengewirr aus dem Hof zu uns herein. Einst, in den Arbeitslagern, waren die Zwangsarbeiter streng nach Nationen und Geschlechtern getrennt worden, erst nach Kriegsende hatte man sie bunt durcheinander in neuen Sammellagern zusammengeführt. Die meisten hatten sich inzwischen ein zumindest rudimentäres Deutsch angeeignet, bloß mein Vater hatte sich nichts angeeignet. Er sprach weiterhin nur Russisch und hatte auch in den «Häusern» keinen einzigen Gesprächspartner, da fast alle Russen nach dem Krieg repatriiert worden waren. Wir gehörten also auch in den «Häusern» nicht dazu, mein Vater war niemandes Freund und niemandes Feind, er blieb ein Fremder unter Fremden, und da er zudem der Witwer einer Selbstmörderin war, umgab ihn ein tragisches Geheimnis, das niemand anzurühren wagte. Nie ging er hinaus in den Hof wie die anderen, die in kleinen Gruppen beieinanderstanden oder auf Bänken saßen, er sprach mit niemandem und wurde nicht angesprochen, er kam von der Arbeit nach Hause und setzte sich an den Küchentisch, um zu lesen.

Da saß er dann und las und rauchte, er saß und las und trank Rotwein, den er vorher in einer großen weißen Tasse mit einem Tauchsieder angewärmt hatte. Die Welt der russischen Bücher war sein Zuhause, dort, so schien es mir, fand sein eigentliches Leben statt, während das, was ihn umgab, nur so etwas wie ein Nebenschauplatz für ihn war, eine Wirklichkeit, die er so gut wie möglich ignorierte. Früher war er in seinen Tourneepausen in feinen Anzügen nach Hause gekommen und hatte exotische Geschenke mitgebracht, Granatäpfel, französisches Parfüm, ein kleines Klavier, in das man beim Spielen hineinblasen musste und das Melodica hieß. Man konnte den Chor, in dem er sang, im Radio hören und auf Plakaten sehen: Männer in schwarzen Kosakenkitteln und Pluderhosen vor der märchenhaften Silhouette der Moskauer Basiliuskathedrale auf dem Roten Platz. Doch auch jetzt, da der ehemalige Glanz an ihm verblasst war und er jeden Tag auf einem klapprigen Fahrrad zur Fabrikarbeit fuhr, blieb er in den «Häusern» eine Respektsperson, er galt als Künstler, als Intelligenzler, zumal seine Töchter als einzige Kinder in den «Häusern» höhere Schulen besuchten. Meine Schwester, die eine bemerkenswerte Stimme hatte und später Musik studieren sollte, um Sängerin zu werden, ging aufs Gymnasium. Sie war eine gute Schülerin und offenbar der Stolz meines Vaters.

Was mich anging, so war er schon immer davon überzeugt gewesen, dass aus mir nie etwas werden würde, dass bei mir Hopfen und Malz verloren war, dass ich genauso lebensuntauglich und nichtsnutzig war wie meine Mutter. Im Kloster hatten die Nonnen entschieden, dass ich nach der sechsten Klasse die Mittelschule besuchen sollte, diese Entscheidung hatte jetzt fatale Folgen für mich. Die Volksschule hätte ich inzwischen hinter mir gehabt, ich hätte schon arbeiten und Geld verdienen können, aber bis zum Abschluss der Mittelschule waren es nach meiner Rückkehr in die «Häuser» noch anderthalb Jahre, und in dieser Zeit blieb ich auf meinen Vater angewiesen, war ihm ausgeliefert mit Haut und Haar.

Manchmal schlug er mich einfach so, ohne einen für mich erkennbaren Grund, aber meistens bestrafte er mich mit Schlägen, wenn meine Arbeit im Haushalt ihn nicht zufriedenstellte. Schon früher, in meiner Kindheit, hatten mich seine Anforderungen im Hinblick auf Sauberkeit und Ordnung in Angst und Schrecken versetzt, nie war ihm etwas sauber, nie etwas ordentlich genug. Damals war meine Mutter die Hauptverantwortliche gewesen, ich nur ihre Gehilfin, jetzt war ich als ältere Tochter allein dafür zuständig. Die Samstage, an denen er den Badeofen anheizte, waren die Schreckenstage des Saubermachens, und je mehr ich schrubbte, scheuerte, wischte und polierte, desto mehr Schmutz schien für ihn an den Flächen der Böden, Türen und Trümmergebilde, die uns als Mobiliar dienten, sichtbar zu werden. Ich durfte nichts von dem, was die deutschen Mädchen durften, ich durfte nicht ins Kino, nicht zum Tanzen gehen, ich durfte mir nie etwas Neues zum Anziehen kaufen und bekam auch kein Taschengeld, und gleichzeitig sollte ich sein wie die deutschen Mädchen, die späteren deutschen Hausfrauen, bei denen man, wie mein Vater behauptete, vom Fußboden essen könne. Er kontrollierte meine Putzarbeit und ließ mich noch einmal von vorn anfangen, ich musste alles zwei- oder sogar dreimal putzen, und weil es auch dann noch nicht sauber genug war, schlug er mich. Es war, als wäre ich selbst der Schmutz, den zu beseitigen mir nie gelang und den er nun endlich mit eigenen Händen austilgen wollte. Ich erstarrte unter seinen Schlägen, ich stellte mich tot – diese Kunst hatten mich seine Schläge schon früh gelehrt.

Auf der Fensterbank stand die große weiße Tasse mit dem Rotwein, den er mit dem Tauchsieder anwärmte. Er trank auch an anderen Tagen, aber am Samstag, dem Putz- und Badetag, war es ein unumstößliches Gesetz. Und es hatte den Anschein, als tränke er an diesem Tag anders als sonst, als stünden die Vorbereitungen zum Baden und das Trinken in einem dunklen Zusammenhang. Auch der Blick, mit dem er mich ansah, war anders als sonst. Ich spürte in ihm nicht die Härte seiner Fäuste, sondern etwas Hungriges, Suchendes, er glitt an meinen Beinen und Hüften entlang, als suchte er immer noch den Schmutz, den ich nicht hatte wegputzen können und der jetzt identisch wurde mit dem an mir schon deutlich sichtbaren Schmutz des weiblichen Körpers. Diesen Schmutz betasteten seine Augen, als wollten sie endlich zu dessen tiefsten Schichten durchdringen, und das bevorstehende Baden diente offenbar diesem letzten Zweck.

Ich erinnerte mich noch an Zeiten, als ich bei ihm morgens auf dem Schoß gesessen hatte, in meinem amerikanischen Sonntagskleid aus gelbem Perlon, nach einer Nacht auf eisernen Lockenwicklern, schlaflos, aber im Vorgefühl meiner bevorstehenden Prinzessinnenpracht. Er hatte da, wo das Hemd aufspringt, ein kleines fleischfarbenes Kügelchen, das aus seiner Brust herauswuchs wie eine geheimnisvolle Beere, und wenn ich sie anfasste, schnappte er mit den Zähnen nach meinen Fingern und prustete mir durch das Perlon heiße Heuschrecken auf Brust und Bauch, bis ich fast erstickte an meinem Lachen. Und wenn er meinen Fuß in die Hand nahm, auf meinen Schuh deutete und fragte, was ich da anhätte, sagte ich, weil ich wusste, was er von mir hören wollte, nicht *botinki,* sondern *byni* – mein erstes Kinderwort für Schuhe, das fast so klang wie *dyni,* das russische Wort für Melonen –, und dann blies er mir die Heuschrecken unter meinen weißen Strumpf. Ich wusste nicht, wann diese unschuldigen Spiele zwischen ihm und mir ein

Ende genommen hatten, seit wann er ein fremder, bedrohlicher Mann für mich war. Hatte er mich schon vor dem Tod meiner Mutter mit diesem suchenden, aufgeweichten Blick angesehen, oder hatte das erst nach meiner Rückkehr aus dem Kloster begonnen?

Zuerst säuberte er das Feuerloch des Badeofens mit dem Schürhaken, sehr langsam und mit pedantischer Sorgfalt. Er schickte nicht mich, sondern ging selbst in den Keller, um Holz und Kohlen zu holen, stieß mit dem vollen Eimer gegen die Türstöcke und wankte, da er bereits seit dem Nachmittag Rotwein trank. Er verlangte von mir, dass ich ihm zusah, wie das sachgemäße Anheizen eines Ofens zu bewerkstelligen sei, obschon ich es war, die täglich den Ofen in der Küche anheizte, längst routiniert in dieser Verrichtung, aber es gehörte in den dunklen Zusammenhang der Samstagsvorgänge, dass er den Badeofen selbst anheizte und mich dabei zusehen ließ.

Er hatte, erhitzt vom warmen Rotwein und vom Schleppen des Kohleeimers, sein Hemd ausgezogen, ich sah das helle Fleischklümpchen über dem Rand seines Unterhemds, die kleine Wucherung wilden Fleisches, mit der ich einmal so selig gespielt hatte, und das Grauen in mir wuchs mit jedem Handgriff, den ich meinen Vater ausführen sah, als sollte ich etwas erlernen, das meiner Hinrichtung diente. Ich sah, wie er in die Hände spuckte und die Zeitungsblätter zertrennte, die er vom Stapel der russischen Emigrantenzeitungen unter dem Waschbecken nahm, wie er die bräunlichen, nach einer ätzenden Medizin riechenden Blätter einzeln zerknüllte und in das Feuerloch schob, wie er die Holzscheite eins nach dem anderen über das Papier schichtete – das war, wie ich längst selbst herausgefunden hatte, die eigentliche Kunst des Anheizens, die richtige Anordnung der Holzscheite auf dem Papier. Schließlich holte er sein Benzinfeuerzeug mit den rätselhaften Feuersteinen im Innern aus seiner Hosentasche und hielt die über seinem Daumen aufspringende Flamme ans Papier unter dem Holz. Bei alldem hörte ich ihn mit sich reden, mit sich oder mit den Dingen, unverständliche Laute, die so klangen, als sporne er die Dinge an oder lobe sie für ihre Gefügigkeit in seiner Hand. Zwischendurch unterbrach er seine Tätigkeit und griff nach der Tasse mit dem Rotwein, die auf dem Badewannenrand stand.

Wenn das Feuer endlich brannte und er mit beifälligem Gemurmel die Ofentür geschlossen hatte, wusch er sich am Waschbecken die Hände, und auch das glich der Demonstration einer Vollkommenheit, die ich trotz all meiner Bemühungen um die von mir verlangte Sauberkeit nie erlangen konnte. Mein Vater wusch den nur für mich unsichtbaren Schmutz von seinen auch beim Anheizen sauber gebliebenen Händen, er seifte sich bis hinauf zu den Ellenbogen ein, ließ das kalte Wasser aus dem Hahn über seine Unterarme laufen. Dann begann er mit dem Einseifen von vorn.

Das Muskelspiel seiner nackten Arme erinnerte mich daran, wie er einmal versucht hatte, mir das Schwimmen beizubringen. Ich war vier oder fünf Jahre alt, als er mich auf den Gepäckträger seines Fahrrads setzte und mit mir an einen Fluss fuhr. Die Gegend war menschenleer und still, der Fluss eine schnelle dunkelgrüne Strömung, die mich ängstigte. Ich sträubte mich, aber er hatte mich hochgehoben und trug mich ins Wasser, immer tiefer, bis er selbst bis an den Hals im Wasser stand, dann tauchte er mich in die kalte, reißende Flut. Ich sollte die Bewegungen machen, die er mir vorher gezeigt hatte, ich schrie vor Angst, schlug um mich, schluckte immer mehr Wasser und versuchte, mich am Körper meines Vaters festzuklammern. Doch der einzige Halt, den ich noch besaß, war gleichzeitig die Gewalt, die mich ins grundlose Gewässer drückte.

Irgendwann war alles vorbei. Ich sah das Wasser über mir und spürte, wie ich von der Strömung davongetragen wurde, in eine große grüne Stille, die eigentlich ein Klingen war, eine Musik, wie ich sie noch nie gehört hatte. Mir fielen die Wölfe ein, von denen meine Mutter mir erzählt hatte, sie warteten auf dem Grund der Flüsse auf Menschen, die nicht mehr herausgekommen waren aus dem Wasser, und fraßen sie auf. So unheimlich mir dieser Gedanke immer gewesen war – jetzt hatte ich keine Angst. Sollten die Wölfe mich ruhig fressen, das ging mich nichts mehr an. Über mir glitzerte das grüne Wasser, ich hörte die anschwellende Musik, und ich fühlte mich so frei und glücklich wie noch nie.

Bis die Hände meines Vaters auf einmal wieder da waren. Ich lag auf der Wiese am Flussufer, und die Hände drückten und quetschten meinen Brustkorb, als wollten sie ihn zerbrechen. Ich verstand nicht, warum das geschah. Warum hatte er mich wieder herausgeholt aus dem Wasser? Es war doch alles gut und leicht gewesen, jetzt fühlte ich nur Schmerzen, ein schreckliches Brennen und Reißen in der Brust, und nichts wünschte ich mir sehnlicher, als zurückzukehren ins Wasser, in dieses wundersame Klingen und Schweben, aus dem herausgerissen zu werden eine sinnlose Grausamkeit gewesen war.

Nach dem Baden im Fluss erlitt mein Vater meistens einen seiner Malariaanfälle. Die Krankheit stammte aus dem asiatischen Teil von Russland, dem Kaukasus, wo er offenbar eine unbestimmte Zeit gelebt hatte, in seinem anderen, russischen Leben, von dem ich mir keine Vorstellungen machen konnte. Er lag im Bett, mit steingrauem Gesicht und blauen Lippen, und ich sah, wie er vom Schüttelfrost hin und her geworfen wurde. Meine Mutter legte alle Decken, die wir besaßen, über ihn und füllte Flaschen mit heißem Wasser, die sie ihm unter die Decke schob, aber er hörte nicht auf, mit den Zähnen zu klappern, sie schlugen mit dem klirrenden Geräusch von Metall aufeinander, sein ganzer Körper bebte, als würde eine Maschine an ihm rütteln. Das Fieber stieg in schwindelerregende Höhen, bis ein erster erlösender Schweißausbruch die Wende brachte. Allmählich kehrte das alte Gesicht meines Vaters auf das durchnässte Kopfkissen zurück, auf dem Fußboden sammelten sich die nassen Laken, die meine Mutter mehrfach wechseln musste, bis er erschöpft einschlief.

Irgendwann erwachte er und begann erneut zu zittern, das Fieber stieg wieder an, aber das eigentlich Unheimliche an dieser asiatischen Krankheit war für mich die Medizin, mit der sie behandelt wurde: ein ockergelbes, scharf riechendes Pulver, das meine Mutter in einer großen Blechdose aufbewahrte – Chinin. Es war so bitter, dass mir allein vom Geruch übel wurde, und voller Entsetzen beobachtete ich, wie meine Mutter den Kopf meines Vaters vom Kissen hob und festhielt, während sie ihm mit der anderen Hand einen ganzen Teelöffel von dem Pulver zwischen die Zähne schob und ihm danach eilig ein großes Glas Wasser einflößte, obwohl er vor Zittern kaum schlucken konnte und die Hälfte des Wassers danebenlief.

Die asiatische Malaria war die einzige Krankheit meines Vaters, von der ich wusste, und es schien mir, als wäre gerade sie die Quelle seiner eisernen Gesundheit. Ich glaubte, es wäre das Chinin, um dessentwillen er in regelmäßigen Abständen von der Malaria heimgesucht wurde, das magische Gegengift, von dem sein bitterer Schweißgeruch stammte, die gelbliche Färbung seiner Haut und das geschmeidige Muskelspiel seiner Arme. Er wirkte ganz durchdrungen von dem Chinin, das ihm, so kam es mir vor, seine Unverwundbarkeit verlieh, die unerbittliche Schlagkraft seiner Hände.

Während meine Schwester als Erste badete, reinigte er, wie jeden Samstag, seine Zigarettenspitze, in deren goldfarbenen Schaft er die Zigaretten vor dem Rauchen hineinsteckte. In der Küche war es heiß und dunstig, Schweißperlen liefen über seinen halbnackten Körper. Zum Ausputzen der Zigarettenspitze benutzte er ein Stück Draht, das er am unteren Ende mit Zeitungspapier umwickelte, bevor er es ins Mundstück der zerlegten Spitze schob. Beim Herausziehen kam eine ekelhafte schwarze Schlacke zutage, die er mit dem Zeitungspapier vom Draht abstreifte, um ihn dann erneut zu umwickeln und den Vorgang zu wiederholen, so lange, bis das aus der Hülse herausgezogene Papier sauber blieb. Während der Prozedur heftete er immer wieder seinen glasigen Blick auf mich, und nichts als diesen Blick hatte ich als Begründung für meine Angst, wobei ich nicht hätte sagen können, was mich so ängstigte, ich hätte es nicht in Worte fassen können, die ein anderes, rettendes Wesen hätte verstehen können, wenn es ein solches denn gegeben hätte. Ich war mit meinem Vater völlig allein auf der Welt, allein mit seinen Blicken, die mich abtasteten und mir folgten, wenn ich, sobald meine Schwester fertig war, mit meinem frischen Nachthemd über dem Arm ins Badezimmer ging. In meinen Rücken hinein, in dem ich seinen Blick spürte, fragte er mich, ob er mir den Rücken waschen solle, und mit fremder, nicht zu mir gehörender Stimme bellte ich ein Nein zurück, wobei ich, schon halb in der Tür, unwillkürlich mit dem Fuß aufstampfte – als wäre die Frage meines Vaters so harmlos, dass sie sich mit kindlichem Trotz beantworten ließ. Mit dem Aufstampfen des Fußes verhöhnte ich meine Angst, die mich schuldig machte, mich und nur mich, weil ich einen so schrecklichen Verdacht gegen meinen Vater hegte.

Während ich im warmen Badewasser lag, verflüchtigte sich die Angst. Endlich war ich für mich, allein mit mir, die Realität löste sich in den Leuchtfarben meiner Träume auf. In Wirklichkeit war ich weit weg von hier, in Amerika, wo Mädchen wie ich von Millionären geheiratet oder über Nacht berühmte Filmstars wurden, denen die Welt zu Füßen lag. Ich wohnte in einer weißen Villa, die in einem Palmengarten mit azurblauem Swimmingpool stand, und wurde abends von einem meiner vielen Verehrer in einem funkelnden Cadillac abgeholt. Oder ich lebte doch gar nicht so weit von hier und war mit einem deutschen Handwerker verheiratet, wohnte in einem der heimeligen deutschen Fachwerkhäuser mit Geranien vor den Fenstern und war eine vorbildliche deutsche Hausfrau. Mein Mann war ein ganz anderer Mann als mein Vater, er zog beim Grüßen auf der Straße den Hut und geriet nicht in peinlich stumme Verlegenheit, wenn er auf einem Amt etwas gefragt wurde, und meine kleine Tochter war ein ganz anderes Kind, als ich es einmal gewesen war, trug einen Schottenrock mit goldener Nadel und hatte gute Noten in der Schule. Ich kochte deutsches Sauerkraut und deutschen Schweinebraten, ich backte Marmorkuchen, und am Sonntagnachmittag kamen meine Freundinnen zum Kaffeetrinken, alle genauso glückliche, adrette Ehefrauen wie ich. Nie wusste ich, was ich lieber werden wollte, ein amerikanischer Filmstar oder eine deutsche Hausfrau, vielleicht konnte ich ja beides werden.

Leise sang ich vor mich hin: «Am Tag, als der Regen kam, lang ersehnt, heiß erfleht», «Großer Gott, wir loben dich», «*Wolga, Wolga, matj rodnaja, Wolga, russkaja reka*» – Wolga, Wolga, große Mutter, Wolga, Russlands heil'ger Fluss. Aus einem Ort an diesem heiligen russischen Fluss stammte mein Vater. Die Winter dort waren so kalt gewesen, erzählte er, wenn er gute Laune hatte, dass der mächtige Strom zufror, obwohl er so breit war, dass man das gegenüberliegende Ufer nicht sehen konnte. Die Menschen gingen zu Fuß auf die andere Seite des Flusses oder fuhren mit einem Pferdefuhrwerk übers Eis, auf dem andere Schlittschuh liefen und Eisstockschießen spielten. Im Sommer badete man und kochte auf einem Feuer direkt am Ufer *ucha*, eine klare Suppe aus Wolgawasser und den Fischen, die es in solchen Massen gab, dass man sie mit den Händen fangen konnte, riesige Störe, Lachse und Hechte. Vor sehr langer Zeit, vor über sechzig Jahren, war mein Vater dort geboren worden, und wenn er davon erzählte, dann schien es für ihn eine Erinnerung an Glück zu sein, obwohl ich mir nicht vorstellen konnte, dass er jemals glücklich gewesen war. Niemals hatte ich auch nur eine Andeutung, einen Schimmer von Glück in seinem Gesicht gesehen, Glück, so vermutete ich, wäre eine Blöße für ihn gewesen, die er sich niemals gegeben hätte. Nur wenn er von der Wolga erzählte, ahnte ich etwas von seinem anderen Leben in Russland, von einem anderen Leben und einem anderen Menschen, den ich nicht kannte und an den er sich wahrscheinlich selbst kaum noch erinnerte.

Ein Geräusch riss mich aus meinen Gedanken. Ich hatte die Angst vergessen, obwohl jeden Moment die Tür aufgehen konnte. Seit einiger Zeit war es mir nicht mehr möglich, mich im Bad einzuschließen, weil der Schlüssel verschwunden und nirgends mehr zu finden war. Wahrscheinlich hatte mein Vater ihn abgezogen, schließlich war das Bad der einzige Ort in der Wohnung, an dem ich mich seiner Kontrolle hatte entziehen können. Ich sprang aus dem lauwarm gewordenen Wasser, riss ein Handtuch vor meinen nackten Körper und lauschte.

Es war nichts zu hören. Meine Schwester schlief wahrscheinlich schon, als Kleine hatte sie ihr Bett im Schlafzimmer meines Vaters, das hinter der Küche lag – ein Wohnzimmer gab es bei uns nicht, so etwas hatten nur die Deutschen, wir hielten uns immer in der Küche auf. Schnell trocknete ich mich ab und schlüpfte gegen den Widerstand meiner noch klammen Haut ins Nachthemd. Dann schüttete ich Ata in die Badewanne und begann, sie zu scheuern. Ich musste sie blitzblank für meinen Vater hinterlassen, in diesem Fall war ich mir einig mit ihm. Nichts von mir sollte in der Wanne zurückbleiben, in der anschließend er baden würde, kein einziges Partikel meiner Haut. Ich scheuerte, bis meine Finger brannten, spülte mehrmals mit Wasser nach und wischte die Wanne trocken. Dann huschte ich über den dunklen Flur hinüber in mein Zimmer und kroch ins Bett.

Seit der Rückkehr aus dem Kloster hatte ich ein eigenes

Zimmer, in dem aber außer dem Bett nur noch ein Schrank und ein Stuhl standen, ein Kämmerchen mit Steinboden und kahlen Wänden, in dem ich bloß schlief. Es war das amerikanische Feldbett, auf dem ich schon als Kind im Lager geschlafen hatte, als meine Mutter noch lebte und meine Schwester noch nicht geboren war. Nachts war ich manchmal am offenen Fenster der Baracke aufgewacht, weil mich ein kühler Luftzug gestreift hatte, während ich schon drauf und dran gewesen war, aus dem Fenster zu steigen, hinauf zum Mond, den ich durch meine geschlossenen Lider sah – er rief nach mir, lockte mich mit seinem bläulichen Schimmer, mit einem fernen, magischen Gesang. Dann spürte ich plötzlich die warme Haut meiner Mutter, die mich auf ihren Armen hielt und an sich drückte. Sie schloss das Fenster und steckte mich wieder ins Bett, strich mir übers Haar, und ich sah ihre Augen, in denen Tränen standen. Immer weinte sie, immer hatte sie Heimweh, und mir schien, dass sie auch mich schon damit angesteckt hatte, dass es auch bei mir so etwas wie Heimweh war, das mich nachts, während ich schlief, mit unwiderstehlicher Kraft aus dem Bett zog, ans Fenster, ins Licht des Mondes. Mein Vater empfahl meiner Mutter, mich am Bett festzubinden, aber sie lehnte das ab, sie nannte ihn gefühllos, und es entbrannte der übliche Streit zwischen ihnen. Meistens endete es damit, dass meine Mutter wieder zu weinen begann.

«Was habe ich bloß getan?», sagte sie schluchzend. «Wie konnte ich so blind sein? Warum bin ich nicht in der Ukraine geblieben?»

«Hirnlose Idiotin», sagte mein Vater, «du weißt genau, dass du nicht mehr am Leben wärst, wenn ich dich nicht mitgenommen hätte.»

«Na und», gab meine Mutter zurück, «dann wäre ich eben nicht mehr am Leben, das wäre sowieso das Beste für mich.»

Ich lag unter meiner Decke und hörte, wie mein Vater ins Bad ging. Ich hörte die dumpfen Zusammenstöße seines torkelnden Körpers mit den Wänden im Flur. Angstvoll verfolgte ich die Geräusche, die aus dem Bad kamen. Ich hörte das Klappern des Feuerhakens, das Rauschen des Wassers, ein Scharren, ein Rumpeln. Nie wusste ich, was er jeden Samstag so lange im Bad machte, die Säuberung des eigenen Körpers schien für ihn der Höhepunkt und das genussvoll in die Länge gezogene Finale des wöchentlichen Großreinemachens zu sein. Das monotone Rauschen des Wassers begann mich einzuschläfern, es vermischte sich in meinen Ohren mit dem der Regnitz, die im Gegensatz zur Wolga ein kleines beschauliches Flüsschen war. Im Sommer hatten wir früher daraus das Gießwasser für unsere Gemüsebeete geschöpft, die wir früher in den Regnitzauen hatten anlegen dürfen, und wir Kinder trieben uns bis in die Dunkelheit in diesen Auen herum, wir stahlen Vogeleier aus den Nestern in den Büschen und tranken sie aus, wir bauten Zelte aus alten Militärdecken, in denen wir einander heimlich unsere Geschlechtsteile zeigten, wir hetzten schmutzig und selbstvergessen am Ufer entlang, mit dem feuchten Gras unter den Füßen, während unsere Namen durch die warme Dämmerung schallten – unsere Mütter riefen nach uns, es war schon spät, wir mussten nach Hause.

Ich war eingeschlummert und schwebte über der Regnitz, das Schweben war meine natürliche Fortbewegungsart. Ich folgte dem Lauf des Flusses, in Gegenden, die ich noch nie gesehen hatte und die immer fremder, immer bedrohlicher wurden, und plötzlich … die Tür. Im Licht, das aus dem Flur ins Zimmer fiel, stand mein Vater, breitbeinig, schwankend, bekleidet nur mit einer Unterhose. Ich erkannte ein Grinsen in seinem Gesicht. «Hure», hörte ich ihn lallen. «Ich werde es ihr schon zeigen, sie wird schon lernen, ihren Vater zu fürchten.» Schon war er neben mir, mich streifte sein alkoholisierter Atem. «Rück zur Seite, ich will mich zu dir legen!»

Seine Blicke hatten mir diesen Moment seit langem angekündigt, aber jetzt wusste ich nicht, ob es wirklich geschah oder ob ich noch schlief und träumte. Beim Putzen hatte ich ein altes Betttuch zu Lumpen zerschnitten, die Schere lag noch auf dem Stuhl neben meinem Bett. Während mein Vater, auf dem Bettrand sitzend, sich über mich beugte, tastete meine Hand in der Dunkelheit danach. Wie in einem Film, der in keiner Beziehung zu mir stand, sah ich mich die Schere von oben in den nackten Rücken meines Vaters stoßen. Das Grauen, das dabei in mir aufblitzte, war nur das Grauen davor, dass es mir misslingen könnte, ihn zu töten, weil das zu meinem eigenen Tod geführt hätte, aber ich war zu allem entschlossen. Mit der Schere in der Hand setzte ich schon an zum Stoß, doch da rückte er plötzlich wieder von mir ab, wortlos, als wäre nichts geschehen. Schwer atmend richtete er sich auf und wäre dabei fast gegen die Schere gestoßen, die ich immer noch in meiner erhobenen Hand hielt. Eine Weile stand er da und kämpfte um sein Gleichgewicht, jeden Augenblick, so schien es, konnte sein Körper aufs Bett zurückfallen und mich unter sich begraben. Schließlich hatte er sich gefangen, er drehte sich um, wankte hinaus und schloss die Tür.

Durch die Türritze sah ich, dass das Licht im Flur erlosch. Ich lag in der Dunkelheit und lauschte, mein Herz klopfte. Würde er gleich wiederkommen? Ich wusste nicht genau, was Männer und Frauen im Bett miteinander machten, im Kloster hatten darüber die unterschiedlichsten Gerüchte kursiert, aber offenbar war es das, was mein Vater mir eben hatte zeigen wollen. Warum hatte er es sich anders überlegt? Hatte er gespürt, dass es zu einer Kraftprobe zwischen uns gekommen wäre, bei der er in seinem volltrunkenen Zustand wahrscheinlich den Kürzeren gezogen hätte? Oder hatte ich mir das alles nur eingebildet? Sah ich Gespenster, die meine verdorbene Phantasie erschuf? Alles war still, aber in mir rauschte immer noch das Blut. Erst als das gewohnte Schnarchen hinter der Wand einsetzte, löste sich der Krampf in meiner Hand, die immer noch die Schere umklammert hatte.

Als Zehnjährige hatte ich vor dem Leichenschauhaus gestanden und durch die Scheibe auf meine tote Mutter geblickt – jetzt lag an derselben Stelle mein toter Vater. Eine Ewigkeit schien zwischen seinem und ihrem Tod vergangen zu sein. Sie war zwanzig Jahre jünger gewesen als er, und trotzdem hatte er sie um mehr als drei Jahrzehnte überlebt, ein fast neunzigjähriger Greis, der ihr, der so jung Gestorbenen, nun ins Grab folgen würde, in das gemeinsame Bett unter der Erde. Sein aufgebahrter Körper lag zwischen zwei diskret geschlossenen Särgen, die den Lebenden den obszönen Anblick des Todes ersparten.

Unter den vielen Kränzen zu Füßen der drei Verstorbenen war nur ein einziger, der meinem Vater zugedacht war. «Zum Abschied von Deinen Töchtern» hatte ich ohne Abstimmung mit meiner Schwester in Goldlettern auf die lilafarbene Schleife drucken lassen. Die deutschen Worte standen leer und sinnlos im Raum – sie waren an jemanden gerichtet, der nur Russisch verstanden hatte, und meine Schwester wurde in eine Einheit mit mir gedrängt, die sie nicht wollen konnte. Seit langer Zeit schon gingen wir getrennte Wege. Der Tod unseres Vaters hatte uns zu einem Wiedersehen gezwungen, aber auch er vermochte kein Wir mehr zu stiften, uns ein Gefühl von Geschwisterlichkeit zurückzugeben. Ich war für sie eine Feindin, die Drahtzieherin einer Weltverschwörung gegen sie, Teil der bösen Mächte, die in ihrem Leben walteten und ihre einst so verheißungsvoll begonnene Karriere als Opernsängerin zerstört hatten. Was sie hinter der Scheibe des Leichenhauses sah, was der Tod unseres Vaters für sie bedeutete, wusste ich nicht. Als ich sie am Morgen vom Bahnhof abgeholt hatte, war sie mit der Erhabenheit einer Diva aus dem Zug gestiegen, die von einem begeisterten Publikum erwartet wurde, jetzt wirkte sie erloschen, gealtert.

Heike und Wolfgang, die neben uns standen, hatten meinen Vater nicht gekannt. Ihr Geleit galt nicht ihm, sondern mir und ersparte mir die Peinlichkeit, allein mit meiner Schwester an seinem Sarg zu stehen. Mit Heike hatte ich Ende der sechziger Jahre an einem Dolmetscherinstitut Russisch studiert, sie war verliebt in die russische Literatur, und ich fing an, meine damals fast vergessene Muttersprache noch einmal neu zu lernen. Heike war nie dazu gekommen, den Dolmetscherberuf auszuüben, sie heiratete und bekam ein Kind, aber ihr Studium hatte es ihr immerhin ermöglicht, die geliebten russischen Bücher in der Originalsprache zu lesen, was sie seitdem unermüdlich tat. Sie trug ein eng geschnittenes, altmodisches Kostüm und einen großen schwarzen Hut, den ich noch nie an ihr gesehen hatte.

Meine ärmlich gekleidete Schwester mit dem geblümten russischen Fransentuch über dem Mittelscheitel und ihren lilafarbenen Augen erinnerte mich mit einem Mal an meine Mutter. Mir wurde bewusst, dass sie, die Sechsunddreißigjährige, genau in dem Alter war, in dem meine Mutter sich das Leben genommen hatte. Ein ganz neues Bild verwirrte meine Erinnerung. Hatte meine Mutter am Ende ihres Lebens etwa so ausgesehen wie meine Schwester jetzt – ein verlorenes, mageres, verstörtes Kind? Tränen schossen mir in die Augen. Ich wusste nicht, ob sie meiner Mutter galten, meiner Schwester oder meinem Vater hinter der Scheibe.

Die größte Katastrophe seines Alters musste darin bestanden haben, dass er in den letzten Jahren nicht mehr lesen konnte. Nach seiner Singstimme war ihm auch sein Augenlicht abhanden gekommen, trotz mehrerer Augenoperationen war seine Sehkraft fast ganz erloschen. Eine Zeitlang führte er mit zitternder Hand noch eine Lupe über die Seite eines Buchs oder über einen Artikel der russischen Emigrantenzeitung aus den USA, die er auch im Altersheim weiterhin bezog, aber schließlich half selbst die Lupe nicht mehr. Er verlor die Verbindung zur einzigen Sprache, die er verstand, und er verlor seinen Schutzraum, jenen einzigen Ort, an dem er sich während seines gesamten Lebens in Deutschland aufgehalten hatte. Ohne ein Buch in der Hand sah er unvollständig und hilflos aus.

Nun war er ganz auf sich selbst zurückgeworfen, auf seinen kranken, dahinsiechenden Körper, in dem festzustecken eine Tortur für ihn sein musste. Die Malaria hatte im Alter zwar von ihm abgelassen, stattdessen schienen ihn aber alle anderen Krankheiten einzuholen, denen sein Körper über siebzig Jahre lang getrotzt hatte. Zahllose gerauchte Zigaretten hatten seine Lunge und sein Gefäßsystem zerstört, sein Blut floss durch eine Aorta aus Plastik, eine sogenannte Y-Prothese, die man ihm eingesetzt hatte und die ihn am Leben hielt. Nachts konnte er nicht schlafen, wegen der Schmerzen in seinen Füßen, die sich zunehmend grünschwarz verfärbten und nässten. Mehrmals kam er mit akuten Gefäßverschlüssen ins Krankenhaus, er litt an Herzschwäche, an chronischen Blasenentzündungen und an einem Lungenemphysem.

In den letzten fast zwanzig Jahren vor seinem Tod hatte ich im Bann seiner Krankheiten gelebt, ständig gefasst auf eine neue, lebensbedrohliche Havarie seines Körpers. Zahllose Male hatte ich ihn im Krankenhaus besucht, an einem Bett, das jedes Mal ein Sterbebett zu sein schien, aber es sah so aus, als wäre die natürliche Grenze, die der Tod den Schmerzen setzt, im Körper meines Vaters aufgehoben. Immer wieder erholte er sich, nur um sofort wieder von einer anderen Krankheit überfallen zu werden. Schon so oft war er in sein Leiden zurückgekehrt, dass sein Tod für mich ein Phantom geworden war, ich ihn für unsterblich zu halten begonnen hatte. Entweder war es ein übermenschlicher Lebenswille, der ihn in seinem verheerten Körper festhielt, oder die Macht seiner nie ausgesprochenen Wahrheiten entließ ihn nicht aus der Welt, vielleicht hatte sich die Natur bei ihm auch eine besonders grausame, langwierige Variante des Verfalls ausgedacht. Bevor er endgültig bettlägerig wurde, konnte er sich nur noch mit Mühe an einem Rollator fortbewegen, mit kleinen, schleifenden Schrittchen, bis zur Toilette und zurück. Es war genau das eingetreten, was ich mir als Mädchen so sehnlich gewünscht hatte: Er sollte leiden, er sollte alt, krank, hilflos und auf mich angewiesen sein. Auf diesen Moment hatte ich damals hingelebt, der Gedanke daran hatte mich am Leben gehalten, als ich vor ihm in die Vogelfreiheit, in die Wildnis der Straße geflohen war.

Ich erinnerte mich an den Tag, an dem ich nach meiner Rückkehr in die «Häuser» mein erstes und zugleich letztes Schulzeugnis bekam. «Eine einzige Vier», hatte mein Vater gesagt, «und ich bringe dich sofort wieder ins Kloster.» Eine Vier war mir ganz sicher, wahrscheinlich mehr als eine, aber auf keinen Fall, das wusste ich, würde ich mich ins Kloster zurückbringen lassen. Lieber wollte ich sterben.

Wir wurden aufgerufen und mussten uns das Blatt mit den Noten am Lehrerpult abholen. Ich saß in der Bank und wartete darauf, an die Reihe zu kommen, mein Name war, wie immer, das Schlusslicht im Alphabet. Meine Banknachbarin hatte ihr Zeugnis schon, sie versteckte es beim Lesen unter der Schulbank, als wären ihre Zensuren genauso geheim wie die Lösungen der Mathematikaufgaben, die sie, wenn wir Extemporalien schrieben, immer hinter einer Mauer von Büchern auf ihr Blatt kritzelte. Gerade ging Werner Lindner, dessen Vater Inhaber des Fotogeschäfts auf der Hauptstraße war, zum Pult – er würde später im Geschäft seines Vaters arbeiten. Ihm folgte Bärbel Messner, deren Eltern die Metzgerei gehörte, wo man mir, wenn ich früher mit meiner Mutter zum Einkaufen gegangen war, manchmal ein Rädchen Gelbwurst über die Theke gereicht hatte – eine für mich sonst unerreichbare Köstlichkeit. Meine Eltern aßen keine deutsche Wurst, und sie hätten sie sich auch gar nicht leisten können. Meine Mutter kaufte immer nur Suppenknochen für den Borschtsch, der unsere fast tägliche Speise war, manchmal gab es Bratfisch, an Festtagen mit Kartoffeln gefüllte Wareniki, die wir mit gebratenen Zwiebeln aßen. Seit meine Mutter tot war, gab es fast nur noch Borschtsch.

Einmal hatte mein Vater mir erlaubt, Blumenkohl zu kochen. Ich hatte nicht gewusst, dass man das narbige weiße Gewächs vor dem Kochen in Salzwasser legen musste, damit die Würmer herauskamen. Erst auf dem Teller mit dem fertigen Blumenkohl sahen wir, dass er von Würmern wimmelte. Meinem Vater schien das nichts auszumachen, er aß mit gutem Appetit, und auch ich musste essen, was ich uns eingebrockt hatte, bis ich mich vor Ekel auf den Teller erbrach.

Den meisten in meiner Klasse stand eine Zukunft in einem Amt oder Büro bevor, eine «saubere Arbeit», wie es im Russischen hieß, und eine solche sah mein Vater auch für mich vor. Ahnte er, dass daraus nichts werden würde? Ich hielt mein Zeugnis in der Hand und blickte auf seinen vernichtenden Inhalt: Nicht *eine* Vier stand da in den schraffierten Quadraten neben den Unterrichtsfächern, da standen *vier* Vieren, dazu eine Fünf in Buchführung. Nur in Musik hatte ich die obligatorische Eins, die allein zu dem Zweck da zu sein schien, den verheerenden Rest noch deutlicher hervorzuheben. Das bedeutete Rückkehr ins Kloster mit vierfacher Sicherheit, verdoppelt durch die Fünf in Buchführung. Die Zweien in Stenographie und Maschinenschreiben konnten das Gewicht meines Versagens nicht aufwiegen. Mein Zeugnis war so schlecht, dass ich sogar dachte, es müsse etwas geben, das über die Klosterstrafe noch hinausging. Vor Jahren hatte mein Vater mir manchmal angedroht, er würde mich von der deutschen Behörde in eine Erziehungsanstalt einweisen lassen, eine Art Zuchthaus für Kinder und Jugendliche, bei denen nichts anderes mehr half. Ob er jetzt womöglich diese Drohung wahrmachen würde?

Ich saß in der Schulbank und nahm nichts mehr wahr außer dem Klingen in meinen Ohren. Ich kannte es noch von früher, wenn ich als Kind Fieber gehabt hatte, den hohen, vibrierenden Telegraphenmastenton in meinem Kopf. Schon lange schlummerte ein Rettungsplan in mir, jetzt wurde er konkret. Ich würde Jadranka um Hilfe bitten, meine heimliche Freundin in den «Häusern», die Tochter eines streng muslimischen Jugoslawen, der ihr die Freundschaft mit mir verbot, weil ich in roten Stöckelschuhen auf die Hauptstraße ging, was in den «Häusern» jeder zu wissen schien außer meinem Vater. Jadranka war es genauso untersagt wie mir, mit deutschen Jungen zu sprechen. Ihr Vater schwor, dass er sie erschlagen würde, wenn sie sich mit einem Deutschen einließe. Er hatte bereits einen muslimischen Mann für sie ausgesucht, der noch in Jugoslawien lebte, aber bald nach Deutschland kommen sollte. Jadranka, die schon achtzehn und damit im heiratsfähigen Alter war, lebte in Angst und Schrecken vor der ihr bevorstehenden Zwangsheirat und hoffte ebenso wie ich auf den deutschen Mann, der sie retten würde. Aber sie hatte schlechtere Karten als ich, weil ihre Mutter immer zu Hause war und in Abwesenheit ihres Vaters über sie wachte, gemeinsam mit Kemal, ihrem älteren Bruder, der von seinem Vater den Auftrag hatte, die Schwester nicht aus den Augen zu lassen. Jadranka konnte sich selbst nicht helfen, aber vielleicht mir.

Ich wusste, dass ihre Mutter Schlaftabletten einnahm, weil sie nachts nicht schlafen konnte. Jadranka musste es schaffen, einige dieser Tabletten unbemerkt zu entwenden und mir zu geben. Es brauchten nicht viele zu sein, denn ich wollte ja nicht sterben, sondern nur so tun, als ob. Ich würde die Tabletten einnehmen, und wenn mein Vater von der Arbeit nach Hause käme, sollte er mich bewusstlos auf meinem Bett finden. Alle würden sehen, dass ich im Krankenwagen abgeholt würde, man würde mir den Magen auspumpen, was mir eine Bedeutung verliehe, die ich noch nie gehabt hatte. Mein Vater würde seine Drohung, mich ins Kloster zurückzubringen, bitter bereuen und inständig hoffen, dass die Ärzte mein Leben retten könnten.

Ich musste das Läuten zum Schulschluss überhört haben, denn plötzlich merkte ich, dass meine Mitschüler schon alle im Aufbruch waren. Schnell schob ich mein Zeugnis in die Schultasche und folgte den anderen hinaus auf den Korridor. Die Stimmung war ausgelassen, denn es ging in die Osterferien. Ich musste mich beeilen. Nur noch zweieinhalb Stunden, bis mein Vater von der Arbeit nach Hause kam – in dieser Zeit musste es mir gelingen, meinen Plan zu verwirklichen. Ich schob mich durch das Gedränge auf der Treppe und lief zum Ausgang.

Unerwartete Wärme schlug mir entgegen, auf die Straße ergoss sich der Schatten des gegenüberliegenden Stadtparks, der in loderndem Hellgrün stand. Der Weg durch den Park war für mich der kürzeste zu den «Häusern». Ich lief vorbei am Teich, in den die Girlanden einer Trauerweide fielen, durch das dunkle, trübe Wasser schlingerten die geheimnisvoll leuchtenden, orangefarbenen Körper von Goldfischen. Blühender Flieder verströmte seinen Duft, ein warmer Windstoß entfachte ein violettes Gestöber. Ich lief an der alten, vermoosten Stadtmauer mit den Schießscharten und Wachttürmchen entlang, weiter und weiter, aber auf einmal ließ mich etwas stocken. Worüber hatten zwei meiner Mitschülerinnen auf der Treppe gesprochen? Sie hatten sich für den Abend zum Tanzen in der «Linde» verabredet. Es konnte nur die Gaststätte «Zur deutschen Linde» gemeint sein, schon oft hatte ich dort die abendlichen Ansammlungen von Mädchen und Jungen beobachtet und Musik hinter den Fenstern gehört, die neuen Schlager, die ich von den Radiowunschkonzerten am Mittwochabend kannte. Jäh verdrängte ein anderer Gedanke den an meinen vorgetäuschten Tod. Dort, in der «Linde», würde ich meinen Retter treffen, den deutschen Jungen, der mir bestimmt war und der schon seit langem genauso sehnsüchtig auf mich wartete wie ich auf ihn. Dort würde es endlich geschehen, das einzige Wunder, das mich meinem Vater für immer entreißen würde.

Ich huschte an den geöffneten Fenstern in unserem Hof vorbei. Die immer betrunkene Maria saß draußen auf einer Bank, mit einer Bierflasche in der Hand und einer Zigarette zwischen den rot geschminkten Lippen, der Hausmeister, der einzige Deutsche in den «Häusern», stand in einer Tür und schimpfte, weil ein paar Jungen wieder einmal Fußball auf dem Rasen spielten, aber das alles ging mich nichts mehr an. Zu Hause versteckte ich mein Zeugnis vorsichtshalber unter den russischen Zeitungsblättern, mit denen der Boden meines Kleiderschranks ausgelegt war. Hastig, angetrieben von der Furcht, mein Vater könnte heute früher nach Hause kommen als sonst, warf ich meine Sachen ab, schlüpfte in das blaue amerikanische Taftkleid, schnallte mir den roten Lackgürtel um und zog die roten Stöckelschuhe an. Aus der Schublade des Küchentisches, in der mein Vater das Geld aufbewahrte, nahm ich ein Fünfmarkstück und schob es in eine Tasche meines Kleides.

Als ich die Wohnungstür hinter mir zuschlug, dachte ich an die arme Jadranka, die auch weiterhin an der Kette ihres Vaters liegen würde, und ich dachte an meine Schwester, die noch nicht von der Schule zurück war und die ich ebenfalls verließ. Mich tröstete der Gedanke, dass wir, sie und ich, uns irgendwann wiedersehen würden, später, in einem anderen, in unserem deutschen Leben, das für mich schon an diesem Tag begann und irgendwann auch für sie beginnen musste.

Ich schlenderte in der Stadt herum. Es war ungewöhnlich heiß für die Jahreszeit, die Sonne brannte mir auf den Kopf. Ich hatte ganz vergessen, zu Hause rasch noch etwas zu essen, und spürte ein unangenehmes Ziehen im Magen. Über die Hauptstraße hasteten Leute mit Taschen und Einkaufsnetzen, wahrscheinlich kauften sie schon für Ostern ein. Meine Eltern hatten die christlichen Feste immer nach dem julianischen Kalender gefeiert – besonders zu Weihnachten hatte ich neidisch und sehnsüchtig in die Fenster der deutschen Häuser geschaut, auf die erleuchteten Christbäume, an denen bunte Kugeln und Lametta hingen. Jetzt dachten alle bestimmt schon ans Eierfärben und an das neue Frühjahrskostüm, ich dagegen war auf der Hauptstraße die Einzige, die ohne Ziel umherging. Mir war, als müsste mir jeder ansehen, dass ich von zu Hause fortgelaufen, dass ich auf der Flucht vor meinem Vater war.

Es war noch lange hin bis zum Abend, die goldenen Zeiger der Kirchturmuhr auf dem Marktplatz zeigten erst halb drei. Mich durchfuhr ein beunruhigender Gedanke. Was, wenn mein Vater heute tatsächlich früher nach Hause gekommen war als sonst? Schließlich war heute der Tag der Wahrheit, der Zeugnistag. Was, wenn er bereits alles durchschaut hatte und nach mir suchte? Auf einmal war ich mir sicher, dass meine Flucht gar keinen Sinn hatte, dass ich meinem Vater niemals entkommen konnte. Er würde mich suchen und überall finden, ganz egal, wo ich mich vor ihm versteckte.

Schnell bog ich in eine der dämmrigen, menschenleeren Gassen ein. Kleine, halb verwitterte Fachwerkhäuser lehnten sich aneinander, als müssten sie sich gegenseitig stützen. Auf einer Seite der Gasse standen sie im Wasser, in einem schmalen, aber reißenden Flüsschen, in dem sich ein ausgedientes Mühlrad drehte. Hier, im Halbdunkel des alten Gemäuers, fühlte ich mich etwas sicherer, hier, in den Eingeweiden der Stadt, war mein Vater noch fremder als ich: Hier konnte ich mir seine Anwesenheit nicht vorstellen.

Die Schatten in der feuchten Gasse ließen mich frösteln, das Geräusch meiner Schritte auf dem Kopfsteinpflaster erschien mir unzulässig laut. Es durchbrach jene heilige deutsche Stille, deren Kehrseite unser Lärm in den «Häusern» war. Bei uns standen an warmen Tagen alle Fenster offen, man hörte die Leute reden, lachen, streiten, mit den Kindern schimpfen. Unser Dasein war per se geräuschvoll, wir machten Lärm allein durch unsere Existenz, während es bei den Deutschen immer leise war – alles verbarg sich hinter den exakten Falten schneeweißer Gardinen, hinter Umgangsformen und Ausdrucksweisen, die immer etwas anderes zu meinen schienen, als ich dachte. Auf einer kleinen Holzbrücke, die über ein Wehr führte, blieb ich einen Augenblick lang stehen. Ich sah hinab in die weiße, kochende Gischt und verschnaufte. Dann hastete ich weiter.

Unversehens hatte mich der Weg wieder ins Freie hinausgeführt, auf die Straße, an der der Friedhof lag. Dort befand sich das Grab meiner Mutter, und kaum hatte ich mir das klargemacht, wusste ich, dass das mein einziges sicheres Versteck vor meinem Vater war. Nach der Beerdigung hatte er noch einen Grabstein anbringen lassen müssen, das war nicht zu umgehen gewesen, aber seither hatte er den Friedhof nie wieder betreten. Wenn es einen Ort auf der Welt gab, den er mied, dann war es dieser. Im Leben hatte meine Mutter mich nicht vor ihm schützen können, sie hatte sich selbst Tag für Tag vor ihm gefürchtet, aber ihr Grab hatte eine Art Sperrzone gebildet, in der ich von meinem Vater nichts zu befürchten hatte.

Auch ich war schon seit vielen Jahren nicht mehr auf dem Friedhof gewesen. Nach dem Tod meiner Mutter hatte ich auch meine Besuche im Leichenschauhaus eingestellt, vor dem ich als Kind so oft gestanden hatte, um die Toten zu betrachten. Damals war die Scheibe für mich nicht nur so etwas wie ein Fenster zum Tod, der von jeher der unheimliche Begleiter meiner Mutter war. Meine zur magischen Gewohnheit gewordenen Besuche bei den Toten dienten mir, die ich in wachsender Gewissheit des Unabwendbaren lebte, wahrscheinlich auch als Vorbereitung auf den Tag, an dem ich wieder vor dieser Scheibe stehen und auf die Leiche meiner Mutter blicken würde. Und gleichzeitig war mir immer gewesen, als könnte ich hier etwas von dem Geheimnis der Deutschen erhaschen: Waren sie tot, konnte ich sie lange und ungestört betrachten, ihre Münder, ihre Haare, ihre gefalteten Hände, sie wandten sich nicht von mir ab, sondern zeigten mir ihre nackten, schutzlos gewordenen Gesichter, in denen die Geschichte ihres Lebens noch nicht ganz verblasst war.

Früher hatte es an dieser Stelle immer nach etwas halb Modrigem, halb Süßlichem gerochen, und ich hatte mir vorgestellt, es wäre der Geruch der Salben und Essenzen, mit denen man die Körper der Toten einrieb, bevor man sie in den Sarg legte. Jetzt roch es hier nach gar nichts mehr. Es gab nichts zu riechen, nichts zu sehen. Im Lauf der fünf Jahre, die ich im Kloster verbracht hatte, waren die Sitten andere geworden. Die Särge hinter der Scheibe waren jetzt geschlossen, sie präsentierten ihre kalten, abweisenden Flächen, selbst die Blumen in den Kränzen und Gebinden wirkten eigentümlich starr, als wäre erst jetzt der wirkliche Tod ins Leichenschauhaus eingezogen, als entblößte er erst jetzt sein wahres Gesicht.

Nach der langen Zeit, die seit meinem letzten Friedhofsbesuch vergangen war, wusste ich nicht mehr genau, wo das Grab meiner Mutter lag. Ich folgte den Kiespfaden in die Richtung, in der ich es vermutete. Die Gräber brüteten im Nachmittagslicht eines Frühlings, der sich vor der Zeit zu verschwenden schien – bis auf den letzten Tropfen Helligkeit, von der nach diesem Tag nichts übrig bleiben würde. Es roch nach Staub, nach vertrockneten Kränzen und matten Grabblumen, die ihre Köpfe hängen ließen, als wären sie schläfrig wie die Toten. An einem Brunnen, der Gießwasser spendete, blieb ich stehen und trank. Ich hatte, wie immer, nicht gefrühstückt, jeden Morgen vor der Schule war meine Kehle wie zugeschnürt, das kalte, rostig schmeckende Wasser war das Erste, was an diesem Tag in meinen Magen gelangte. Der Brunnen wurde überragt von einem hohen Kreuz, an dem ein lebensgroßer Christus hing. Zum ersten Mal, seitdem ich das Kloster verlassen hatte, stand ich wieder vor einem Kreuz, vor meinem himmlischen Bräutigam, dem «Haupt voll Blut und Wunden». Nie hatte ich verstanden, warum ich so abgrundtief schuldig sein sollte, da er doch, wie es hieß, durch seinen Tod die Schuld aller gesühnt hatte. Für einen Moment spürte ich wieder die mir so vertraute Schuldenlast auf meinen Schultern, doch dann fiel mir ein, dass ich das alles hinter mir gelassen hatte und meinem irdischen Bräutigam bereits ganz nah war.

Zu meinem Erstaunen fand ich das Grab meiner Mutter auf Anhieb. Inmitten der anderen, neuen Gräber, die es bei der Beerdigung meiner Mutter noch nicht gegeben hatte, war es auch nicht zu übersehen: ein Sandhügel voller Unkraut, der auch nach all den Jahren noch nicht abgesackt war und alle anderen, akkurat gepflegten, von kleinen Hecken oder Randsteinen eingefassten Gräber mit seinem Wildwuchs bedrohte. Flechten krochen auf die Nachbargräber zu, Wiesengräser ließen ihren Samen fallen, von dem blühenden Löwenzahn lösten sich bereits die ersten Flugschirmchen und schwebten durch die Luft.

Mein Vater, der sonst alles Deutsche ignorierte, hatte den eingedeutschten Namen meiner Mutter auf den Grabstein meißeln lassen. Nicht Jewgenia stand da, sondern Eugenie, und es fehlte die weibliche Endung des Nachnamens. Meine Mutter stammte aus der Ukraine, aber auf dem Grabstein stand «Geb. 1920 in Russland, gest. 1956 in Deutschland». Auch hierin war mein Vater dem Sprachgebrauch der Deutschen gefolgt, für die die gesamte Sowjetunion meist «Russland» war und die Bundesrepublik schlicht Deutschland. Unter dem eingedeutschten Namen stand ein russisches Bibelzitat, dessen kyrillische Lettern kaum zu entziffern waren, ganz oben ein russisch-orthodoxes Kreuz mit dem Querbalken.

Zur Beerdigung, daran erinnerte ich mich jetzt wieder, war meine gesamte damalige Schulklasse gekommen, die Kinder, die mich nach Schulschluss jagten und «Russki» schrien. Am Grab meiner Mutter hatte ich zum ersten Mal nicht als Angeklagte, sondern als Opfer im Mittelpunkt gestanden, zum ersten Mal fühlte ich mich gesehen in dem Unglück, eine Russin zu sein. Ich sonnte mich in einem neuen, feierlichen Licht. «Wir alle», so sagte Herr Kaljuste, ein Este, der als einziger Mann aus den «Häusern» beim Grüßen den Hut zog und am Grab die Trauerrede hielt, «wir alle sind schuld am Tod dieser jungen Frau, weil wir nichts getan haben, um ihr zu helfen.» Mir war, als hätte er das über mich gesagt, als bestünde nun endgültig kein Zweifel mehr daran, wie verkannt ich war und wie ungerecht man mich behandelte.

Mein Vater hatte mich damals zum ersten und einzigen Mal in meinem Leben nach meiner Meinung gefragt. Er wollte von mir wissen, ob wir meine vierjährige Schwester zur Beerdigung mitnehmen sollten oder lieber nicht. Mich entsetzte die Vorstellung, dass meine kleine Schwester die Leiche ihrer Mutter sehen sollte, sie würde ihr bestimmt ins Grab nachspringen, sagte ich. Das mochte meinem Vater mehr über mich selbst gesagt haben als über meine Schwester, die gar nicht verstand, was passiert war, aber er bat eine Nachbarin, auf sie aufzupassen, während wir zur Beerdigung gingen.

Als die vielen Trauergäste an meinem Vater und mir vorbeizogen und auch mir, der Zehnjährigen, kondolierten, geriet ich nach einer Weile so durcheinander, dass ich, als meine Lehrerin mir mit den Worten, ich könne immer zu ihr kommen, die Hand reichte, meine Rolle verwechselte und nicht «danke», sondern «herzliches Beileid» sagte. Im selben Moment begriff ich, welcher Fauxpas mir unterlaufen war, und brach in Tränen aus vor Scham.

Und noch etwas fiel mir am Grab meiner Mutter wieder ein. Früher waren wir manchmal mit dem Zug nach Nürnberg gefahren, um dort die russisch-orthodoxe Sonntagsmesse zu besuchen. Sie fand in einer kleinen, abgelegenen Baracke statt, einem fensterlosen Raum, der nur von schlanken weißen Kerzen beleuchtet wurde – zu Dutzenden standen sie in kleinen Eisenkelchen und warfen ihr

Licht auf das Gold der schimmernden Ikonen. In einer russischen Kirche gab es keine Sitzbänke, es galt als respektlos, vor Gott zu sitzen, man musste drei Stunden lang stehen oder auf den rohen Holzbrettern knien, mit leerem Magen, weil man das Abendmahl nur nüchtern empfangen durfte. Eingetaucht in die Rauchschwaden, die dem goldenen Weihrauchkessel entwichen, den Vater Ioann während der ganzen Messe schwenkte, wurde mir immer ein wenig übel und schwindelig.

Trotzdem wartete ich stets auf diese seltenen Sonntagsstunden, weil ich im Kirchenchor mitsingen durfte, dessen «Regent» mein Vater war. Der Chor bestand aus nicht mehr als fünf, sechs Personen, die unter seiner Leitung so kunstvoll wie möglich die russisch-orthodoxe Liturgie sangen, im Wechsel mit dem immens tiefen Bass von Vater Ioann. In seiner goldverzierten Robe stand er vor der Ikonostase und beugte sich am Ende der Messe zu mir hinab, um mir, nachdem ich seine Hand geküsst hatte, das goldene Löffelchen mit Wein und einem dreieckigen Stückchen *prosfora* in den Mund zu schieben. Nach der Messe unterhielten meine Eltern sich noch eine Weile draußen vor der Tür mit den anderen Kirchenbesuchern, den einzigen Russen, mit denen wir zusammenkamen, jenen Versprengten, denen es ebenfalls gelungen war, nach dem Ende des Kriegs in Deutschland zu bleiben. Meine Mutter blühte ein wenig auf, dann machten wir uns wieder auf den Fußweg zum Bahnhof, auf dem mein Vater, weil es weit war, meine Schwester auf den Schultern trug. Zu Hause gab es für sie und mich Gogol-Mogol, mit Zucker schaumig geschlagenes Eigelb, die Krönung unserer Sonntagsfahrten in die Kirche.

Ein paar Mal besuchte uns Vater Ioann auch zu Hause. Er

war sehr verliebt in meine Mutter, verteidigte sie immer gegen die Vorwürfe meines Vaters, der sich bei ihm über ihre vielen Unzulänglichkeiten beklagte, und einmal, als wir zusammen «Auf viele Jahre» sangen, war er so hingerissen von ihr, dass er vom Stuhl aufsprang und sie vor den Augen meines Vaters auf den Mund küsste. Ich spürte, dass er etwas Verbotenes getan hatte, angstvoll sah ich zu meinem Vater hin, aber der sang weiter, als wäre nichts geschehen, während meine Mutter errötete, die Augen niederschlug und dann ebenfalls «Auf viele Jahre» weitersang.

Als sie gestorben war, verweigerte Vater Ioann ihr ein kirchliches Begräbnis – Selbstmörder hatten darauf kein Recht. Auf meine Mutter legte sich ein neuer Fluch, nicht nur die Welt hatte sie verstoßen, sondern am Ende auch Gott. Aber dann war Vater Ioann doch gekommen und hatte, wahrscheinlich geleitet von seiner verbotenen Liebe, die Totenmesse gehalten, wenn auch nur in der Vorhalle des Leichenschauhauses. Den Zutritt zur Friedhofskapelle hatte man uns, den Andersgläubigen, damals verwehrt.

Bevor der Sarg geschlossen wurde, hatte Vater Ioann uns dazu aufgefordert, Abschied von meiner Mutter zu nehmen. Ich begriff nicht, was gemeint war, sie war doch schon tot, aber mein Vater trat an den aufgebahrten Sarg, beugte sich zu meiner Mutter hinab und küsste sie auf die Wange. Zum ersten Mal sah ich ihn so etwas tun, ich konnte mich nicht daran erinnern, jemals eine körperliche Berührung, eine Zärtlichkeit zwischen meinen Eltern miterlebt zu haben, doch ich verstand, dass ich es ihm nachtun sollte. Also ging ich nach vorn und küsste meine Mutter in dem fremden weißen Spitzenhemd, auf dem ihr aufgelöstes schwarzes Haar lag, ein letztes Mal. Für immer hatten sich meine Lippen die kurze Berührung mit ihrer glatten, leblosen Wange gemerkt. Sie war sehr viel kälter gewesen als gedacht, viel kälter, als ich mir die Kälte der Toten vorgestellt hatte.

Ich wusste nicht, wie spät es war. Ich hatte keine Uhr, aber nach und nach wurde es schattiger, die Sonne hatte sich hinter die hohen, spitzen Zypressen am Rand des Friedhofs zurückgezogen, doch der Abend erschien mir immer noch unendlich fern. Ich ging zwischen den Gräbern umher und vertrieb mir die Zeit mit dem Lesen der Grabinschriften. Obwohl ich schon so viele tote Deutsche im Leichenschauhaus gesehen hatte, fand ich es merkwürdig, dass auch die Deutschen starben, dass auch ihnen diese äußerste Niederlage widerfuhr, dass es etwas gab, das sie mit meiner Mutter gemeinsam hatten. Nur dass der deutsche Tod zur Normalität gehörte, während ich mich für den russischen Tod meiner Mutter immer schämte, nie etwas zu sagen wusste, wenn ich gefragt wurde, woran sie so jung gestorben war.

Ich las die Namen auf den Grabsteinen, die Geburtsorte, die Jahreszahlen, die Berufe. Helene Hein aus dem Sudetenland war sicher eine dicke Köchin gewesen, die Apfelstrudel und Mohnkuchen backte. Gottlieb Müller aus Egloffstein stellte ich mir als einen Schreiner vor, dessen große, schrundige Hände nach Sägespänen und Leim rochen. Richard Graf, geboren im Fichtelgebirge, musste ein verwitterter alter Mann gewesen sein, der den Hut tief ins Gesicht zog und dessen Rücken gekrümmt war wie der Stamm einer vom Sturm gebeugten Fichte. Vor einer Reihe gleichförmiger kleiner Grabsteine zog ein Spalier deutscher Krieger an mir vorüber: Gefreite, Landsturmmänner, Infanteristen, Kanoniere, Sergeanten. Der Gefreite freite seine junge deutsche Braut, die Kanoniere sangen einen mächtigen deutschen

Kanon, der Landsturmmann stürmte mit seinem Heer das feindliche Russland. Lauter junge Soldaten, manche erst vierzehn, fünfzehn Jahre alt, vor langer Zeit gefallen in einem Krieg, von dem ich keine Ahnung hatte.

Ich ging an den Steinen der Kriegsgräber entlang und suchte mir einen deutschen Bräutigam aus. Achim Uhland, las ich, Gefreiter, 1898–1917. Das helle A und das dunkle U gefielen mir. Achim Uhland freite mich, er sah mich an mit seinen dunklen Augen und verneigte sich in seiner Uniform vor mir: Darf ich bitten? Ich nahm seinen Arm und schwebte mit ihm in meinem weißen Hochzeitskleid durch einen Saal mit prachtvollem Parkett und strahlenden Lüstern. Aber auf einmal wurde mir bewusst, dass ich doch gar nicht tanzen konnte. Selbst die Walzer- und Polkaschritte, die Schwester Marie-Joseph uns in einer seltenen Anwandlung von Fröhlichkeit beigebracht hatte, hatte ich wieder vergessen, und die modernen Tänze, die Rock 'n' Roll, Twist und Foxtrott hießen, kannte ich sowieso nicht. Es kam mir plötzlich völlig abwegig vor, in die «Linde» zu gehen, mich in die Höhle des Löwen zu wagen, mitten hinein in die Tanzparty meiner deutschen Altersgenossen zum Ferienbeginn. Man würde sich dort nur über mich lustig machen, vielleicht würde man mich nicht einmal einlassen, so, wie man mich als Kind nicht ins Städtische Schwimmbad gelassen hatte, weil es hieß, die Leute aus den «Häusern» seien schmutzig, sie würden nur Dreck und Krankheiten ins Wasser tragen. Ich wusste nicht, woran die Frau an der Kasse mich erkannt hatte, aber die Bewohner der «Häuser» konnten ihre Herkunft nicht verbergen, ihr Äußeres, ihr Verhalten, eine Art mentaler Geruch gaben sie immer und überall sofort preis. Am liebsten wäre ich jetzt wieder in die «Häuser» zurückgelaufen, um doch noch die Tabletten von Jadrankas Mutter zu schlucken, aber diese Möglichkeit hatte ich mir verscherzt, mein Vater war längst zu Hause.

Eine dicke alte Frau mit einer krausen, griesgrauen Dauerwelle kam mir mit einer Gießkanne in der Hand entgegen, mich streifte ein missbilligender Blick. Außer uns beiden war wahrscheinlich niemand mehr auf dem Friedhof. Die Sonne hatte sich inzwischen ganz hinter die Zypressen zurückgezogen, schwarz und scherenschnittartig hoben sie sich ab gegen den noch lichten Horizont. So warm der Tag gewesen war, jetzt, ohne direkte Sonneneinstrahlung, wurde es rasch kühl. Die Dinge hatten noch nicht genug Zeit gehabt, Wärme zu speichern, sie trugen noch den Kälterest des Winters in sich. Fröstelnd setzte ich mich auf eine Bank, meine Beine schmerzten, ich merkte, dass mir flau war. Mir fielen die Sauerampferblätter ein, die ich im Gras hinter den Gräbern gefunden und hungrig in mich hineingestopft hatte, sie hatten seifig und bitter geschmeckt. Mich durchfuhr der Gedanke, dass ich mit den Sauerampferblättern den Tod gegessen hatte, Leichengift, von dem auf dem Friedhof alles durchdrungen war, nicht nur die Erde, sondern auch die Pflanzen. Kreiste dieses Gift jetzt durch meinen Körper, würde ich sterben müssen? Das Brausen in meinem Kopf schwoll immer mehr an, ich konnte mich nicht mehr aufrecht halten und sank benommen auf die Bank.

Aus einem dichten schwarzen Nebel kam plötzlich Ada auf mich zugesprungen, unsere einstige Schäferhündin, die bald nach meiner Mutter gestorben war. Selig schloss ich sie in die Arme. Früher hatte sie die Hühnerfarm meines Vaters bewachen müssen, die nach unserem Umzug in die «Häuser» seine große Geschäftsidee gewesen war. Er ließ sich aus der Tolstoj-Bibliothek in München Bücher über Hühnerzucht schicken, fertigte Zeichnungen von Hühnerställen an, ging in der Gegend umher und suchte nach einem geeigneten Platz für die Umsetzung seines Vorhabens, während meine Mutter immer neue Formulare der Bank ausfüllen musste, bei der er einen Kredit von eintausend Mark beantragt hatte – eine unvorstellbare Summe, die ihm nach langen bürokratischen Prozeduren wider Erwarten bewilligt wurde. Zusammen mit einem alten Aserbaidschaner aus den «Häusern» baute er die Ställe auf einem Grundstück an der Regnitz, das die Stadt ihm verpachtet hatte, dann wurden ihm einhundert weiße Leghorn geliefert. Mein Vater war das geworden, was er offenbar immer schon hatte sein wollen: sein eigener Herr, wie schon sein Vater in dessen Gemischtwarenladen in Kamyschin. Und gleichzeitig hatte er sich vielleicht die ländliche Welt seiner Kindheit wiedererschaffen – der krähende Hahn, die gackernden Hühner, Kürbisse und Kartoffeln, die im sandigen Boden wuchsen, eine Schaukel für meine Schwester und mich, ein Wachhund an der Kette. Die Regnitz hinter den Ställen mochte für ihn wie ein ferner Abglanz der Wolga gewesen sein.

Ada überschlug sich jedes Mal vor Freude, wenn sie mich kommen sah. Sie liebte mich, obwohl ich sie oft quälte. Ich wiederholte an ihr das, was meine Mutter mit mir machte, wenn sie sich totstellte und mich auf diese Weise dazu trieb, sie so lange zu traktieren, bis ich ein Lebenszeichen von ihr erzwungen hatte. Ich wusste nicht, dass ich Ada gegenüber die Rolle meiner Mutter einnahm, wenn ich sie grausamen Prüfungen unterzog, um herauszufinden, wie weit ihre Liebe zu mir reichte. Immer wieder war mein Hunger nach

Liebesbeweisen größer als meine Angst, dass sie sich, wenn ich ihr wehtat, auf mich stürzen und mich zerfleischen würde. Aber das versuchte sie nie, sie ließ sich alles von mir gefallen und winselte nur in allergrößter Qual.

Vielleicht hätte mein Vater mit seiner Hühnerfarm glücklich werden können, doch seine Rechnung ging nicht auf. Er hatte geglaubt, alle würden sich um seine frischen Eier und Schlachthühner reißen, aber das war ein Irrtum: Wir lebten noch schlechter als vorher vom Fürsorgegeld, abends gingen wir oft hungrig ins Bett. Meistens aßen wir nur noch Eier oder Hühnersuppe, wir aßen die Hühnerfarm, die zu unserer Lebensgrundlage hatte werden sollen, buchstäblich auf. Schließlich blieb meinem Vater nichts anderes übrig, als sein Projekt wieder aufzugeben. Er besann sich erneut auf seine Stimme, übergab die Ställe mit den restlichen Hühnern dem Aserbaidschaner und ging auf Tournee mit dem Kosakenchor.

Ada hing zwar weiterhin an der Kette vor ihrer Hütte, aber eines Tages war auch sie verschwunden. Nach dem Tod meiner Mutter löste mein Vater die Hühnerfarm endgültig auf, und damit hatte Ada ihre Heimat verloren – auch sie war zu einer Displaced Person geworden, zu einem Lebewesen ohne Ort. Mein Vater sagte, er habe sie einschläfern lassen, und ich war außer mir. Er hatte das einzige Wesen der Welt umgebracht, das mich liebte, und ich zweifelte nicht daran, dass er das mit seinen eigenen Händen getan hatte. Wie hätte er Ada zu einem Tierarzt bringen können, da wir nicht einmal eine Leine für sie besaßen, und wie hätte er einen Tierarzt finden können, wenn er doch das deutsche Wort dafür gar nicht kannte und die Stadt ein Buch mit sieben Siegeln für ihn war? Es konnte nur so sein, dass er Ada selbst vergiftet und dann in die Regnitz geworfen hatte, in der gerade meine Mutter gestorben war.

Etwas hatte mich geweckt. Ich öffnete die Augen und wusste erst nicht, wo ich war. Meine Glieder waren steif vor Kälte, in der Dunkelheit flackerte ein kleines rotes Licht. Schlagartig begriff ich, dass es ein Grablicht sein musste, das in einer roten Laterne züngelte. War ich gestorben? An den Sauerampferblättern oder an den Schlaftabletten von Jadrankas Mutter? Hatte man mich doch nicht retten können und bereits beerdigt? Aber wie konnte ich das rote Grablicht sehen, wenn ich doch unter der Erde lag?

Meine Augen, die sich allmählich an die Dunkelheit gewöhnt hatten, erkannten im flackernden Lichtschein einen Grabsockel und irgendwelche bläulichen Blumenkissen. Da fiel mir alles wieder ein. Mit einem Satz sprang ich auf. Ich hatte keine Ahnung, wie lange ich geschlafen hatte, vielleicht war es schon tiefe Nacht, und ich war gefangen auf dem Friedhof, weil das Tor um diese Zeit längst abgeschlossen war. Ich begann zu laufen, den Kieswegen zwischen den Gräbern folgend, der einzigen schimmernden Spur im Dunkeln. Bald hatte ich die Orientierung verloren, wusste nicht mehr, ob ich in Richtung Ausgang lief oder mich im Kreis drehte. Ich zog meine Schuhe aus, deren Stöckel sich bei jedem Schritt in den Kies bohrten, und lief barfuß weiter. Sie waren hinter mir her, meine tote Mutter, die tote Ada, der tote Achim Uhland, alle Toten dieses Friedhofs, in deren nächtliches Reich ich eingedrungen war. Ich hörte hinter mir ihre Schritte, ihren hechelnden Atem, sie griffen schon nach mir, streckten ihre knöchernen Hände aus. Ich lief um mein Leben.

Etwa fünfzehn Jahre nach dem Tod meiner Mutter heiratete mein Vater wieder – zum dritten Mal, was ich damals noch nicht wusste. Es war schon kurz vor seinem Schlaganfall, wahrscheinlich hatte sein Körper ihm bereits Anzeichen des bevorstehenden Zusammenbruchs gesandt, sodass er schnell noch versuchte, einen Strohhalm zu ergreifen. Seine Auserwählte war eine pensionierte deutsche Waschfrau namens Anna, die er durch eine Zeitungsannonce kennenlernt hatte. Wer für ihn die sprachliche Vermittlung übernommen hatte, wusste ich nicht, immerhin musste es jemanden gegeben haben, den oder die er in diese heikle Angelegenheit einbezogen hatte.

Anna war eine weißhaarige, runde Frau mit teigigem Gesicht und kleinen flinken Augen. Ihr erster Mann war im Krieg gefallen, der zweite hatte sich totgesoffen, jetzt war sie stolz darauf, einen ehemaligen Sänger zu heiraten, einen russischen Künstler. Sie zog sogar zu ihm in die «Häuser», von seinem gesparten Geld kaufte sie ein Schlafzimmer aus weißem Schleiflack und eine Einbauküche. Ich hatte gar nicht geahnt, dass mein Vater so reich war, dass er offenbar irgendwann begonnen hatte, nach deutscher Art Geld zu sparen – ein neuer, mir fremder Zug an ihm. Nun saß er inmitten des Einrichtungstraums einer deutschen Waschfrau, als Überbleibsel des entsorgten Sperrmülls, in dem er sein bisheriges Leben in Deutschland zugebracht hatte. Anna turtelte mit ihm und nannte ihn Cola – in einem intimen

Moment musste er ihr anvertraut haben, dass sein russischer Kosename Kolja war. Sie versuchte, ihn dazu zu erziehen, in der Wohnung Hausschuhe zu tragen und nachts nicht in der Unterwäsche, sondern in einem Schlafanzug zu schlafen, aber mit all ihren Bemühungen, meinem Vater die deutsche Kultur nahezubringen, stieß sie auf Granit.

Ein halbes Jahr nach der Hochzeit riss sie die Decke von seinem ruinierten Körper und zeigte mir empört die gelähmten Beine. Kein einziges Mal, so klagte sie, hatte er mit ihr einen Sonntagsspaziergang gemacht, keine einzige Busfahrt in die Fränkische Schweiz, kein einziges Mal hatte er ihre Kartoffelklöße und ihren Marmorkuchen angerührt. Immer hatte er sie nur mit verständnislosen Augen angeschaut, wenn sie etwas sagte, denn war ihm schon das Deutsche fremd, so musste der fränkische Dialekt einer Waschfrau in seinen Ohren geklungen haben wie ein Geräusch aus dem Weltraum. Anna, die ihr Leben lang geschuftet und sich wenigstens für ihr Alter noch ein kleines Glück erhofft hatte, war schwer enttäuscht von meinem Vater. Er hatte sich nicht nur als russischer Barbar erwiesen, sondern sehr bald auch als Pflegefall, als neue Last, die das Leben ihr aufgebürdet hatte. Sie setzte alles daran, sich dieser Last zu entledigen, und brachte das Kunststück fertig, binnen weniger Wochen einen Altersheimplatz für ihn zu finden. Insofern hatte seine Ehe doch ihren Sinn erfüllt. Dank seiner deutschen Frau hatte er, wenn auch erleichtert um sein gesamtes Erspartes, den Weg in die Sicherheit eines Altersheims gefunden. Allein wäre ihm das nie gelungen, wahrscheinlich wäre er für immer an der Stelle liegen geblieben, an der er in der Nacht seines Schlaganfalls umgefallen war.

Von Anna hörte ich nicht mehr viel. Sie verbrachte

noch ein paar Jahre mit den schicken neuen Möbeln in den «Häusern», immer in der Hoffnung darauf, dass die Mesalliance mit meinem Vater ihr wenigstens noch eine kleine Witwenrente einbringen würde, aber sie unterschätzte seine Zähigkeit. Er lebte und lebte, sie starb lange vor ihm, ebenfalls in einem Altersheim.

Seit seinem Auszug aus der ehelichen Wohnung war seine Existenz wieder in die Zuständigkeit des Fürsorgeamtes übergegangen. Die Rente wurde eingezogen, dafür bezahlte das Amt seine Unterbringung in der einfachen kirchlichen Einrichtung, die im Monat etwa so viel kostete wie ein gebrauchter Kleinwagen. Darüber hinaus erhielt er ein monatliches Taschengeld von etwa neunzig Mark, von dem er einen Großteil seiner Ernährung bestritt, da er der deutschen Heimkost denselben Widerstand entgegensetzte wie den Kochkünsten seiner deutschen Frau. Solange er noch bis zu dem Supermarkt auf der anderen Straßenseite kam, versorgte er sich mit dem, was Ähnlichkeit mit russischen Lebensmitteln haben mochte, mit Ölsardinen, Schafskäse, Pfefferschoten, rohem Sauerkraut, das er pfefferte und mit Öl übergoss. Erst als er so gebrechlich geworden war, dass er den Weg zum Supermarkt nicht mehr schaffte, blieb ihm nichts anderes übrig, als sich der deutschen Küche zu ergeben, das zu essen, was im Altersheim alle aßen, Maggisuppen, faseriges Fleisch und zerkochtes Gemüse, dünne Scheiben Aufschnitt, garniert mit einer gefächerten Essiggurke, dazu kartonartiges Graubrot mit einem Würfel Butter, die vom Butterberg stammte und laut aufgedrucktem Datum längst verfallen war.

Sein Zimmer war mit den Möbeln seines Vorgängers eingerichtet, die nach dessen Tod niemand abgeholt hatte.

Es war eine billige Jugendzimmer-Einrichtung aus dem Katalog. Aus dem kleinbürgerlichen Wohntraum seiner Frau Anna war er im Altersheim in einer Pennälerbude gelandet. Am Ende seines Lebens in Deutschland schien er ein für alle Mal in der Fremde angekommen zu sein, am anderen Ende nicht nur seines Raumes, sondern auch seiner Zeit.

Immerhin hatte er in den letzten Lebensjahren ein Telefon und einen Fernseher im Zimmer. Das Telefon hatte ich vor allem für den Notfall einrichten lassen, damit er mich erreichen konnte, wenn er Hilfe brauchte. Den Fernseher kaufte ich zu der Zeit, als seine Augen so schlecht geworden waren, dass er nicht mehr lesen konnte. Ich hatte es kaum für möglich gehalten, aber er stellte das Gerät tatsächlich an. Am liebsten sah er Musiksendungen und Tierfilme, auch Zirkusvorstellungen mochte er und Beiträge über Wunderkinder. Jedenfalls war zum Schluss auch in sein Leben noch das Fernsehen getreten, die Welt der Bilder, die für ihn ohne Sprache blieb.

Manchmal ging er zu einem der Volksmusikkonzerte, die im Speisesaal des Altersheims veranstaltet wurden, manchmal stand er vor den Volieren in der Eingangshalle und unterhielt sich durch die Drahtmaschen mit den Vögeln, die ihm, so sah es aus, aufmerksam zuhörten. Vielleicht hatte er die Vogelsprache aus Russland mitgebracht, aus Kamyschin, wo er als erster von vier Söhnen eines kleinen Gemischtwarenhändlers zur Welt gekommen war. Sicher war er in einem armseligen Häuschen aufgewachsen, in dem Laden und Wohnung ineinander übergingen. Abends zündete man die Petroleumlampe an, im Winter schlief man auf dem Ofen.

Adelige Großgrundbesitzer und Kaufleute lebten im

zaristischen Russland in Saus und Braus, aber das Volk war bettelarm. Die Menschen sammelten Pilze und Beeren, in Kamyschin ernährten sie sich vor allem von dem kostenlosen Fisch aus der Wolga, die man «die große Nährmutter» nannte. Fisch war das Grundnahrungsmittel, man aß ihn gekocht, gebraten, eingesalzen und getrocknet. Für den Winter wurden Kohl, Gurken, Tomaten und Äpfel in Holzfässern eingelegt und in den mit Eis oder Schnee gefüllten Kellern eingelagert.

Die Wolga, die in den Waldaihöhen nordwestlich von Moskau entspringt und im südrussischen Astrachan ins Kaspische Meer mündet, ist eine über dreieinhalbtausend Kilometer lange Schifffahrtsstraße, die zentrale Ader, die Aorta des russischen Organismus. Damals gab es noch die Wolgaschlepper, billige Lohnarbeiter ohne festen Wohnsitz, die zum Inbegriff monotoner, übermenschlicher Plackerei, zur Allegorie russischer Leidensfähigkeit wurden. Die aneinandergeketteten Männer mussten die Flöße, Lastkähne und Schiffe gegen den Strom ziehen, weithin hörte man ihren ächzenden, rhythmischen Gesang, mit dem sie sich gegenseitig anspornten und ihre Bewegungen koordinierten.

Oft hörte ich als Kind aus dem Mund meines Vaters den Namen Aleksej Maressjew. Dieser Mann stammte ebenfalls aus Kamyschin und war in Russland zu einem Mythos geworden. Als Jagdpilot verlor er im Zweiten Weltkrieg beide Beine, aber nach einem langen, zähen Kampf mit seinem invaliden Körper schaffte er es, wieder Jagdflieger zu werden und noch fünf weitere feindliche Flugzeuge abzuschießen. Insgesamt war er an sechsundachtzig Luftkämpfen beteiligt, unter anderem an der Schlacht von Kursk, die als eine der größten militärischen Operationen der Geschichte gilt – Hitlers Unternehmen Zitadelle. Nach dem Krieg wurden Bücher über Aleksej Maressjew geschrieben, sein Leben wurde zur Vorlage für Sergej Prokofjews Oper «Die Geschichte vom wahren Menschen». Sogar ein Asteroid wurde nach ihm benannt. Von seinen Heldentaten erzählte mein Vater stets so, als wäre er ein guter Freund oder ein Familienmitglied gewesen.

Sein liebster Erzählgegenstand aber waren die berühmten Kamyschiner Wassermelonen. Für meinen Vater mussten sie die ganze Süße seiner Kindheit enthalten haben, die Süße des Lebens schlechthin. Man schlug die Melone am Knie auf und grub sich mit dem Gesicht in das rote, triefende Fleisch. Peter I. soll bei einem Besuch in der Stadt von der ihm dargebotenen Frucht so begeistert gewesen sein, dass er befahl, eine Melone aus Kupfer zu gießen und damit die Turmspitze des Magistratsgebäudes zu schmücken. Bis heute werden in Kamyschin Melonenfeste gefeiert, auf denen die Menschen als Melonen verkleidet sind, Melonenschlachten werden veranstaltet und Wettbewerbe, an deren Ende die größte und schwerste Melone des Anbaugebietes ausgezeichnet wird.

Obwohl es im politischen Untergrund bereits brodelte und immer mehr Menschen gegen die soziale Ungerechtigkeit im Zarenreich aufbegehrten, stand die Kindheit meines Vaters noch ganz im Zeichen des russisch-orthodoxen Kirchenjahrs. Während ein großer Teil der Kinder Analphabeten waren, besuchte er eine kirchliche Schule und sang als Chorknabe im Kirchenchor. Schon früh wurde seine helle, schlanke Tenorstimme geschult. Vielleicht verdankte er ihr die Aufnahme in die Schule, weil russische Kirchen für ihre Chöre immer Bedarf an guten Stimmen hatten und sich um singbegabte Kinder kümmerten. Offenbar hatte er sich unter den Fittichen der Kirche wohlgefühlt, denn immer wieder erzählte er von christlichen Festen.

Zum Beispiel von der Butterwoche, die der langen, vorösterlichen Fastenzeit vorausging. Man begab sich von Haus zu Haus und bat Verwandte und Bekannte um Vergebung für zugefügte Kränkungen. Überall bekam man in reichlich Butter gebratene Plinsen serviert, und zur Bekräftigung der Versöhnung wurde mit Wodka angestoßen, sodass nicht wenige am Ende ihres Bußgangs stark angetrunken nach Hause wankten. In der darauf folgenden Fastenzeit war der Speiseplan streng reglementiert und ließ nicht viel mehr zu als Buchweizengrütze und vegetarische Salate aus den Resten der für den Winter eingelagerten Kartoffeln, Rüben und Salzgurken. Der Höhepunkt des russischen Kirchenjahres war das Osterfest.

Die Ostermessen, die ich als Kind in der Nürnberger Barackenkirche erlebt hatte, konnten nur ein schwacher Abglanz der Osternächte gewesen sein, die in Kamyschin gefeiert wurden. Die Messe, die Vater Ioann zelebrierte, begann am Samstagabend und endete erst nach Mitternacht. Den Anfang bildeten lange Gebete und Trauergesänge in dem düsteren, fast lichtlosen Kirchenraum, der wie von Verdammnis erfüllt war, von einer untröstlichen Trauer. Dann, kurz vor Mitternacht, fand eine Prozession um die Kirche statt, allen voran Vater Ioann mit einem Kreuz in den erhobenen Händen, flankiert von zwei Diakonen, die Ikonenbanner vor sich hertrugen und Gebete sprachen. Es war kalt und dunkel, ein absonderlicher Umzug in den schlafenden deutschen Straßen, nicht nur der Gipfel der

Trauer, sondern auch der Bangigkeit davor, dass im nächsten Moment ein Fenster aufspringen und man uns wegen Ruhestörung beschimpfen und davonjagen würde. Aber schon betraten wir wieder den Kirchenraum, der uns jetzt mit strahlendem Glanz empfing, erleuchtet von zahllosen Kerzen. Vater Ioann trat in einem rotgoldenen Gewand durch die Tür der Ikonostase und verkündete: «Christus ist auferstanden.» Ich jubelte mit dem Kirchenchor unter der Leitung meines Vaters: «Er ist wahrhaft auferstanden.» Alle küssten sich dreimal.

Für die Kamyschiner Jugend, so erzählte es mein Vater stets, war das die Gelegenheit für eine sonst unzulässige Annäherung an das andere Geschlecht. Am nächsten Morgen, während immer noch die Osterglocken läuteten, ging man erneut von Haus zu Haus und wünschte frohe Ostern, dieselbe Prozedur wie in der Butterwoche, nur dass man jetzt gereinigt und ohne Schuld war, errettet durch Christus, was wieder mit reichlich Wodka begossen wurde. Man besuchte auch die in zaristischen Gefängnisverliesen schmachtenden Häftlinge und brachte ihnen geweihte Eier und Osterbrote.

Dann kam Pfingsten, die Mädchen trugen bunte Sarafane und Blumenkränze im Haar. Die Hauseingänge und Zimmer wurden mit Birkenzweigen geschmückt, auf dem Fußboden verstreute man frisches Gras, das bis zum Ende der Pfingstwoche liegen blieb. Ich erinnerte mich, dass wir diesem Brauch einmal gefolgt waren, zu einer Zeit, als meine Eltern vielleicht noch versucht hatten, in den «Häusern» so etwas wie einen russischen Mikrokosmos zu erschaffen. Am Vorabend des ersten Pfingsttages nach dem julianischen Kalender gingen wir mit einem Sack hinaus, rupften Gras an den Flussauen und verstreuten es anschließend in unserer

Küche. Meine Schwester und ich durften uns barfuß in dem Gras tummeln, die ganze Nacht duftete es in der Wohnung nach frisch gemähter Wiese. Aber schon am nächsten Tag kam irgendein Ärger auf, unsere Eltern stritten sich, und das Gras wurde wieder hinausgefegt.

In Kamyschin begann zu Pfingsten die Badesaison. In der Wolga wurde mein Vater zu dem furchtlosen, athletischen Schwimmer, der sich auch in Deutschland immer in die Fluten warf. In ganz Russland wurde vor allem in Flüssen gebadet, an warmen Sommerabenden versammelte man sich am Flussufer, um gemeinsam zu trinken und sich dann, längst nicht mehr nüchtern, im Wasser abzukühlen. Auch das musste ein Grund dafür sein, dass in Russland so viele Menschen ertranken. Der Ertrinkungstod ist ein bekanntes Motiv in der russischen Literatur, zahlreiche Gedichte, Lieder und Erzählungen handeln von Ertrunkenen und deren gespenstischen Erscheinungen – in einem berühmten Gedicht von Puschkin etwa ziehen Kinder in einem Fischernetz eine Wasserleiche an Land. Zweifellos war auch meine Mutter schon von Kindheit an mit diesem Motiv vertraut, vielleicht hatte es sie dazu bewogen, als Suizidmethode das Ertrinken zu wählen, zumal ein Fluss direkt vor ihrer Haustür lag.

1900, im Geburtsjahr meines Vaters, besuchte Rainer Maria Rilke gemeinsam mit Lou Andreas-Salomé Russland, es wurde zum Erweckungserlebnis für ihn. In einem Essay mit dem Titel «Russische Kunst» schrieb er:

> Das weite Land im Osten, das einzige, durch welches Gott noch mit der Erde zusammenhängt, hat immer noch sein Märtyrerzeitalter. Denn neben den fieber-

> haften Entwicklungen der nachbarlichen Kulturen bleiben ihm breitere Atemzüge, und in langsamen, immer wieder zögernden Schlägen geht seine Entwickelung vor sich. Der Westen hat sich (...) wie in einem einzigen Augenblick entfaltet (...), während neben ihm, in dem Reiche Ruriks, noch der erste Tag dauert, der Tag Gottes, der Schöpfungstag.

Rilke schien nichts von den gewaltsamen historischen Umbrüchen zu ahnen, die sich zu dieser Zeit in Russland bereits deutlich anbahnten, von den mitnichten langsamen, sondern orkanartigen Entwicklungen, die auch die Welt meines Vaters fast über Nacht vernichten sollten. Schon vorher, er war zwölf oder dreizehn Jahre alt, starben seine Eltern während einer Typhusepidemie. Er blieb allein zurück mit seinen drei jüngeren Brüdern, für deren Überleben er sich von da an verantwortlich fühlte. Um sie und sich selbst vor dem Hungertod zu retten, verkaufte er das Häuschen seiner Eltern für einen Sack Mehl.

An dieser Stelle brach sein Lebensbericht immer ab – als wäre danach nichts mehr gekommen, als wäre dies das Ende seiner Geschichte. Nie habe ich erfahren, wie es weiterging, als das Mehl verbraucht war, wie sie weiterlebten, er und seine drei jüngeren Brüder. Hatte jemand sie aufgenommen, irgendwelche Verwandte, waren sie in ein Waisenhaus gekommen, oder gingen sie in das Heer der berüchtigten russischen Straßenkinder ein, die in großer Zahl im Land umherirrten, besonders nach der Revolution? Wie hatte er diese Revolution erlebt, das Ende des zaristischen Russlands, den Bürgerkrieg, die täglichen Schießereien und Plünderungen, die Hungerkatastrophe des Jahres 1921, als die Zwangskollektivierung der Landwirtschaft Millionen von Menschen ums Leben brachte und niemand mehr die Kraft besaß, die Hungertoten zu begraben? Wo war er in der Zeit des Stalin'schen Terrors gewesen, während der Säuberungen, als zahllose Menschen nachts abgeholt wurden und nie wiederkamen? Wie hatte er den deutschen Angriffskrieg überlebt, in dem nach neuesten Schätzungen dreißig Millionen Sowjetbürger umgekommen sind?

Verschiedenen seiner Bemerkungen ließ sich entnehmen, dass er nie an der Front gewesen war. Wie hatte es ihm gelingen können, sich dieser ersten vaterländischen Pflicht zu entziehen? War er mit dreiundvierzig Jahren schon zu alt gewesen für den Kriegsdienst, hatte man ihn aus gesundheitlichen Gründen zurückgestellt, oder gehörte er zu denen, die an einer anderen Stelle des Landes unentbehrlich waren? Wie kam er in die Südukraine, ausgerechnet im Jahr 1936, auf dem Gipfel der Säuberungen? War er vor einer Gefahr in das entlegene Hafenstädtchen Mariupol am Asowschen Meer geflohen, hatte er Repressalien zu befürchten gehabt? Und von wo war er geflohen, aus Kamyschin, oder hatte er zu dieser Zeit schon in einem anderen Teil der riesigen Sowjetunion gelebt? Wie war er dann meiner Mutter begegnet, einer Frau, die aus einem ganz anderen Milieu stammte als er selbst? Was verband ihn, den Mann aus dem einfachen Volk, mit dem um zwanzig Jahre jüngeren, auffallend schönen, fragilen Mädchen aus einer Familie verfolgter ukrainischer Aristokraten und italienischer Kaufleute? Und wie war er schließlich mit dieser Frau nach Deutschland gekommen? Hatte er sich freiwillig zum Arbeitseinsatz gemeldet, oder hatte man ihn mit seiner Frau gewaltsam deportiert?

Nichts von alledem wusste ich. Nie hatte ich es gewagt, an sein Schweigen zu rühren, ein Schweigen, das zweifellos aus der Zeit stammte, als in der Sowjetunion das Sprechen an sich gefährlich war und ein unvorsichtiges Wort einen den Kopf kosten konnte, ein Schweigen, das sich in Russland nach und nach verselbständigt hatte und in die Umgangsformen der Menschen eingegangen war, in die Gepflogenheiten des Alltags. Erst später begriff ich, dass ich in einem doppelten Schweigen aufgewachsen bin, dem Schweigen meiner russischen Eltern und dem Schweigen meiner deutschen Umwelt. Meine Eltern schwiegen über etwas anderes als die Deutschen, es gab zwei Wahrheiten, von denen ich nichts wusste, ich spürte nur immer und überall das Ungesagte, das Unsagbare, das wie ein undurchdringlicher Nebel war, wie Stickstoff, den ich ständig einatmete.

Wenn ich meinen Vater alle zwei Wochen im Altersheim besuchte, unterhielten wir uns übers Wetter und seine Krankheiten, oder wir spielten Domino. Seit seinem Schlaganfall war Tabak für ihn tabu, aber wenn ich bei ihm war, rauchte er trotz des Hustens, der ihn sofort überfiel, mit Genuss eine meiner selbst gedrehten Zigaretten. Ich wusste nicht, ob meine Besuche ihm über diese Zigarette hinaus etwas bedeuteten oder ob sie ihn eher belästigten, weil er Kontakt mit anderen Menschen seit langem nicht mehr gewohnt war. Ich fühlte in mir eine giftige Mischung aus Hass und Mitleid – Hass gegen den Vater meiner Kindheit und Jugend und Mitleid mit dem einsamen, kranken Greis, der er jetzt war. Nie hatte ich mein Leben von dem seinen losreißen können. Früher hatte er mich mit Gewalt an sich gefesselt, jetzt tat er es mit seinem Leiden und seiner

Hilflosigkeit, der ich noch weniger entgegenzusetzen hatte als seiner Besitzergreifung von einst.

Eines Tages machte ich eine überraschende Entdeckung. Mein Vater war mit seinen winzigen, schlurfenden Schritten, gestützt auf seinen Stock, gerade zur Toilette gegangen, als ich gedankenlos nach seinem Wäschebuch griff, das auf dem Tisch lag. Auf der hinteren Seite des Einbandes stieß ich auf eine Moskauer Adresse, geschrieben von seiner Hand. Es war eine Adresse ohne Namen, aber die Wohnungsnummer besagte, dass es sich um eine Privatadresse handelte. Das Auffälligste an dieser Adresse war, dass mein Vater sie an einem so unpassenden Ort notiert hatte. Sollte er geheime Verbindungen nach Russland haben? Das erschien mir abwegig, aber ich schrieb die Adresse rasch ab und schob den Zettel in meine Handtasche.

Ich wachte auf und begriff nicht, wo ich war. Ich befand mich in einem schwarzen, eisigen Nichts, in dem irgendwo, nicht allzu weit entfernt von mir, ein roter Punkt leuchtete. Ich wollte mich bewegen, aber es gelang mir nicht, ich konnte die Verbindung zu meinen Gliedmaßen nicht finden. Lag ich immer noch auf der Friedhofsbank, und war der rote Lichtpunkt in der Dunkelheit das Grablicht, auf das mein Blick in dieser Nacht schon einmal gefallen war? Hatte ich alles andere nur geträumt? Dass ich in Panik vor den Toten geflohen war, bei denen man mich auf dem Friedhof eingeschlossen hatte, dass ich über das Friedhofstor geklettert und, mit meinen Stöckelschuhen in der Hand, durch dunkle Seitenstraßen zum Paradeplatz gelaufen war?

Allmählich kam die Erinnerung zurück. Ich hatte es nicht geträumt, ich war wirklich in der «Linde» gewesen, und ich hatte getanzt. Auf Anhieb hatte ich die Sprache der Musik verstanden, alle meine Ängste und Hemmungen waren wie weggeblasen. Beim Tanzen verschmolz ich über alle Abgründe und Unterschiede hinweg sofort mit den anderen, die auch tanzten. Es war, als hätte mein Körper seit je auf diese Bewegungen gewartet, als wäre das Tanzen der Anfang meines Lebens. Endlich war ich frei, und zugleich ging ich auf in einem einzigen großen Organismus, der im Rhythmus der Musik dahinwogte. Beim Rock 'n' Roll berührten meine Füße kaum noch den Boden, ich hüpfte, als wäre ich aus Gummi, ich schnellte, ich wurde herumgewirbelt, geschwenkt, eingerollt und wieder ausgerollt, ich flog. Die Schwerkraft meines Körpers war wie aufgehoben.

Nach zwei schnellen Tänzen wurde ein langsamer gespielt, das Licht erlosch bis auf einen rötlichen Schimmer. Man tanzte eigentlich gar nicht mehr, sondern wiegte sich zu zweit auf der Stelle. «Was in den Sternen steht, kann ich dir sagen», «Liebe mich, immer und ewiglich» – zwei Arme umschlangen mich, ich spürte eine heiße, feuchte Wange an meiner, einen fremden, schwitzenden Körper, der sich an mich drängte.

Bisher war ich erst ein einziges Mal in meinem Leben mit dem Körper eines Jungen in Berührung gekommen. Es war noch in der Zeit vor dem Kloster gewesen, Branko, mein Spielgefährte in den «Häusern», hatte mich aufgefordert, ihm in den Keller unseres Hauses zu folgen. Ich dachte, er hätte dort etwas Interessantes versteckt, aber im Dunkeln drückte er mich gegen die Wand, und auf einmal spürte ich seine überraschend vollen, warmen Lippen auf meinen. Einen Moment lang war ich wie versteinert, dann riss ich mich los und stürzte davon. Später begann ich, der Berührung nachzuspüren, ich fand sie immer weniger bedrohlich, sondern verlockend und erstrebenswert. Die Erinnerung daran begleitete mich durch die Jahre im Kloster, und manchmal stellte ich mir vor, Branko sei der einzige Mensch, der draußen in der Welt auf mich wartete. Aber als ich in die «Häuser» zurückkam, lebte er nicht mehr. Es hieß, er habe sich aus unerwiderter Liebe zu einem deutschen Mädchen vor einen Zug geworfen.

Ich tanzte mit einem, der, wie sich herausstellte, Georg hieß. Er umschlang mich immer gieriger und versuchte, mich zu küssen. Von ihm hörte ich die ersten Liebesworte eines deutschen Jungen, die ich mir so ersehnt hatte. Aber Georgs Attraktivität erschöpfte sich für mich darin, dass er der Freund eines anderen war. In diesem anderen hatte ich bereits beim Hereinkommen denjenigen erkannt, der mir bestimmt war, von dem ich gewusst hatte, dass ich ihn heute treffen würde. Er tanzte nicht, sondern saß in seiner schwarzen Lederjacke an einem der leeren Tische, ein Außenseiter wie ich, nur dass er genau darin seinen Adel zu sehen schien. Offenbar war er bloß gekommen, um den anderen zu zeigen, dass er nicht zu ihnen gehören wollte, ein Fremdling, der trotzdem der geheime Herrscher über dieses Reich sein musste, da er sich erlauben konnte, es zu verwerfen. Ich tanzte mit Georg, aber nur für den Blick des anderen. Endlich sah er mich, endlich war ich sichtbar geworden für ihn, den deutschen Jungen mit den dunklen Uhlandaugen und dem hellen Achimgesicht. Instinktiv musste ich in ihm mein deutsches Pendant erkannt haben. Er kam, wie ich später erfahren sollte, aus den Armeleutehäusern am Mühlbach, war ohne Mutter aufgewachsen, bei seinem rabiaten, trunksüchtigen Vater. Auch er war mehrere Jahre hinter Mauern gewesen, den Mauern einer Erziehungsanstalt. Er schlug sich mit Gelegenheitsarbeiten und Diebstählen durch, ein Kleinkrimineller, dessen Zukunft das Gefängnis war. Ausgerechnet ihn, der für sich selbst keinen Platz hatte und nichts weniger gebrauchen konnte als ein Anhängsel wie mich, hatte ich auserwählt als meinen Retter.

Es war weit nach Mitternacht, als ich versuchte, unsere Wohnungstür in den «Häusern» aufzuschließen. Es ging nicht, weil der Schlüssel von innen steckte. Mir blieb nichts anderes übrig, als zu läuten, aber auch nachdem ich zum zweiten und dritten Mal auf den Klingelknopf gedrückt hatte, öffnete mein Vater nicht. Mich beschlich der hoffnungsvolle Gedanke, er könnte vielleicht tot sein. Er musste geradezu tot sein, da er nicht kam und mich auf der Stelle erschlug. Ich begann Sturm zu läuten, zumindest meine Schwester musste mich doch hören, aber irgendwann näherten sich doch die Schritte meines Vaters. Jetzt, nach meinem Angriff auf seinen Schlaf, war sein Zorn gegen mich vermutlich ins Unermessliche gewachsen, aber meine Angst vor seinem Erscheinen war ganz unbegründet. «Was willst du hier?», hörte ich ihn hinter der Tür fragen. «Verschwinde! Für eine Hure ist in meinem Haus kein Platz.»

Zuerst ging ich hinauf zum Speicher, aber der war abgeschlossen. Dann versuchte ich es in unserem Kellerraum, wo der gesamte Bodensatz unserer früheren Existenz lagerte, mitgeschleppt von Baracke zu Baracke, von Zwangsquartier zu Zwangsquartier, bis wir, in den «Häusern» gelandet, von der Caritas mit ein paar alten Möbelstücken beschenkt worden waren und das Gerümpel, in dem wir bisher gehaust hatten, in den Keller wanderte. Ich hatte gehofft, mich dort unter etwas Wärmendem vergraben zu können, aber auch diese Tür war abgeschlossen. Offen war nur der schmale Verschlag, in dem wir unsere Kohlen aufbewahrten. Zuerst legte ich mich auf den Fußboden, dann bemerkte ich, dass die Kohlen etwas wärmer waren als der Zement. Zusammengerollt auf dem kleinen Haufen Steinkohle in der Ecke, schlief ich ein.

Der rote Punkt, der mich aus der Dunkelheit anstarrte, als ich ein zweites Mal aufwachte, war die kleine rote Leuchtdiode am Schalter des Minutenlichts, das durch die Latten der Kellertür zu sehen war. Schon wieder war mir, als hätte ich, schlafend auf dem Kohlehaufen, nur geträumt, aber nein, nach dem Tanzen in der «Linde» hatte ich tatsächlich auf Achim Uhlands Moped gesessen und war mit ihm durch die Nacht geflogen. Die Fahrt war mir vorgekommen wie ein Kidnapping, ein wundersames Geraubtwerden von ihm, aber nachdem er sein Moped etwa eine halbe Stunde mit ohrenbetäubendem Lärm durch die nachtschlafenden Straßen gejagt hatte, setzte er mich am Prellstein vor den «Häusern» ab. Ich kannte das Wort «Zungenkuss», aber nie hatte ich glauben können, dass Männer und Frauen so etwas wirklich machten. Jetzt, da Achim Uhlands Zunge an meine Zähne stieß, verstand ich, dass ich den Mund öffnen musste. Es fühlte sich an, als würde ein kleines nasses Tier in mich eindringen, um sich mit meiner Zunge zu treffen. Seine Lippen saugten an mir, während er mich fester an sich zog und ich den Geruch seiner Haut spürte, der sich mit dem Geruch nach Leder vermischte, doch bevor ich richtig begriff, was mir geschah, war es vorbei. Achim Uhland ließ mich los, lächelte mit seinen traurigen Augen, strich sich durchs zerzauste Haar, dann sprang er wieder auf sein Moped und brauste davon, ohne sich noch einmal umzudrehen. Ich war mir sicher gewesen, wir würden uns nie mehr trennen, aber nun stand ich, zitternd in meinem leichten amerikanischen Kleid, am Prellstein und hörte, wie sich das Röhren seines Mopeds von mir entfernte. Es war, als hätte er eine Tür aufgemacht und sofort wieder zugeschlagen, als hätte er mir nur zeigen wollen, was für mich nicht zu haben war.

Irgendwann, ich war wohl wieder eingeschlafen, kam das Morgenlicht durch die Kellerluke. Ich war so steif gefroren, dass ich mich Gelenk um Gelenk aufbiegen musste, bis ich endlich auf den Beinen stand. Aus irgendeinem Grund stachen meine Füße, als würde ich auf Glasscherben treten. Ich musste husten, der Kohlenstaub brannte in meinen Augen, in meinem Mund. Ich schleppte mich mühsam nach oben und stellte fest, dass der Schlüssel immer noch von innen steckte, aber diesmal öffnete mein Vater auf mein Läuten hin die Tür. Auf den ersten Blick sah er es: die roten Stöckelschuhe, den Kohlenkeller, die Gaststätte «Zur deutschen Linde» und zweifellos auch Achim Uhland. Er sah, dass ich ohne Hinterland war, dass mich in der deutschen Welt, in die ich vor ihm hatte fliehen wollen, niemand haben wollte. Durch die Kombination aus roten Stöckelschuhen und Kohlenstaub, der mich von oben bis unten bedeckte, war alles von mir sichtbar geworden, und dass ich nun in dieser vollständigen Sichtbarkeit als Bittende vor ihm stand, schien ihn milde zu stimmen. Er ließ mich eintreten, öffnete schweigend die Tür zu meinem Zimmer und schloss mich ein. Ich schälte mich aus meinem ruinierten Taftkleid, rollte mich in meinem warmen, von der Sonne beschienenen Bett zusammen und fiel in einen tiefen Schlaf.

Als ich das nächste Mal aufwachte, erkannte ich am Licht im Zimmer, dass es schon Nachmittag war. Erschrocken fuhr ich hoch und lauschte. Es war Samstag, der Putz- und Badetag, normalerweise war ich um diese Uhrzeit längst bei der Arbeit. Jetzt war es vollkommen still in der Wohnung. So lange ich auch lauschte, es rührte sich nichts. Was hatte das zu bedeuten? War mein Vater vielleicht bereits zum Kloster gefahren, um mich dort anzumelden, und hatte er meine Schwester als Dolmetscherin mitgenommen? Ich schlich mich zur Tür und drückte auf die Klinke – die

Tür war nach wie vor verschlossen. Meine Zehen waren geschwollen, sie glänzten wie hellrote Kirschen und juckten. So vorsichtig wie möglich öffnete ich die knarrende Tür des Kleiderschranks, in dem früher die Kleider meiner Mutter gehangen hatten. Ein Hauch des Parfüms aus dem dunkelblauen Fläschchen, das mein Vater ihr einmal aus Paris mitgebracht hatte, hatte all die Jahre überdauert. Ich hob die vergilbten Zeitungsblätter auf dem Schrankboden an: Da lag mein Zeugnis, unberührt.

Fürs Erste erleichtert, schlüpfte ich wieder in mein Bett und schloss die Augen, versetzte mich zurück an den Prellstein, in Achim Uhlands Umarmung. Immer wieder rief ich die Erinnerung wach, am liebsten hätte ich den Moment des Kusses für immer angehalten, aber ich konnte nicht verhindern, dass er zu Ende ging, sodass ich immer wieder von vorn anfangen musste mit der Erinnerung. Mir schwindelte auch jetzt noch der Kopf von der wilden Nachtfahrt mit ihm, es war, als hätte ich eine halbe Stunde lang ununterbrochen in einer Achterbahn gesessen. Wenn sich das heulende Gefährt in den Kurven in die Schräge legte, durfte ich seinen Oberkörper noch fester umklammern, ich schrie, aber ich hatte keine Angst, im Gegenteil. Wären wir verunglückt und zusammen gestorben, hätte uns nichts mehr trennen können. Warum hatte er mich geküsst und dann so abrupt verlassen? Hatte er nicht gewusst, dass ich nicht mehr zurückkonnte zu meinem Vater? Er, der doch alles von mir wissen musste?

Die Zeit verstrich, und es war immer noch kein einziges Geräusch aus der Wohnung zu mir gedrungen, offenbar war wirklich niemand zu Hause. Was sollte ich jetzt tun? Warten, bis das Urteil über mich vollstreckt wurde? Ich stand wieder auf, öffnete das Fenster und sah nach draußen, suchte mit meinem Blick die fernen Ausläufer der Stadt, in der ich jetzt Achim Uhland wusste. Nicht immer hatte ich mich hier wie am Ende der Welt gefühlt, als Kind war ich in der Wildnis vor unserer Tür oft glücklich gewesen. Es war unser Terrain, unser Land, in dem wir die Freiheit der Unzugehörigen genossen, ein Stück unverwaltete Natur – das Geschenk derer, die uns in ihrer Stadt nicht haben wollten. Wir waren ein eigener Stamm, wir durchstreiften in Horden die Jahreszeiten, wir rotteten uns zusammen zu Sippen und Banden, wir schlugen uns durch Gebüsch, Gestrüpp und Brennnesseln, wir trieben uns in den Kiesgruben herum, an den Flussauen, wir sausten auf Pappdeckeln, die wir uns unter die Hinterteile gebunden hatten, schneebedeckte Abhänge hinab, wir schwammen durch geisterhafte Dämmerungen, ernährten uns von wilden Birnen und geraubten Vogeleiern, wir waren feindliche Armeen und vereinigten uns wieder zu einer Nation.

Einmal hatte ich mich allein immer weiter von zu Hause entfernt und schon bald nicht mehr gewusst, wo ich mich befand. Wälder und Felder, die alle gleich aussahen, und plötzlich, irgendwo weit hinter den Zigeunerbaracken, stand ich vor dem Zaun eines halb verfallenen Gehöfts. Obwohl es ein heißer Sommertag war, drang aus dem Schornstein eine feine Rauchwolke, einziges Anzeichen dafür, dass hier jemand wohnte, und da war die unheimliche Gestalt aus dem Gebüsch hinter dem Maschendrahtzaun herausgetreten. Nie zuvor hatte ich etwas Ähnliches gesehen: ein Wesen, von dem man nicht sagen konnte, ob es ein Mensch oder ein Tier war. Sein wirres, schmutzstarrendes Haar war mit Stroh vermengt, Wasser troff ihm aus Mund,

Nase und Augen, ein schorfiger Aussatz bedeckte das, was sein Gesicht sein musste.

Wie angewurzelt stand ich da, unfähig zu fliehen. Der Stock war dem Wesen aus der Hand gefallen, es hatte seine von Schmutz verkrusteten Hände in den Zaun gekrallt und leckte an dem rostigen Draht. Es war, als wollte es den Zaun aufessen, der uns trennte, mit belfernden Lauten rüttelte es am Drahtgeflecht. Fassungslos starrte ich das Wesen an, in dessen abseitiger Existenz sich etwas Äußerstes von mir selbst auszudrücken schien.

Erst die drohende Stimme eines Mannes, dessen Gestalt vor dem Gehöft auftauchte, setzte mich endlich in Bewegung. Wie auf ein lang ersehntes Signal hin lösten meine Füße sich vom Boden, ich begann zu laufen, panisch, als könnte ich dem, was ich gesehen hatte, nicht mehr entkommen, als würde es mich im nächsten Moment von hinten anfallen und mitziehen in seine Welt. Ich lief keuchend, blindlings, vielleicht in die falsche Richtung, ich wusste es nicht, bis irgendwann in der Ferne das blau leuchtende Sommerband des Flusses erschien. Jetzt konnte ich den Heimweg nicht mehr verfehlen.

Seit je hatte sich mein Leben draußen abgespielt. Das Zuhause meiner Eltern war immer nur eine Nötigung für mich gewesen, eine ständige Gewalt, die mir angetan wurde. Immer war ich gefangen, und immer wollte ich weg, wenigstens hinaus in den Hof, wenigstens in die Freiheit der Flussauen und Kiesgruben. Es war ein ständiges Fernweh, an dem ich litt, ähnlich dem Heimweh meiner Mutter, nur dass ich mich nicht nach der Ukraine sehnte, sondern nach dem Deutschland vor unserer Tür. Jetzt hatte diese Sehnsucht nur noch einen Namen: Achim Uhland.

Im Nu hatte ich meinen Plan gefasst. Ich schlüpfte in meinen verwaschenen Trainingsanzug, den ich in der Schule beim Sport trug, dann packte ich ein Bündel. Nachdem ich es mir voraus aus dem Fenster geworfen hatte, in das Gras hinter dem Haus, stieg ich in den offenen Rahmen, ließ mich so tief wie möglich nach unten gleiten und löste meine Hände vom Fenstersims. Meine juckenden Füße heulten auf vor Schmerz, als sie auf der Erde auftrafen. Das Fenster neben meinem war das Schlafzimmerfenster meines Vaters, und einen Moment lang war mir, als hätte sich der Stofffetzen bewegt, mit dem es verhängt war. Ich riss das Bündel an mich und lief die Außentreppe hinunter, die zur Waschküche führte. Wenn die Tür abgeschlossen war, scheiterte mein ganzer Plan, aber auf die Ignoranz der Nachbarn gegenüber der Hausordnung war Verlass. Ich schlüpfte durch die offene Tür in die Dämmerung eines kahlen, steinernen Raumes, der mir gut bekannt war.

Etwa einmal im Monat musste ich hier die Wäsche waschen. Ich musste sie einweichen, am nächsten Tag den Waschkessel einheizen und die Wäsche unter häufigem Rühren mit einer Holzstange eine Weile kochen lassen, dann Stück für Stück in eine eiserne Wanne befördern und auf dem Waschbrett schrubben. Wenn ich nach mehreren Stunden damit fertig war, kam das Spülen, drei-, viermal hintereinander, im Winter in eisigem Wasser, das mir die Hände aufriss. Am anstrengendsten war das Auswringen der großen Wäschestücke, die meine Hände kaum umfassen konnten, ich musste immer Stück für Stück das Wasser aus ihnen herauspressen, bis sie wenigstens nicht mehr tropften. Im Sommer hängte ich die Wäsche auf dem Wäscheplatz hinter dem Haus auf, im Winter auf dem

Speicher, wo sie nach kurzer Zeit gefror und steif wurde wie Pappe.

Zum Bügeln wurde eine alte amerikanische Militärdecke, die schon viele versengte Stellen hatte, auf dem Küchentisch ausgebreitet. Das schwere, verrostete Bügeleisen musste immer wieder zum Erhitzen auf den Herd gestellt werden, den ich im Sommer eigens zu diesem Zweck anheizen musste. Besonders qualvoll war es für mich, die Hemden meines Vaters zu bügeln. Er duldete keine einzige Falte, aber wenn ich eine davon herausbügelte, entstand an einer anderen Stelle eine neue. Ich bügelte und bügelte, holte mir Brandblasen an den Händen, und auch das, was all dem vorausging, war für mich jedes Mal eine vernichtende Prozedur. Mein Vater kontrollierte vor dem Waschen die schmutzige Wäsche, und ich musste ihm dabei zusehen. Ich verstand nicht, was er eigentlich kontrollierte, es schien, als wollte er mir lediglich sein grenzenloses Recht auf mich demonstrieren und meine grenzenlose Ohnmacht vor diesem Recht. Besonders meine Schlüpfer interessierten ihn, er betastete sie ausgiebig mit seinen Fingern und Blicken, und ich stand daneben und verging vor Scham. Ich fühlte mich nicht nur nackt, sondern durchsichtig bis ins Innerste meines Körpers: Ich war das Wäschestück in meines Vaters Händen, und er konnte damit machen, was er wollte.

Während ich jetzt nackt in der Waschküche stand und unter dem kalten Wasserstrahl aus dem Schlauch versuchte, den Kohlenstaub aus meinen Poren zu scheuern, fiel mir die Geschichte mit den Wäschestangen wieder ein. Als Kind hatte ich sie für Rutschpartien benutzt. Ich zog mich an einer der Stangen hinauf, oben verweilte ich eine Minute im Vorgefühl des bereits eroberten, aber noch nicht genossenen Vergnügens. Dann ließen meine Hände die mit den Beinen umklammerte Stange los, und ich sauste in einer einzigen Sekunde nach unten. Schon zog ich mich wieder hinauf, und das Spiel begann von vorn.

Eines Tages hatte mich auf der Abwärtsfahrt plötzlich ein Sog erfasst, der so gewaltig war, dass ich betäubt ins Gras fiel. Ich verstand nicht, was passiert war, etwas mir völlig Unbekanntes, eine Art Eruption in meinem Unterleib. Mit pochenden Schläfen lag ich auf dem Rücken im Gras und war mir sicher, dass ich eine schreckliche Krankheit in mir hatte, dass ich wahrscheinlich würde sterben müssen. Tagelang schlich ich in Todesangst herum, ging immer wieder zu den Wäschestangen, betrachtete sie und versuchte zu erraten, was sich zugetragen hatte. Die Krankheit sandte mir keine Zeichen mehr, alles schien gar nicht so schlimm zu sein, ich bekam weder Schmerzen noch den Aussatz, und allmählich legte sich meine Angst. Eines Tages fasste ich neuen Mut. Wieder zog ich mich an einer der Stangen hoch und ließ mich nach unten gleiten, ich tat es mehrmals hintereinander, aber die Wäschestangenkrankheit meldete sich nicht zurück. Nach und nach begann ich, das zu bedauern, und stellte fest, dass ich ihr Symptom auch ohne Stange erzeugen konnte, dass die Eruption ein wiederholbares Ereignis war und auch weiterhin ohne Folgen blieb. Immer wieder ging ich diesem unergründlichen Rätsel in meinem Körper nach, es ließ mich nicht mehr los.

Erst im Kloster erfuhr ich, wie schlimm es um mich stand. Ich war der Todsünde der Unkeuschheit verfallen, der schlimmsten Sünde, die ein weibliches Wesen begehen konnte, und alle Mittel, die uns gegen diesen Frevel empfohlen waren, das Beten, das Fasten, das Dürsten, das Opferbringen und wieder das Beten, zur Heiligen Jungfrau, zum heiligen Antonius – alle diese Mittel versagten bei mir nicht nur, sondern beförderten mein heimliches Laster bloß, je gewaltsamer ich dagegen ankämpfte, desto mehr. Als das Bischofsamt mir das unerhörte Privileg erteilte, an den Sakramenten der Beichte und Kommunion teilzunehmen, obwohl ich nicht katholisch war, begann mein endgültiger Sturz in die Hölle. Ich kniete zum ersten Mal im Beichtstuhl, einem engen, dunklen Gehäuse, in dem ein Pater mir hinter einem Gitter sein Ohr entgegenhielt, und mir kam die Sünde meiner Unkeuschheit nicht über die Lippen. Ich erschlich mir die Absolution durch Verschweigen, durch Betrug. Am nächsten Tag musste ich zur Kommunion gehen, denn hätte ich es nicht getan, hätte ich damit vor aller Augen meine Schuld offenbart. In dem Moment, als mir der junge Pater, der die Messen in unserer Kapelle las, die weiße Hostie auf die Zunge legte, war ich für immer verloren. Wer die Kommunion mit einer ungebeichteten Todsünde im Herzen empfing, beging eine Sünde, die nie und durch nichts mehr zu tilgen war, auch nicht durch eine weitere Beichte. Tag für Tag lud ich neue Schuld auf mich, indem ich weiterhin zur Kommunion ging und zugleich nicht von meinem Laster lassen konnte. Meine Schuld wuchs ins Astronomische, obwohl das eigentlich gar keine Rolle mehr spielte, da ich der Hölle sowieso nicht mehr entgehen konnte.

In meiner Verzweiflung klammerte ich mich an eine Geschichte, die Schwester Marie-Joseph uns einmal erzählt hatte. Eine schlechte, der Sünde der Unkeuschheit verfallene Frau betete, obwohl sie längst vom Glauben abgefallen war, nach alter Gewohnheit täglich ein Ave-Maria. Als sie starb, erwies sich jedes gebetete Ave-Maria als Perle einer

Schnur, die so lang war, dass sie sich daran in den Himmel hinaufziehen konnte. Zwar hatte Schwester Marie-Joseph nichts davon gesagt, dass die Frau eine unvergebbare Sünde begangen hatte, aber wenn ich viel mehr betete als sie, nicht ein Ave-Maria am Tag, sondern Hunderte, aus denen bis zu meinem Tod Tausende oder Millionen werden würden, hatte ich vielleicht eine winzige Chance, mich auch an einer Perlenschnur in den Himmel hinaufziehen zu können. Ich arbeitete fast unaufhörlich an der Vermehrung der Perlen – was immer ich gerade machte, nebenher betete ich. Ich betete wie am Fließband ein Ave-Maria nach dem andern.

Zum Glück hatte ich in der Waschküche ein Stück Kernseife und eine Wurzelbürste gefunden. Das kalte Wasser aus dem Schlauch weckte in mir Erinnerungen an die Nacht im Kohlenkeller, aber das Jucken in meinen Füßen hatte aufgehört, als wäre Kälte seit dieser Nacht die ihnen gemäße Außentemperatur. Ich trocknete mich mit einem alten Rock ab, den ich eigens zu diesem Zweck ins Bündel gepackt hatte, dann zog ich frische Unterwäsche an, darüber das blassgrüne Etuikleid, das ich nie an meiner Mutter gesehen hatte, das aber ebenfalls aus einem der amerikanischen Pakete stammen musste. Es war mir zu groß, doch mit dem umgeschnallten roten Gürtel konnte man meinen, es wäre so gedacht. Dann presste ich meine klammen, geschwollenen Füße wieder in die roten Stöckelschuhe, denen die Nacht im Kohlenkeller deutlich anzusehen war. Obwohl ich sie so lange mit der eingeseiften Wurzelbürste bearbeitet hatte, dass da und dort schon helle Stellen durchschimmerten, ließ sich der schwarze Kohlenstaub nicht vollständig entfernen. Er hatte sich für immer ins Leder gefressen, in das mir verbotene Rot.

Es war nur noch eine schwache Erinnerung: Ich bin zehn Jahre alt und sitze in einem Zug, mit einem Pappschild um den Hals, auf dem mein Name steht. Draußen auf dem Bahnsteig meine weinende Mutter, die mit dem Zug mitläuft, bis sie mich nicht mehr sehen kann. Ich nehme ihr weinendes Gesicht mit auf die Reise.

Die nächste Erinnerung ist ein Bus voller Kinder. Wir fahren lange, ein Kind nach dem anderen wird in Empfang genommen oder irgendwo abgeliefert, am Ende bin ich mit dem Busfahrer allein. Es ist schon dunkel, er kann die Adresse nicht finden, zu der er mich bringen soll. Und er versteht mich nicht, denn er spricht nur Französisch. Das ist meine größte Angst gewesen – dass ich in den französischen Teil von Belgien komme. Jeden Tag habe ich gebetet: Lieber Gott, bitte lass mich in den deutschen Teil von Belgien kommen, notfalls in den flämischen, aber bitte nicht in den französischen. Doch genau da bin ich jetzt. Ich bin allein in dem großen Bus, und der Fahrer weiß nicht, wohin mit mir. Irgendwann liefert er mich am Rand eines Dorfes ab, bei zwei Klosterschwestern, die mich stumm anschauen und offenbar ebenso wenig wissen, was sie mit mir anfangen sollen. Auch sie sprechen Französisch, und auch sie verstehe ich nicht. Sie lächeln mich freundlich, aber ratlos an, eine von ihnen reicht mir eine große glänzende Orange, die erste meines Lebens.

In dem Zimmer, in das sie mich geführt haben, liege ich

die ganze Nacht wach, rieche die Orangenschale an meinen Händen und höre von nebenan eine Standuhr schlagen. Fast habe ich mich schon damit abgefunden, dass ich ein halbes Jahr in diesem düsteren Haus mit den stummen Kreuzen und Heiligenbildern an den Wänden bleiben muss, bei den verschleierten Schwestern, aber am nächsten Tag werde ich abgeholt. Eine junge Frau mit braunen Locken nennt mich Nathalie, sie lässt sich meinen Koffer geben und nimmt mich bei der Hand. Sie führt mich über eine kleine, menschenleere Straße, die zwischen Wiesen und Feldern hindurchführt, und spricht Französisch mit mir. Sie deutet auf mich und sagt: «Nathalie», dann deutet sie auf sich und sagt: «Ida.» Sie hat helle, lächelnde Augen hinter der randlosen Brille.

Dann bin ich in einem Haus mit vielen Leuten, sie sitzen an einem großen langen Tisch und essen. Alle sprechen Französisch. Noch nie in meinem Leben habe ich mich so allein und fremd gefühlt. Vor Angst verkrieche ich mich hinter einem Ungetüm aus grünen Kacheln. Ich komme mir vor wie auf einem anderen, unheimlichen Stern, auf dem man mich ausgesetzt hat. Was wird mit mir geschehen? Ich weiß nicht, wo ich bin, und warte auf etwas Schreckliches, das mir widerfahren wird, aber die Fremden tun mir nichts, sie lassen mich in der Ecke hinter dem Ofen kauern. Sie versuchen nicht einmal, mich zu etwas zu überreden, sie lassen mich einfach. Das kenne ich nicht. Ich kenne es nur, dass ich immer etwas muss, dass Erwachsene dazu da sind, über mich zu bestimmen, und ich mich ihnen beugen soll. Aber hier muss ich mich nicht einmal zu den anderen an den Tisch setzen, ich darf in meiner Ecke bleiben und muss auch nichts essen von den sonderbar riechenden Dingen, die auf dem Tisch stehen. Stattdessen kommt Ida, stellt mir eine Schale Milch hin, lächelt und sagt wieder etwas, das ich nicht verstehe.

Nach und nach kommt einer nach dem anderen, und jeder legt etwas vor mich auf den Boden: ein Mädchen mit kirschfarbenen Wangen einen kleinen Teddybären mit einem ausgerissenen Auge, ein größerer Junge ein paar Rippen Schokolade in Silberpapier, ein anderer einen Kreisel mit Peitsche. Alle, die kommen und mir etwas schenken, haben Locken, helle, braune, die meisten schwarze. Zum ersten Mal in meinem Leben widerfährt es mir, dass andere Kinder um mich werben und die Erwachsenen offenbar überhaupt nichts an mir auszusetzen haben, sondern mir mit wortloser Zustimmung begegnen.

Irgendwann, als alle schon fertig sind mit dem Essen, Vater und Mutter Evrard und ihre zehn Kinder, zu denen als Älteste Ida gehört, merke ich, wie hungrig ich bin. Vorsichtig krieche ich aus meinem Versteck und setze mich auf den freien Stuhl, der offenbar für mich am Tisch steht. Die Kartoffeln, die man mir auf den Teller häuft, heißen Pommes frites und schmecken so gut, dass ich gar nicht mehr zu essen aufhören kann. Ich hatte nicht geahnt, dass es etwas so Köstliches überhaupt gibt.

Es beginnt ein anderes, neues Leben für mich. Ausgerechnet in der fremdesten Fremde, auf einem Bauernhof in einem wallonischen Provinznest namens Petit-Thier, in das mich das Rote Kreuz für ein halbes Jahr zur Erholung geschickt hat, erlebe ich die erste Zugehörigkeit, die erste Akzeptanz. Am Anfang kann ich noch nicht glauben, was mir geschieht. Ich kann nicht glauben, dass die Hetzjagden der Kinder auf mich ausbleiben, die verächtlichen Bemerkungen über die Russen, das Gespött und das Gelächter meiner Mitschüler, die Strafen in der Schule und zu Hause, die Schläge meines Vaters und das ständige Weinen meiner Mutter. Zunächst bin ich noch einmal die Sprachlose, die Taubstumme, wie vor meiner Schulzeit in Deutschland, aber das ändert sich schnell. Gierig sauge ich das Französische in mich ein und kann schon bald alles verstehen, was Ida mir sagt.

Mein Verlangen nach Zugehörigkeit kennt jetzt, da ich zum ersten Mal Entgegenkommen spüre, keine Grenzen mehr und äußert sich vor allem dadurch, dass ich unbedingt genauso viel und schwer auf dem Bauernhof arbeiten will wie die Evrard-Kinder – was ich ja gerade nicht darf, weil ich zur Erholung da bin und zunehmen soll. Zum Hof gehören zwei Dutzend schwarz-weiße Kühe, außerdem Schweine, Ziegen, Kaninchen, Hühner, Gänse und Enten, es gibt Ställe, Scheunen, Getreide- und Gemüsefelder, einen Wald und große, von Elektrozäunen umgebene Weidewiesen. Die Familie bewirtschaftet ihren Betrieb allein, alle Kinder müssen mithelfen. Und weil ich auch eines von diesen Kindern sein will, werde ich zur Landplage. Unentwegt kämpfe ich um meine Beteiligung am Arbeitsalltag der anderen. Am meisten reiße ich mich darum, beim Melken zu helfen, weil mir das die verantwortlichste Arbeit zu sein scheint. Mir wird die schon etwas altersschwache, gottergebene Kuh Belle zugeteilt, an ihrem Euter darf ich üben.

Es ist nicht ganz so einfach, wie ich gedacht habe. Man kommt nicht an die Milch, wenn man bloß an den Zitzen zieht, man muss gefühlvoll ins Euter hineingreifen und die Zitzen kräftig drücken, auch wenn die Hände nach einer Weile zu schmerzen beginnen und erlahmen. Immer wieder fliegt einem der zottige, kotige Kuhschwanz ins Gesicht, und auf keinen Fall darf es passieren, dass die Kuh während des Melkens ungeduldig wird und den Eimer umstößt. Hat man das alles geschafft, wird die warme, schäumende Milch in eine stählerne Maschine gegossen, die Zentrifuge heißt und das Fett aus der Milch schleudert. Die großen Kannen mit der entfetteten Milch und die kleinen mit dem Rahm werden draußen an die Straße gestellt und später von einem Lastwagen abgeholt. Den Abschluss des Tagewerks bildet immer die Reinigung der Zentrifuge. Sie wird zerlegt und zuerst mit einem Schlauch abgespritzt, dann werden die Einzelteile in heißem Wasser gespült und abgetrocknet. Ich darf auch dabei helfen und vorher den Rahm ablecken.

Eines Tages passiert dann, was nicht passieren darf: Mit einem Hinterbein stößt Belle den schon fast vollen Eimer um. Fast zehn Liter Milch ergießen sich ins Gras, eine riesige Lache. Gewöhnt an drastische Strafen, erwarte ich ein schreckliches Gericht über mich. Ich weiß inzwischen, dass die Familie nicht in Geld schwimmt und ein verschütteter Eimer Milch ein großer Verlust für sie ist. Aber zu meinem Erstaunen werde ich nicht einmal ausgeschimpft. Die Strafe ist allerdings schmerzhaft für mich. Ich bekomme ein Melkverbot, und sooft ich später auch bitte und bettle und an die Nachgiebigkeit von Vater und Mutter Evrard appelliere – in diesem Fall bleiben sie hart, das Melkverbot wird bis zum Schluss nicht mehr aufgehoben.

Umso eifriger versuche ich, mich auf andere Weise nützlich zu machen. Morgens stehe ich um vier Uhr auf, wie alle. Ich helfe beim Ausmisten der Ställe, beim Füttern der

Schweine und Ziegen, beim Mähen und Heumachen, beim Holzhacken, beim Pflücken von Brennnesseln und Löwenzahnblättern, aus denen Mutter Evrard Gemüse kocht, und ich bin selig, wenn ich auf dem Traktor oder oben auf dem Heuwagen mitfahren darf. Vergnügt stapfe ich montags mit den anderen auf die Kuhweide, wo wir mit Mistgabeln die Kuhfladen auf der Wiese verreiben, damit das Gras an diesen Stellen nachwachsen kann. Das ist eine anstrengende, ermüdende Arbeit, aber ich lasse sie mir nicht nehmen. Wir tragen Gummistiefel, schwingen die schweren Mistgabeln, ständig fliegen uns grüne Kotspritzer ins Gesicht und ins Haar, Ida muss immer wieder ihre Brille abnehmen und säubern. Am Ende, wenn wir erschöpft nach Hause gehen, mit der Mistgabel auf der Schulter, sind wir alle über und über gesprenkelt von dem glitschigen Grasbrei aus den Bäuchen der Kühe.

Abends sitzen die weiblichen Mitglieder der Familie unter der Lampe in der Stube und stopfen Strümpfe und durchgescheuerte Pulloverärmel. Da ich unbedingt auch stopfen will, bekomme ich ein Stopfei und eine Nadel und helfe, so gut ich kann. Manchmal summen Mutter Evrard und ihre Töchter beim Stopfen leise vor sich hin, ich summe mit, obwohl ich die Melodien nicht kenne, aber es macht mich glücklich, meine Stimme in denen der anderen aufgehen zu lassen. Ich darf Mutter Evrard beim Kartoffelschälen helfen und beim Geschirrspülen, an den Samstagen bin ich dabei, wenn die großen Brotlaibe und die riesigen runden Aprikosen-, Apfel- und Birnenkuchen draußen im Hof mit einem langen Holzschieber in den Steinofen geschoben werden. Ich freue mich, wenn ich mir die Finger an den heißen Blechen verbrenne, denn bei allem, was ich tue, arbeite ich darauf hin, zerschundene, schwielige Hände zu bekommen wie die anderen. Mehrmals am Tag schaue ich die Innenfläche meiner Hände an, suche nach einer neuen kleinen Blessur, die ein weiteres Zeichen meiner Angleichung an die belgischen Bauernkinder ist.

Nach einigen Wochen komme ich in die Dorfschule, an der die beiden Klosterfrauen unterrichten, bei denen der Busfahrer mich bei meiner Ankunft abgeliefert hat. Es gibt nur ein Klassenzimmer, und in dem werden immer vier Klassen gleichzeitig unterrichtet, abwechselnd vormittags und nachmittags. In der Geographiestunde höre ich ständig meinen Namen fallen. Irgendwann begreife ich, dass das Wort, das so oft vorkommt, nicht «Nathalie», sondern *«Italie»* ist, aber auch weiterhin melde ich mich jedes Mal, wenn Sœur Sourire *«Italie»* sagt, weil mir das Verwechslungsspiel zwischen meinem Namen und Italien so gut gefällt.

Mit Feuereifer versuche ich, nun auch Französisch lesen und schreiben zu lernen, denn darin sehe ich das einzige Fädchen, das mich später, wenn ich wieder in Deutschland bin, mit Ida verbinden wird. Obwohl noch viel Zeit bleibt, fürchte ich mich schon jetzt davor, Petit-Thier wieder verlassen zu müssen, und am meisten fürchte ich mich vor der Trennung von meiner heiß geliebten Ida. Manchmal weiß ich nicht, warum ich nachts heimlich weine – aus Heimweh nach meiner Mutter, die so weit weg ist und um die ich Angst habe wie seit je, oder weil ich jetzt schon Heimweh nach Ida habe, die eines Tages nicht mehr da sein wird. Es bringt mich zur Verzweiflung, dass im Französischen alles anders geschrieben als gesprochen wird: Wort für Wort muss ich mir die Sprache neu erschließen, damit ich Ida später französische Briefe schreiben kann.

Auch den anderen würde ich später gern schreiben. Der schönen Marie-Rose, die mich manchmal anfährt, weil ich ihr mit meinem Arbeitseifer auf die Nerven gehe, aber sie ist mir immer schnell wieder gut und trällert fröhliche französische Lieder, die sie auch mir beibringt. Dem schwarzäugigen José, der mich ständig neckt und mit Püffen provoziert, bis wir auf dem Boden liegen und uns balgen, ohne zu wissen, warum. Der vornehmen Auguste, die als Einzige nicht auf dem Hof, sondern in einem Büro in Brüssel arbeitet und nur an den Wochenenden da ist – sie tupft mir mit dem Finger etwas von ihrem Parfüm hinters Ohr und erlaubt, dass ich mir mit ihrem rosafarbenen Lippenstift die Lippen anmale. Dem schwerhörigen, in sich gekehrten Lucien, der immer ein leises Lächeln in den Augen hat und wunschlos zu sein scheint wie ein Heiliger. Dem sanften, gütigen Vater Evrard, der nie mit mir schimpft, auch wenn ich etwas angestellt habe, sondern mich auf seinen Schoß nimmt und mir Dinge erklärt, die mir noch nie jemand erklärt hat. Der etwas strengen, aber gütigen Mutter Evrard, die doppelt so breit ist wie ihr Mann und in deren weichem Fleisch ich versinke, wenn sie mich an sich drückt. Carmen möchte ich gern schreiben, Thérèse, Jean-Paul, Joseph und Julien, aber vor allem Ida, die schon in dem Augenblick, als sie mich zum ersten Mal an der Hand nahm, ein Versprechen für mich war.

Eines Tages schenkt sie mir einen Rosenkranz aus Rosenquarzperlen. Die glatten, kühlen Perlen gleiten durch meine Finger, während wir abends vor dem Schlafengehen beten, kniend, jeder gestützt auf die Sitzfläche seines Stuhls am Esstisch. Alles ist still, alle hören mir zu, während ich vorbeten darf, dreiundfünfzigmal:

Je vous salue, Marie, pleine de grâce,
le Seigneur est avec vous.
Vous êtes bénie entre toutes les femmes
et Jésus, le fruit de vos entrailles, est béni.

Jeden Abend darf der Reihe nach ein anderer bestimmen, wofür der Rosenkranz gebetet werden soll. Wenn ich dran bin, wünsche ich mir immer dasselbe. *«Puisque les boucles croissent à Nathalie»*, sage ich, denn zwar bekomme ich nach und nach immer mehr von den ersehnten Schwielen an den Händen, aber an dem größten Unterschied zwischen den Evrard-Kindern und mir kann ich nichts ändern – mir fehlen die üppigen, prachtvollen Locken, die alle zehn auf dem Kopf haben. Als ich zum ersten Mal meinen Wunsch vortrage, höre ich ein Kichern in der Runde, auch Ida schmunzelt, aber dann sagt sie, mein Wunsch sei ein sehr ernster, und alle würden nun dafür beten, dass ich Locken bekomme. An jedem dreizehnten Tag beten von da an zwölf Gläubige dreiundfünfzig Ave-Maria und sieben Vaterunser für die Erfüllung meines Wunsches, und ich erwarte, gebeugt über meinen Rosenkranz, jedes Mal das Wunder, das sich auf meinem Kopf mit dem dünnen, völlig glatten Haar ereignen wird.

Es kommt der Tag, an dem der Postbote einen Brief von meiner Mutter bringt. «Wenn du zurückkommst», schreibt sie, «wird nichts mehr so sein wie früher.» Nicht einmal Ida will mir glauben, dass meine Mutter das wirklich geschrieben hat. Und ich kann es nicht beweisen, weil niemand den russischen Brief meiner Mutter lesen kann. Ich will nicht zurück nach Hause, wo etwas Schreckliches auf mich wartet, ich weiß es, ich bettle, ich flehe, dass ich in Petit-Thier bleiben darf, alle trösten mich, alle reden mir gut zu, aber niemand nimmt mir ab, dass meine Mutter ins Wasser gehen wird. Obwohl ich weiß, dass sie mir mit ihrem Brief genau das sagen will. Sie hat es oft genug angekündigt – seit ich mich an sie erinnern kann, ist sie auf dem Sprung.

Am Ende ist ein großes Stück meines Glücks von Petit-Thier weggebrochen, weil man mir nicht glaubt, weil man mich allein lässt mit meinem unheimlichen Wissen, sogar Ida. Dabei sind die Zeilen meiner Mutter vielleicht auch ein Appell, vielleicht hegt sie die vage Hoffnung, dass die menschenfreundliche belgische Familie sich auch weiterhin um ihr Kind kümmern wird. Vielleicht hat sie mir eine Zukunft in Petit-Thier gewünscht, wo ich ein halbes Jahr lang so glücklich war.

Ich sitze wieder im Zug, mit einem umgehängten Pappschild, auf das Ida meinen Namen geschrieben hat. Auf der Busfahrt nach Brüssel habe ich die ganze Zeit geweint und bis zum letzten Moment gehofft, Ida würde doch noch mit mir umkehren. Aber jetzt steht sie auf dem Bahnsteig, schlägt sich die Hände vors Gesicht und weint auch. Sie läuft so lange mit dem Zug mit, bis sie mich nicht mehr sehen kann. Ich nehme ihr weinendes Gesicht mit auf die Reise. Nie werde ich ihr einen französischen Brief schreiben, ich werde sie nie wiedersehen.

Ein paar Wochen nach meiner Rückkehr in die «Häuser» wird in der Regionalzeitung zu lesen sein:

> Abgängig gemeldet wurde am Mittwoch gegen 22 Uhr eine 36jähr., aus der Ukraine stammende Hausfrau, die nachm. zu ihrer Hühnerfarm in der Büg gegangen und nicht mehr zurückgekehrt war. Sie wurde gestern

nachm. oberhalb der Buckenhofener Holzbrücke auf einer Sandbank tot aufgefunden. Der beiden Kinder im Alter von zehn und vier Jahren hat sich eine bekannte Familie angenommen. Der Ehemann befindet sich mit dem Don-Kosaken-Chor auf Tournee.

Nachdem ich mich in der Waschküche abgetrocknet und angezogen hatte, steckte ich meinen Trainingsanzug und alles andere, was ich nicht mehr brauchte, in das Ofenloch unter dem Waschkessel. Dann schlich ich die Außentreppe wieder hinauf und lief dicht an der rückwärtigen Hauswand entlang zum Trampelpfad, der in die Regnitzauen führte. Dort setzte ich mich ans Ufer und ließ mein Haar in der Sonne trocknen, während ich es mit den Fingernägeln kämmte. Ich wusste nicht, wie spät es war, aber auf dem Fluss lag ein mildes, feierliches Vorabendlicht. Ich hatte nun schon den zweiten Tag nichts mehr gegessen, dafür die erste Coca-Cola meines Lebens getrunken, die Georg mir in der «Linde» spendiert hatte. Mir war, als hätte ich immer noch ihren Geschmack im Mund, den Geschmack einer scharfen, ätzenden Medizin.

Mein Kopf schien völlig leer zu sein, der Hunger nagte an meinen Magenwänden. Zwei Mark hatte der Eintritt in die «Linde» gekostet, drei der gestohlenen fünf Mark waren noch übrig, aber wo sollte ich mir jetzt etwas zu essen kaufen? Am Samstag waren um diese Uhrzeit die Geschäfte längst geschlossen, ich hätte nur zu Wiemann gehen können. Dort konnte man nach Geschäftsschluss ans Fenster klopfen und bekam alles, was man brauchte, auch spätabends und am Sonntag, aber ich durfte mich nicht so weit in die Nähe meines Vaters wagen. Am liebsten hätte ich mich ins warme Gras sinken lassen, um wieder einzuschlafen, eingelullt vom Murmeln der Regnitz, doch nachdem mein Haar getrocknet war, raffte ich mich auf und ging in Richtung Hauptstraße.

Das Capitol-Kino, an dem ich vorbeikam, erinnerte mich an einen Film, den ich dort vor nicht allzu langer Zeit gesehen hatte. Auf dem Heimweg von der Schule hatte ich eine Münze gefunden, ein sauberes, glänzendes Fünfmarkstück, das vor meinen Füßen lag wie eigens für mich. Für einen Teil des Geldes war ich ins Kino gegangen, und in der Wochenschau, die dem Film vorausging, wurde Moskau gezeigt – für mich die ersten Bilder, die ich von Russland sah. Monumentale Bauten, ein Meer von Soldaten, viele wehende Fahnen und endlose Reihen von Panzern mit Kanonenrohren. Nie hatte ich mir vorstellen können, wie die Kommunisten und Bolschewisten aussahen, zu denen man uns zählte, jetzt wurde es mir gezeigt: Es waren Soldaten, nur Soldaten, die alle ein Gewehr trugen und sich bewegten, als wären sie ein einziger Körper in unzähliger Vervielfältigung, kein Einziger von ihnen zuckte beim Marschieren mit der Wimper. In der Schule hatte ich gehört, dass die Russen den Krieg mit Deutschland angefangen hatten, nun planten sie offenbar einen neuen Angriff. Aber dann erschien Konrad Adenauer auf der Leinwand und versicherte, die deutsche Bundeswehr und die NATO würden die freie Welt vor der Aggression der Russen und des Warschauer Paktes schützen.

Fast wäre ich wieder aus dem Kino hinausgelaufen, weil ich mir sicher war, man werde mich gleich im Publikum entdecken und lynchen, aber nach und nach begannen die Bilder der Wochenschau hinter denen des Films zu verblassen, der inzwischen begonnen hatte. Er hieß «Via

Mala» und spielte in den Schweizer Bergen. Auch so etwas hatte ich noch nie zuvor gesehen: gewaltige Wasserfälle, die von Steilwänden herabstürzten, bodenlose Felsschluchten, in denen sich Nebelungeheuer wälzten. Irgendwo dort betrieb ein Mann in Gestalt von Gert Fröbe mit seiner Familie eine Sägemühle. Ein Trinker, ein Unhold, der seine Frau und seine Töchter ständig quälte und verprügelte. Seine Tyrannei ging so weit, dass die verzweifelten Frauen schließlich den Plan fassten, sich von ihm zu befreien. In einer stürmischen Nacht ermordeten sie ihn. Der junge adelige Rechtsanwalt, der mit der Aufklärung des Falles betraut wurde, vertuschte nach heftiger Gewissenspein den Mord, er tat es aus Liebe zu einer Tochter des Ermordeten, dem engelsgleichen Sylvelie mit dem goldenen Haarkranz, dargestellt von Christine Kaufmann. Sie heirateten und wurden miteinander glücklich ... Wie in Trance verließ ich das Kino. Die mir bisher unbekannte Bergwelt mit ihren archaischen Naturgewalten, der brutale Vater und dessen Ermordung, das schöne Sylvelie und ihr Retter, der aus Liebe das Gesetz brach – alles das kam mir vor wie meine eigene Geschichte in ihrer phantastischen Vollendung.

Nun, nicht lange danach, befand ich mich zum ersten Mal an einem Samstagnachmittag auf der Hauptstraße. Es waren nur wenige Menschen unterwegs, der Betrieb des Tages war schon abgeebbt, der des Abends hatte noch nicht begonnen. Vor einer Gaststätte blieb ich stehen und studierte die in einem Schaukasten ausgehängte Speisekarte. Schwimmerlesuppe, las ich, Ziebeleskas, Schäufele, blauer Karpfen, Hobbl-Bobbl. Unter alldem konnte ich mir nicht viel vorstellen, für drei Mark gab es hier ohnehin so gut wie nichts, und ich hätte mich auch nicht hineingetraut in das vornehme Restaurant mit den bunten Butzenscheiben und dem goldenen Posthorn über dem Eingang. Fast gierig dachte ich jetzt an den Borschtsch, den mein Vater immer gleich für mehrere Tage vorkochte, in einem riesigen Topf, den ich nach dem Essen zur Kühlung in den Keller bringen musste. Im Sommer begann die Suppe trotzdem spätestens am dritten Tag Blasen zu werfen, aber gegoren schien sie meinem Vater am besten zu schmecken. Obwohl sie so scharf war, dass es mir beim Essen den Atem verschlug, streute er noch einmal Pfeffer hinein, vielleicht, weil er keinen Geruchssinn besaß und nur salzig und süß, mild und scharf unterscheiden konnte. Ich wusste nicht, ob ihm dieser Sinn erst im Lauf seines Lebens abhandengekommen war oder ob er ihm schon von Anfang an fehlte. Er kannte weder Gestank noch Duft, er wusste vielleicht nicht einmal, wie seine geliebten Kamyschiner Melonen gerochen hatten. Während er den vergorenen, scharfen Borschtsch löffelte, schimpfte er jedenfalls immer wieder auf die gehaltlosen deutschen Suppen, die er auf seinen Tourneen in den Restaurants essen musste, und meistens begann er dann auch über die Deutschen zu spotten, die er wegen ihrer Vorliebe für grüne Salate Grasfresser nannte, über deutsche Brillenträger und rothaarige Deutsche, die ihm aus unerfindlichen Gründen ebenfalls missfielen.

Auf dem Bahnhofsplatz entdeckte ich einen geöffneten Kiosk. Ich gab mein gesamtes Vermögen aus, um mich endlich satt zu essen. Wiener Würstchen, Kekse, Schokolade, ich stopfte mir alles gleichzeitig in den Mund und kostete zum ersten Mal in meinem Leben eine Bluna, die mir, ganz anders als die Coca-Cola vom Vortag, wie ein Getränk aus dem Schlaraffenland vorkam. Für die letzten fünf Pfennige erstand ich meinen ersten Dubble Bubble, einen Kaugummi, den alle Mädchen in meiner Klasse kauten. Entweder ließen sie die Blasen mit einem lauten Knall zerplatzen, oder sie wetteiferten darum, wer die größte Blase zustande brachte, bevor sie, bleich und durchsichtig geworden, mit einem fast tonlosen «Plop» in sich zusammenfiel. Nun konnte ich, für mich allein, an diesem Wettbewerb teilnehmen.

Die Hauptstraße hatte sich inzwischen belebt, Achim Uhland war nirgends zu sehen. Meine Hoffnung hatte darin bestanden, dass wir uns stillschweigend auf der Hauptstraße verabredet hatten, dass es gar nicht nötig gewesen war, das zu erwähnen, aber jetzt sah es nicht danach aus. Ich hatte auch keine Ahnung, wo ich ihn hätte suchen können, es war mir unvorstellbar, dass er irgendwo in dieser Stadt wohnte, am selben Ort wie ich. Allmählich wurde es schon wieder dunkel und kühl, ich hatte nicht daran gedacht, eine Jacke mitzunehmen, und während ich in meinem dünnen Kleid herumstreifte, ergriff mich ein solches Grauen vor einer erneuten Nacht im Kohlenkeller, dass ich wahrscheinlich mit jedem mitgegangen wäre, der mir einen Unterschlupf angeboten hätte. Nur mit einem nicht: mit Georg. Doch genau der hielt neben mir am Straßenrand auf seinem Moped. Nach dem Tanzen in der «Linde» hatte Achim Uhland mich vor ihm gerettet, indem er mich mit sich zog, aber jetzt hatte Georg mich auf der Hauptstraße wiedergefunden und lud mich zu einer Spazierfahrt ein.

Er war vermutlich der deutsche Junge, der mir alle meine Träume erfüllt hätte. Mit ihm hätte ich Hand in Hand über die Hauptstraße spazieren können wie die anderen Mädchen, er hätte mich zu seiner Verlobten gemacht und wahrscheinlich auch geheiratet. Aber ich war in der «Linde» nicht nur meiner ersten Liebe begegnet, sondern auch meinem ersten Hass. Ein zu kurz geratener Junge mit breitem Gesicht, das mit seiner niedrigen Stirn und seinem kurzen Kinn wie zusammengeschoben wirkte, er hatte schweißige Hände und roch nach der glänzenden Pomade, die er im Haar trug. Vom ersten Moment an verschlang er mich mit seinen Blicken, bedrängte, nötigte mich. Er löste in mir einen ähnlichen Fluchtreflex aus wie mein Vater, und gleichzeitig verabscheute ich in ihm mich selbst. In seinen Augen sah ich meine eigene Angst vor Abweisung und Verachtung, das Flehen der Chancenlosen, die mir so vertraute Mischung aus verzweifelter Hoffnung und Hoffnungslosigkeit. Doch ausgerechnet er besaß etwas, das ich nicht besaß und mir am sehnlichsten wünschte: die Verbindung zu Achim Uhland. Erwartungsvoll fragte ich ihn nach ihm. Er konnte seine Enttäuschung nicht verbergen, aber er lächelte vielsagend und versprach mir, mich zu ihm bringen, wenn ich mich auf sein Moped setzte. Zögerlich tat ich das.

Meine Befürchtung, dass er mich in eine Falle gelockt hatte, war unbegründet. Ich betrat mit ihm die «Moonlight»-Bar, das Sündenbabel der Stadt, einen Ort, der fast genauso verrufen war wie die «Häuser» und an dem ich nie ohne Schauder vorbeigegangen war. Achim Uhland saß in seiner schwarzen Lederjacke in einem der roten Clubsessel, neben ihm ein Mädchen, das eine enge, tief ausgeschnittene Bluse trug und rauchte. Die Musikbox spielte «Deine Heimat ist das Meer», Lolita sang von Sternen über

Rio und Shanghai, vom unheilbaren Fernweh des Seemanns. Auf der Tanzfläche, die in umherschwebende weiße Lichtflocken getaucht war, wiegten sich eng aneinandergeschmiegte Paare. Es waren keine Jugendlichen wie am Vortag in der «Linde», sondern erwachsene Männer und Frauen. Ich wusste von Achim Uhland, dass er neunzehn Jahre alt war – nirgends hatte ich ihn weniger vermutet als an einem Ort wie diesem.

Er würdigte Georg und mich keines Blicks, wahrscheinlich bemerkte er uns gar nicht, denn seine Augen hingen an dem Mädchen, das neben uns saß und eigentlich kein Mädchen mehr war, sondern auch schon eine Frau. Neben ihr war er ganz anders als in der «Linde», er strahlte nichts von kühler Überlegenheit aus, sondern kam mir eher vor wie ein Bettler. Sie schien nicht besonders an ihm interessiert zu sein, jedenfalls lachte sie und wechselte Worte mit anderen Männern, ja einmal prostete sie einem von ihnen zu, während Achim Uhland sie mit demselben Hunger in den Augen ansah wie Georg mich.

Jetzt verstand ich, warum er mich hierhergebracht hatte – nicht damit ich Achim Uhland fand, sondern damit ich ihn verlor. Ich sollte sehen, dass er eine andere liebte. Von dieser Offenbarung erhoffte Georg sich wohl meine Hinwendung zu ihm. Er bestellte mir einen rosafarbenen süßen Cocktail, den ich fast in einem Zug austrank, weil ich so durstig war, und an alles, was danach kam, erinnerte ich mich später nur noch in zusammenhanglosen Fetzen: wie ich mit Georg und anderen tanzte und immer wieder trank, Süßes und Scharfes durcheinander, wie Georg mir eine Zigarette anzündete und in den Mund schob, wie gleich darauf meine Lunge vor Husten zu zerplatzen schien, wie Georg und die anderen Männer mich beim Tanzen an sich pressten und ein Bein zwischen meine Schenkel zu zwängen versuchten, wie ich, während Mina «Heißer Sand und ein verlorenes Land» sang, Achim Uhland fast vor die Füße gefallen wäre, weil alles um mich herum sich im Kreis drehte.

Und dann standen wir plötzlich zu viert draußen auf der dunklen Straße. Achim Uhland hatte seinen Arm um die Schultern der Frau mit der ausgeschnittenen Bluse gelegt, sie wollte sich losmachen, aber er hielt sie fest. Bis sie ihn mit einem kleinen, angewiderten Aufschrei von sich stieß und auf ihren Pfennigabsätzen zu einem roten Auto am Straßenrand lief, in dem ein anderer Mann auf sie wartete. Ich sah, wie Achim Uhland in sich zusammensackte, während sein ausgestreckter Arm noch in der Luft hing. Ich stürzte zu ihm hin, an die frei gewordene Stelle neben ihm, aber ich prallte an ihm ab wie einst an meinem Vater, als er nach dem Tod meiner Mutter aus Spanien gekommen war. In seinem Gesicht erkannte ich denselben Abscheu, mit dem ihn eben das Mädchen angesehen hatte. Dann sprach er mich zum ersten Mal an diesem Abend an. «Hau doch ab, du Russenlusch», hörte ich ihn sagen, die vorhersehbarsten, unvermeidlichsten Worte im Drehbuch meiner Geschichte. Bevor ich begriff, dass er sie wirklich gesagt hatte, war er auf seinem Moped schon verschwunden. Ich stand mit Georg allein auf der dunklen Straße und fühlte überhaupt nichts. Mein Kopf drehte sich vom Alkohol, aber alles hatte seine Richtigkeit. Achim Uhland hatte nichts anderes getan, als mich aus einem Traum in die Wirklichkeit zurückzustoßen, auf den mir vertrauten, angeborenen Platz. Ich wusste doch, dass ich Dreck war, dass niemand mich lieben konnte.

Diesmal war es Georg, der mich am Prellstein absetzte. Bevor er nach mir greifen konnte, lief ich davon, in die Dunkelheit des Hofes, in den er mir nicht zu folgen wagte, in den mir noch nie ein Deutscher gefolgt war. Ich hatte keinen Wohnungsschlüssel dabei, mein Vater hatte ihn konfisziert, bevor er mich in mein Zimmer eingeschlossen hatte, aber ich sah, dass das Licht in unserer Küche noch brannte. Mein Vater wartete auf mich. Er öffnete und stieß mich so grob in die Küche, dass ich gegen den Küchenschrank taumelte. Ich sah die gefrorene Wut in seinen Zügen.

«Wo warst du?», herrschte er mich an.

«Nirgends.»

«Du bist ja betrunken.»

«Nein, ich bin nur müde.»

«Und von was bist du so müde?»

«Von gar nichts.»

«Wo ist dein Zeugnis?»

«Nirgends.»

«Ich sollte dir die Zunge ausreißen, du Lügnerin. Zeig mir sofort dein Zeugnis.»

«Zeugnisse gibt es jetzt nur noch am Ende des Schuljahres.»

Ich wusste, dass mein Vater mir nicht glaubte, er konnte mir gar nicht glauben, weil ich immer schon das Blaue vom Himmel heruntergelogen hatte, ich log sogar dann, wenn es gar keinen Sinn ergab, aber aus irgendeinem Grund wollte mir die Wahrheit nie über die Lippen. Auch diesmal war mein Lügen sinnlos, meinem Vater war sowieso alles klar, doch er konnte mir nichts beweisen. Seit je hatte ich ihm gegenüber einen großen Vorteil: die Kenntnis der deutschen

Sprache. Wobei es vorkam, dass auch ich sie nicht verstand, aber das durchschaute er natürlich nicht.

Vor nicht allzu langer Zeit hatte ich aus einem Brief der Hausverwaltung herausgelesen, dass uns eine größere Geldsumme ausgezahlt werden sollte. In Anbetracht des unverhofften Geldregens machte mein Vater bei einem Vertreter, der gerade sein Glück in den «Häusern» versuchte, eine Anzahlung auf einen Staubsauger – die größte Anschaffung, die wir je gemacht hatten. Doch statt des versprochenen Geldes brachte uns der Postbote weitere Briefe der Hausverwaltung. Die Korrespondenz ging, sich immer mehr verwirrend, so lange hin und her, bis eines Tages ein wütender Herr bei uns erschien und das Geld, das wir der Hausverwaltung schuldeten, in bar von meinem Vater einforderte. Es stellte sich heraus, dass er vergessen hatte, eine Monatsmiete auf der Post einzuzahlen.

Meine Behauptung, dass wir kein Zeugnis bekommen hatten, konnte er nicht widerlegen. Er kannte niemanden, den er nach diesen Dingen fragen konnte, und wäre er in die Schule gegangen, um sich zu erkundigen, wäre das nicht nur das Eingeständnis seiner Sprachlosigkeit gewesen, sondern auch das Eingeständnis seiner Ohnmacht gegenüber seiner minderjährigen Tochter, die ihn an der Nase herumführte. In allen Angelegenheiten, die mit der deutschen Außenwelt verknüpft waren, war ich ihm überlegen. Ich konnte ihm alles weismachen, was ich wollte, und wenn er mir auch nicht glaubte, wenn er sich sogar sicher sein konnte, dass ich log – am Ende war er machtlos gegen meine Märchen. Die sprachliche Kluft zwischen den Autoritäten meines Lebens war meine Freiheit und mein Schutz, der Spalt, in dem ich mich verstecken konnte.

Jetzt konnte ich mich nirgends mehr verstecken. Auch meine Mutter hatte mich geschlagen, öfter als mein Vater, aber ihre schwachen, labilen Hände hatte ich nie gefürchtet, meistens war ich ihnen entkommen. Mein Vater jedoch ergriff mich wie mit einer eisernen Zwinge, er schlug mich, wie immer, ohne jede Emotion. Mit einer Hand hielt er mich fest, während die zweite auf mich niederging, als wäre ich ein besonders hartes Stück Holz, das er zerspalten musste. Seit langem beherrschte ich den Totstellreflex, der mir half, seine Schläge zu überstehen. Ich fühlte den Schmerz dann wie außerhalb von mir, wie den einer anderen Person, zu der ich nur in einer vagen Beziehung stand. Er schlug mich, bis ich am Boden lag, dann schleifte er mich über den Flur in mein Zimmer und ließ mich dort liegen. Gleich darauf kam er noch einmal zurück, mit einem Hammer. Ich glaubte, er würde mich damit erschlagen, aber er nagelte das Fenster zu, dreizehn Nägel zählte ich später. Er stellte mir eine Kanne Wasser und einen Eimer ins Zimmer und verschloss die Tür.

Bald weiß ich nicht mehr, wie lange ich mich schon in meinem Gefängnis befinde. Das ganze Wasser habe ich in meiner Ahnungslosigkeit bereits am ersten Tag ausgetrunken, um meinen Hunger zu betäuben – es schmeckte nach der Milch, die ich als Kind in der alten Blechkanne abends aus einem Milchgeschäft in der Stadt holen durfte. Ich trödelte, so lange es ging, durch die fremden Straßen, betrachtete die Häuser und Schaufenster, ab und zu nahm ich einen Schluck von der köstlichen kalten Milch, die man mir in die Kanne gefüllt hatte. Und ich lernte das Gesetz der Zentrifugalkraft kennen: Wenn ich die Kanne ganz schnell durch die Luft kreisen ließ, lief kein einziger

Tropfen aus ihr aus. Es musste nur sehr schnell gehen, ich durfte keine einzige Sekunde lang Angst bekommen und stocken.

Am Anfang versuche ich noch, das Fenster in meinem Zimmer aufzukriegen, aber dann merke ich, dass es aussichtslos ist. Die rostigen, bis zum Anschlag ins Holz getriebenen Nägel geben keinen einzigen Millimeter nach, soviel ich auch an dem Rahmen reiße und rüttle. Am Ende habe ich den Fenstergriff in der Hand, mehr nicht.

Erschöpft schlafe ich auf meinem Bett ein und träume. Um mich aus meinem Kerker zu befreien, muss ich die Wand mit meinem Kopf einschlagen. Ich probiere es immer wieder, aber es gelingt mir nicht, obwohl ich einen Kopf aus Eisen habe. Ich höre jedes Mal nur den Knall, mit dem mein eiserner Kopf gegen den Stein schlägt.

Wenn ich wach bin, bleibe ich bewegungslos liegen. Mein ganzer Körper schmerzt noch von den Schlägen. Zuerst erschrecken mich die Schritte meines Vaters, wann immer ich sie draußen im Flur höre, aber allmählich beginne ich, auf sie zu hoffen. Kommt er, um mich zu befreien? Wenn die Wohnungstür ins Schloss gefallen und er zur Arbeit gefahren ist, rufe ich nach meiner Schwester. Sie sucht den Schlüssel zu meinem Zimmer, sie stellt die ganze Wohnung auf den Kopf, aber sie findet ihn nicht. Wahrscheinlich ahnt mein Vater, dass ich sie zu Hilfe rufe, und deshalb hat er den Schlüssel gut versteckt oder in seiner Aktentasche zur Arbeit mitgenommen.

Der Hunger ist bald nichts mehr gegen den Durst. Ich habe keinen Speichel mehr im Mund, meine Eingeweide brennen, meine Zunge ist dick und fühlt sich an wie aus Schmirgelpapier, mein Hals ist so trocken, dass ich ständig husten muss. Manchmal beginnt sich plötzlich der Kleiderschrank in der Ecke zu drehen, als tanze er. Ich schließe die Augen und öffne sie wieder: Der Schrank tanzt immer noch. In meinem Kopf dröhnen Glocken. Über den Eimer mit meinen Ausscheidungen habe ich einen alten Anorak gelegt, aber es nutzt nichts, der scharfe, ätzende Gestank im Zimmer fängt an, mich zu vergiften, und ich muss noch mehr husten. Mühsam klettere ich auf einen Stuhl und klopfe mit einem Kleiderbügel an die Decke, ich trommle gegen die Wände, ich rufe, jemand von den Nachbarn muss mich doch hören, aber niemand reagiert. Ich flehe meine Schwester an, jemandem Bescheid zu sagen, sie ist der einzige Mensch, der weiß, dass ich hier eingeschlossen bin, dass ich verdurste, aber sie traut sich nicht, sie hat Angst. Wenn mein Vater von der Arbeit nach Hause kommt, hämmere ich mit den Fäusten gegen die Tür. Ich habe mich ergeben, ich leiste keinen Widerstand mehr gegen die Beugehaft. «Papa», wimmere ich nur noch, «Papa, mach bitte auf.»

Schließlich tue ich, was ich längst hätte tun müssen: Ich schlage das Fenster ein. Meine Schwester läuft ums Haus, sie schluchzt und zittert, während sie mir eine Flasche mit Leitungswasser und ein Stück Brot durch das Loch in der Scheibe reicht. Sie scheint nicht zu wissen, wovor sie mehr Angst hat – davor, dass ich sterben könnte, oder vor einem schrecklichen Gericht meines Vaters, wenn er etwas merken sollte. Immer wieder bringt sie mir Wasser und etwas zu essen, nach ein paar Tagen habe ich mich schon fast an mein Wasser-und-Brot-Gefängnis gewöhnt. Ich warte nicht mehr darauf, dass mein Vater mich freilässt, ich fühle mich seltsam leicht und gewichtlos, fast so, als wäre ich aus Luft, die Zeitrechnung habe ich sowieso verloren. Aber als ich irgendwann probeweise die Türklinke noch einmal herunterdrücke, ist der Weg nach draußen wieder frei.

Die Moskauer Adresse, die ich aus dem Wäschebuch meines Vaters abgeschrieben hatte, geriet für lange Zeit in Vergessenheit. Es geschahen Dinge, die mein Leben von Grund auf veränderten und alles andere in den Hintergrund drängten. Viele Jahre hatte ich als Dolmetscherin gearbeitet und war schon oft in Moskau gewesen, aber von der Stadt hatte ich kaum je mehr zu sehen bekommen als das Innere von Ministerien, Messehallen und Intouristhotels. Russland war für mich ein Arbeitsland geworden, das ich weder mit meinen Eltern noch mit mir selbst in Verbindung bringen konnte – ein fremder, mir unbegreiflicher Planet.

Eines Tages begegnete ich Sergej, einem russischen Schriftsteller, und lernte Moskau unter der tristen, gesichtslosen Oberfläche kennen, mit der die Stadt mich immer abgespeist hatte. Mir offenbarte sich eine Welt voller Widersprüche, voller Geist, Menschlichkeit, Humor und Poesie. Das Russische, das ich so gehasst hatte an mir, wurde für mich zu einer Offenbarung, zu dem Zuhause, das ich in Deutschland nie gefunden hatte. So lange war ich auf der Flucht vor allem Russischen gewesen – jetzt war ich genau da angekommen und erkannte, dass es etwas ganz anderes war als gedacht. Ich musste meine Herkunft umdeuten, mein gesamtes Leben, ich wusste nicht mehr, wer ich war. Fast zwei Jahre lang befand ich mich in einer chaotischen Pendelbewegung zwischen Russland und Deutschland, in einer Zerreißprobe zwischen zwei Welten, die für mich unvereinbar waren.

Bis Sergej für mich entschied. Von Anfang an war er, der um fünfzehn Jahre Ältere, verliebt in den Gedanken, mir zu einem im russischen Literatenmilieu begehrten Status zu verhelfen, indem er mich zur Schriftstellerwitwe machte. Dieses Ziel verfehlte er nur knapp, er starb eine Woche vor unserer geplanten Hochzeit. Die Krankheit hatte wahrscheinlich schon lange in ihm geschwelt und ihn, wie über Nacht, in einer Stichflamme verbrannt. Der russische Riese hatte mich wieder ausgespuckt, als wäre ich ein Insekt, das er versehentlich eingeatmet hatte. Mit einer Handvoll Erde von Sergejs Grab und dem uns vom Moskauer Standesamt ausgestellten Bezugsschein für Eheringe und zwei Garnituren Bettwäsche kehrte ich nach Deutschland zurück. Russland war für mich zu einem Grab geworden.

Auf der Beerdigung hatte ich Nadja kennengelernt, eine einstige Kommilitonin von Sergej. Ihre helle Gestalt war während der Trauerfeier im Schriftstellerverband vor mir aufgetaucht wie die eines Engels, der bei mir blieb, solange ich mich noch nicht aus Russland fortbewegen konnte. Zurück in Deutschland, lebte ich von ihren Briefen, die sie mir gleichsam an Sergejs Stelle schrieb, wie mit seiner Hand, seinem Atem, Briefe, die mir einen lebendigen Ort in Russland zurückgaben.

Ein Jahr nach Sergejs Tod bestieg ich zum ersten Mal wieder ein Flugzeug nach Moskau, um Nadja zu besuchen. In ihrer Wohnung, im zwölften Stock eines Hochhauses, schlief ich in einem kleinen, mit Büchern vollgestopften Zimmer, in dem ich den Platz nicht nur mit russischen Dichtern teilte, sondern außerdem mit einem Konzertflügel, auf dem Nadja

Impromptus von Schubert spielte. Ich lag Rücken an Rücken mit ihm, auf einem Sofa, und wenn ich nicht schlafen konnte, war mir, als würde sich aus seinem Innern eine wundersame, sphärische Musik in mich ergießen.

Der Zufall wollte es, dass mir während dieses Aufenthalts der längst vergessene Zettel mit der Adresse aus dem Wäschebuch meines Vaters wieder in die Hände fiel. Er hatte all die Jahre unbemerkt in einem Seitenfach meines Portemonnaies gelegen und war schon etwas brüchig geworden, aber die Schrift ließ sich noch gut entziffern. Nadja kannte den Stadtteil, den ich notiert hatte, es handelte sich um eine der riesigen Trabantenstädte an der Peripherie, ein Viertel, das noch den Namen des Dorfes trug, das sich früher an dieser Stelle befunden hatte. Was für eine Beziehung konnte mein Vater zu einer Adresse in einer Moskauer Trabantenstadt haben, die es, als er in Russland lebte, noch gar nicht gab?

Nadja und ich ließen uns mit dem Taxi in die entfernte Gegend bringen. Da mein Vater nicht notiert hatte, wer unter der eingetragenen Adresse wohnte, wussten wir nicht, wen wir suchten. Auch die Straße, die ich abgeschrieben hatte, schien nicht zu existieren, jedenfalls konnte der Taxifahrer sie nicht finden. Immer wieder kurbelte er das Fenster herunter und fragte Passanten, aber alle zuckten mit den Schultern. Ich hatte es gewusst: Irgendeine bedeutungslose, wirre Notiz meines Vaters, die er vielleicht aus einer seiner Emigrantenzeitungen herausgeschrieben hatte. Ich wollte schon wieder umkehren, aber Nadja, die Journalistin, gab nicht so schnell auf. Wir bezahlten den Fahrer, stiegen aus und machten uns zu Fuß auf die Suche.

Noch nie war ich in einer Gegend wie dieser gewesen. Wohnhäuser, so weit das Auge reichte, Betontürme, die in den immer noch drückenden Septemberhimmel ragten, einen Himmel, der wie Zellstoff über der Stadt hing, vollgesogen mit ihren giftigen Ausstößen, mit einem schwefeligen Brandgeruch. Abertausende von Waben mit Zentralheizung und Warmwasser für das viel gepriesene, heroische, freie und glückliche Volk des ersten Arbeiter-und-Bauern-Staates der Welt, das in diesen industriellen Typenbauten am Rand der Metropole hauste. Ich fühlte hier nichts anderes als Verlorenheit.

Seit je war ich es gewohnt, in Moskau aufzufallen. Die Russen erkannten mit sicherem Blick einen Besucher aus dem Westen, den Unterschied, der nicht nur in der Kleidung bestand, nicht nur in der anderen Frisur, der moderneren Brille, dem kunstvolleren Zahnersatz, nicht nur in Sprache und Gebaren, sondern darüber hinaus in etwas Unnennbarem, das sich gleichsam aus einem anderen Stoffwechsel, einem anderen inneren Haushalt ergab. Hier, in dieser entlegenen Trabantenstadt, musste ein westlicher Ausländer eine besonders seltene Erscheinung sein. Selbst Nadja wirkte hier wie ein Fremdkörper. Sie war eine typische Vertreterin der russischen Intelligenzija, immens belesen und ironiebegabt, dazu von zarter, natürlicher Schönheit. Beim Gehen löste sich aus ihrer Frisur immer wieder eine Strähne, die sie mit einer grazilen Bewegung in das bastfarbene Dickicht auf ihrem Kopf zurücksteckte.

Ein alter Mann, den wir ansprachen, klärte uns schließlich darüber auf, dass die Straße, die wir suchten und mit deren Namen man eher die Wärme eines Kachelofens assoziierte als eine Plattenbausiedlung, schon vor langer

Zeit umbenannt worden war. Jetzt hatte sie einen Namen, der in diese Gegend passte. Ich war mir inzwischen sicher gewesen, dass wir einer falschen Spur folgten – nun erfasste mich ein Schwindel. Wen würde ich unter der Adresse mit dem neuen Straßennamen antreffen? Womöglich Verwandte meines Vaters, die auch meine Verwandten waren? Ausgerechnet hier, im Dickicht des sowjetischen Proletariats? Ich genierte mich vor Nadja, kam mir vor wie eine Hochstaplerin, die sich Eingang in eine russische Gesellschaftsschicht erschlichen hatte, von der sie denkbar weit entfernt war, wenn ihre Wurzeln tatsächlich in den Boden reichen sollten, auf dem ich gerade ging.

Wir waren in der fraglichen Straße angekommen. Hier bemerkte man an den Neubauten bereits erste Anzeichen von Verfall, ganz offensichtlich waren sie früher entstanden als die anderen. Auf verwohnten Loggien wurden Kletterbohnen, Tomaten und Dill gezüchtet, alte Mütterchen in Kopftüchern saßen, die Betonriesen im Rücken, auf Holzbänken im Hof und schwatzten – ein fast dörfliches Bild inmitten der sozialistischen Zukunftswelt.

Es dauerte eine Weile, bis wir die von mir notierte Hausnummer gefunden hatten. Auch diese mochte sich mit dem Straßennamen verändert haben, aber wir beschlossen, unter der angegebenen Wohnungsnummer nachzusehen. Ein klappernder, stinkender, mit obszönen Flüchen vollgekritzelter Lift brachte uns in den neunten Stock. In meinen Schläfen hämmerte es. Würde sich in den nächsten Minuten die Büchse der Pandora öffnen? War er jetzt gekommen, der Moment der Wahrheit über mein Leben?

Wir läuteten an der Tür mit der Nummer 931. Niemand öffnete. Auch nachdem Nadja zum dritten und vierten Mal auf den Klingelknopf gedrückt hatte, rührte sich nichts. Da war nur das gläserne Auge eines Spions, das uns aus der grau lackierten Tür anstarrte. Wir versuchten es an den vier anderen Türen auf dem Stockwerk, gingen eine Etage tiefer, drückten auch dort auf alle Klingelknöpfe – nirgends wurde uns geöffnet. Meine Armbanduhr zeigte kurz nach sechs Uhr abends an: Wie war es möglich, dass um diese Uhrzeit auf zwei weitläufigen Etagen eines Wohnhauses niemand zu Hause war? Wohnte hier überhaupt jemand, oder befanden wir uns in einem Gespensterhaus? Alles kam mir plötzlich irreal vor. Die einheitlichen, stummen Türen mit den toten Gucklöchern, das lautlose, menschenleere Treppenhaus, die umbenannte Straße ... Nur der Gestank, den die Müllschlucker im Treppenhaus verströmten, war beruhigend real.

Wir gingen noch eine weitere Treppe tiefer und klingelten erneut, schon fast ohne Hoffnung. Doch da kam etwas in Bewegung. Aus dem Wohnungsinneren vernahmen wir ein dumpfes, schleppendes Geräusch. Die Tür öffnete sich, und vor uns stand eine wuchtige kleine Frau auf Krücken. Ihr Oberkörper war im Verhältnis zum Unterkörper derart verschoben, dass es schien, als wäre sie aus zwei verschiedenen Teilen zusammengesetzt. Sie trug eine Perücke, die wie eine Haube aus schwarz glänzendem Lack auf ihrem Kopf saß. Überraschenderweise hatte die Frau eine helle, klare Stimme, und diese Stimme war es, die ich plötzlich meinen Mädchennamen aussprechen hörte. «Kommen Sie, kommen Sie», sagte die Frau. Sie machte eine einladende Bewegung und führte uns zum Fenster eines Stübchens, aus dem sie mit einer ihrer Holzkrücken nach draußen deutete. «Dort drüben, sehen Sie, die Frau auf den Stufen der Poliklinik, das ist Katja, die Frau von Boris. Sie verdient sich etwas zu ihrer Rente dazu, indem sie dort als Wächterin arbeitet, sehen Sie?»

Ich sah. Es war eines der alten Mütterchen, die ich draußen auf den Bänken gesehen hatte und die man überall in Moskau antraf. Sie sahen alle gleich aus, klein, vertrocknet, Greisinnen oder solche, die nur greisenhaft wirkten, in grauen Arbeitskitteln, die sie im Winter über den Mänteln trugen, mit Kopftüchern, die sie auch im Sommer nicht abnahmen, die verwachsen schienen mit ihrem Haar. So sah man sie überall in der Stadt die Straßen fegen, mit kurzstieligen Reisigbesen fegten sie die Moskauer Trottoirs, die Prospekte, die großen und kleinen Plätze, die Bahnhöfe, die Brücken, die Unterführungen, sie fegten die gesamte Hauptstadt der Sowjetunion. Oder sie hockten als Liftfrauen, Toilettenfrauen, als Wächterinnen, als Aufpasserinnen in schmuddeligen Gebäudeecken, im Winter eingemummt in dicke Wolltücher, in Filzstiefeln, manchmal gewärmt von den letzten noch intakten Fäden einer Heizsonne. Sie verkauften auf der Straße Pilze oder Waldbeeren, ausgebreitet auf einem Taschentuch zu ihren Füßen, sie standen vor Friedhöfen und Bahnhöfen und boten den Vorübergehenden dünne Sträußchen aus Maiglöckchen oder Astern an. Sie knieten in den letzten noch «arbeitenden» Kirchen, die letzten Beterinnen Russlands, die auf den Knien lagen oder von Ikone zu Ikone gingen und sich bekreuzigten. Wann immer ich sie sah, sah ich die im Krieg gefallenen Ehemänner und Söhne, ich sah die erschossenen, in Lagern zu Tode geschundenen Schwestern und Töchter, ich sah die Dörfer und Hütten, ich sah die Wolga, die Oster- und Pfingstfeste, ich sah die Revolution, einen apokalyptischen Sturm, der

Jahrhunderte hinweggefegt und alles verwüstet hatte, ich sah die Seuchen und den Hunger, ich sah das für einen Sack Mehl verkaufte Haus meines Vaters, ich sah die russischen Straßenkinder, die nachts in Teerkesseln schliefen, um nicht zu erfrieren. Nirgendwo in Moskau erfuhr ich mehr über Russland als in den Gesichtern dieser Mütterchen, in die das alles eingegraben schien wie in die Rinde eines morschen Baums.

Eines von ihnen trug, wie ich jetzt erfahren hatte, meinen Mädchennamen, mit einem von ihnen war ich verwandt. Offenbar hatte ich einen der drei Brüder meines Vaters gefunden, der also Boris hieß, mit einer Katja verheiratet war und in einer Trabantenstadt am Rand von Moskau lebte. Warum hatte mein Vater die Adresse in seinem Wäschebuch versteckt, warum hatte er mir verheimlicht, dass er mit diesem Bruder noch in Kontakt stand?

Die Frau namens Katja, die auf den Stufen der Poliklinik saß und sich etwas zu ihrer Rente dazuverdiente, indem sie den Eingang bewachte, wirkte vor dem Hintergrund des Gebäudekolosses so klein wie eine Ameise. Als wir näher kamen, erkannte ich an ihr den teilnahmslosen Blick des Moskauer Dienstpersonals. Sie war mager und winzig wie alle russischen Mütterchen, trug einen weißen Kittel und ein weißes Kopftuch. Ihre blasse, wie aus dem Nylon des Kittels bestehende Gesichtshaut war an den Wangen vom blauroten Muster geplatzter Äderchen durchzogen. Ihr unfreundlicher Blick signalisierte, dass der Eingang in die Poliklinik uns, den Fremden, versperrt war. Sie konnte nicht ahnen, dass es uns nicht um die Poliklinik ging, sondern um sie, dass vor ihr eine ihrer Nichten aus der Bundesrepublik stand.

Als ehemaliger Zwangsarbeiter der Deutschen, der zudem nach Kriegsende in Deutschland geblieben war und somit im kapitalistischen Ausland lebte, galt mein Vater auch am Ende der Breschnew-Ära noch als Kollaborateur und Vaterlandsverräter. In einem Land der Sippenhaft war es für niemanden von Vorteil, mit ihm verwandt zu sein. Von Anfang an hatte er mich vor Reisen in die Sowjetunion gewarnt, aber immer war es hier seltsam still um mich herum geblieben, nie hatte man mir Fragen gestellt, nicht einmal dann, wenn ich mich monatelang bei Sergej in der Wohnung aufhielt, obwohl ich offiziell im Hotel wohnte. Mein Vater sprach es nie aus, aber die Tatsache, dass ich immer wieder heil nach Deutschland zurückkehrte, musste in einem so antisowjetisch eingestellten Menschen wie ihm den Verdacht wecken, dass ich heimliche Verbindungen zum KGB unterhielt.

Vor diesem Hintergrund verwunderte es nicht, dass Katja nicht mit mir sprechen wollte. Nachdem ich mich ihr vorgestellt und sie gefragt hatte, ob ihr Mann einen Bruder habe, der Nikolaj heiße und in der Bundesrepublik lebe, rissen ihre versiegelten Züge auf und verrieten ein Entsetzen, das eine eindeutige Antwort auf meine Frage war. «Ich weiß nichts», wiederholte sie immer wieder mit abwehrenden Handbewegungen, «ich weiß überhaupt nichts.» Sie wollte nicht einmal den Zettel annehmen, auf den ich für ihren Mann meinen Namen und Nadjas Moskauer Telefonnummer gekritzelt hatte. Mit sanfter Gewalt steckte ich ihn ihr trotzdem zu.

Ein zweites Mal gelang es Nadja und mir nicht, eine der billigen Moskauer Taxen zu ergattern, also fuhren wir mit der Metro zurück. Alles um mich herum war ins Wanken geraten. Wie hatte es meinem Vater glücken können, von Deutschland aus die Adresse seines Bruders zu finden, wie war es möglich, dass er bis zu einer bestimmten Tür in diesem gigantischen Wohnwabensystem der sowjetischen Hauptstadt durchgedrungen war? Warum hatte ich nie wissen dürfen, dass es diese Tür gab? Was verbarg mein Vater vor mir? Mein Leben lang hatte ich das leere Blatt meiner Herkunft mit meinen Phantasien gefüllt, jetzt hatte mich die Realität eingeholt. Immerzu drängten sich mir die Worte eines Gedichts von Natalja Gorbanewskaja auf:

Und in diesem Haus des Schreckens,
wo ich an der unsichtbaren,
an der ew'gen Kette liege,
werd ich Labsal, Trost erfahren,
in dem rauchgeschwärzten Winkel,
trunken, arm, dem Lichte fern,
wo mein Volk lebt ohne Schuld,
ohne Gott, den Herrn.

War ich jetzt bei diesem Volk angekommen? Hatte Natalja Gorbanewskaja, deren Gedichte in der SU nicht erscheinen durften, das russische Volk gemeint, das inzwischen in modernen Plattenbauten lebte? War es dieses Volk, von dem ich abstammte? Wollte ich überhaupt eine Abstammung haben? Ich hatte ein Leben mit Luftwurzeln gelebt, daran hatte ich mich gewöhnt und wusste nicht, ob ich nach Erdung verlangte.

Wieder in der Stadt, gingen Nadja und ich Arm in Arm den Twerskoj Boulevard entlang, in der Dämmerung schimmerten die roten Trauben der Ebereschen. Ein Jahr zuvor war ich nachts hinausgegangen und hatte einen Strauß davon gepflückt, um ihn am nächsten Tag in Sergejs Sarg zu legen, damals, als ich wieder russisch zu denken und russisch zu träumen begonnen hatte. Kurz vor meiner Rückkehr nach Deutschland, es war schon November gewesen, hatte ich seine Urne im Krematorium abgeholt und war damit zum Wostrjakowskoje Kladbischtsche gefahren. Während ich über den kalten, nebligen Friedhof gegangen war, fiel mir ein, dass ich ganz vergessen hatte, den Termin beim Standesamt abzusagen. Anderthalb Jahre lang hatten wir Papiere gesammelt, immer wieder verzweifelnd an einer absurden, kafkaesken Bürokratie, deren Sinn es war, Ehen wie die von uns gewünschte zu verhindern, und dann, als wir endlich alle Papiere doch zusammenhatten, waren wir einfach nicht zur Trauung erschienen. Wahrscheinlich hatte man uns mehrmals aufgerufen und schließlich das nächste wartende Paar ins Hochzeitszimmer gebeten.

Auf meinem Gang über den Friedhof hörte ich in der Urne etwas klappern. Ich fragte mich, ob es das Medaillon war, ein wertloses Schmuckstück, das ich mir während der Trauerfeier vom Hals gerissen und, wie statt meiner selbst, zu den Vogelbeeren in den Sarg gelegt hatte. Ich wunderte mich, dass man es nicht geklaut hatte, selbst die Blumen wurden von den Gräbern gestohlen. Ein Friedhofsarbeiter, den ich ansprach, grub mir mit einer Schaufel ein Loch in die harte, ausgetrocknete Erde des Grabes, in dem Sergejs Eltern lagen. In dieses Loch senkte ich das Tongefäß mit der Asche, schaufelte mit den Händen wieder Erde darüber und klopfte sie fest. Währenddessen hatte es zum ersten Mal zu schneien begonnen, in hauchdünnen, schwebenden Flocken.

Mein Onkel Boris rief mich noch am Abend desselben Tages an. Er hatte sofort verstanden, dass ich die Tochter seines Bruders war, und lud mich zu sich nach Hause ein. Er musste ein mutiger Mensch sein – ein Sowjetbürger, der ohne Erlaubnis einen Gast aus dem westlichen Ausland in seiner Wohnung empfing, hatte mit Schwierigkeiten zu rechnen. Als ich zwei Tage später das mir nun schon bekannte Haus erneut betrat, sah ich mich um, weil ich fürchtete, dass mir die Blicke eines Blockwarts folgten.

Hinter der grau lackierten Tür, die sich diesmal öffnete, stand ein Mann, dessen Anblick keinen Zweifel daran ließ, dass er der Bruder meines Vaters war. Er sah genauso aus wie er, mittelgroß und hager, nur hatte er warme blaue Augen und Lachfalten im Gesicht. Er trug ein grasgrünes Hemd und eine Brille mit runden, schwarz gerahmten Gläsern. Das alles nahm ich im Bruchteil von Sekunden wahr, denn auf dem Weg zum ersten Verwandtschaftsbesuch meines Lebens hatte sich ein Inferno in meinen Eingeweiden zusammengebraut. Während ich im Lift in den neunten Stock hinauffuhr, mit einer lächerlichen Flasche Krymskoje Schampanskoje aus dem Devisenladen in der Hand, rechnete ich bereits mit dem Schlimmsten, sodass die erste Frage, die ich meinem Onkel noch in der Tür stellen musste, die nach einer Toilette war. Ungewollt und auf peinlichste Weise offenbarte ich ihm, wie elementar mich die Begegnung mit ihm aufwühlte.

Nach dem Gang zur Toilette hatte sich der Aufruhr in meinen Gedärmen schlagartig beruhigt. Ich saß meinem Onkel in einem penibel aufgeräumten Stübchen gegenüber, an der Wand eine Tapete im beliebten sowjetischen Barockdesign. Seine Frau Katja war nicht da, sie hatte das

Feld ihrem Mann und seiner aus dem Nichts aufgetauchten Nichte überlassen und war zu ihrer Schwester gefahren, die im selben Stadtteil wohnte. Auf dem Tisch eine Pfanne Bratkartoffeln mit Speck und Zwiebeln, ein Tellerchen mit aufgeschnittener Salami, eine Schale mit blauen Pflaumen, Schwarzbrot, eine Wodkaflasche – in diesen Breitengraden der sowjetischen Gesellschaft wahrscheinlich ein Festmahl. Nach der Salami und den Pflaumen hatte Katja oder ihr Mann wahrscheinlich lange anstehen müssen.

Ich erfuhr, dass mein Vater seinen Bruder bereits in den sechziger Jahren über dessen Betrieb gefunden hatte. Da mein Onkel schon vor dem Krieg dort gearbeitet hatte, war meinem Vater die Adresse noch bekannt gewesen. Sie hatten etliche Jahre eine lose Korrespondenz miteinander geführt, die aber inzwischen eingeschlafen war. Mein Onkel wusste zwar, dass es mich und meine Schwester gab, aber er hatte keine Ahnung davon gehabt, dass ich schon seit vielen Jahren häufig nach Moskau kam und sogar eine Weile da gelebt hatte. Genauso überraschend war es für ihn, dass mir nichts von der Verbindung meines Vaters zu ihm bekannt gewesen war und ich ihn ohne dessen Zutun gefunden hatte.

Nie, so versicherte er mir, hatte man ihm wegen seiner Korrespondenz mit meinem Vater Schwierigkeiten gemacht, im Gegenteil. Man hatte ihn in seinem Betrieb zuerst zum Vorarbeiter, später zum Meister befördert. Nachdem sie mit ihren zwei Söhnen lange in Gemeinschaftswohnungen gelebt hatten, wo man morgens vor der Toilette anstehen musste, hatte man ihnen schließlich eine eigene Wohnung zugeteilt. Während ich ein solches Stübchen für zwei alte Menschen als Zumutung empfand, schien mein Onkel stolz zu sein auf seine moderne Behausung mit eigener Küche und eigenem Bad. Der eine Sohn, so gestand er mir, war ein *alkasch*, ein Alkoholiker und Taugenichts. Der andere hatte an einer Eliteschule studiert, sprach fünf Fremdsprachen und arbeitete als Dolmetscher im Außenministerium.

Ich war überrascht. Ein Dolmetscher im Außenministerium, der es ständig mit Ausländern zu tun hatte, wurde zweifellos vom KGB überwacht. Eine Cousine wie mich konnte er sich bestimmt nicht leisten, erst recht nicht als Besucherin in der Wohnung seines Vaters. Ohnehin fragte ich mich schon seit einer Weile, wo ich eigentlich hingeraten war. Auf dem Fernseher mir gegenüber stand eine gipserne Lenin-Büste, ideologischer Massenkitsch, Pflicht in jeder staatsgläubigen sowjetischen Familie, aber hier wurde die Pflicht bei weitem übererfüllt. An der Wand hinter dem Fernseher hing ein gerahmtes Stalin-Porträt, der gütig lächelnde, schnurrbärtige Generalissimus, Freund aller Völker, der hier offenbar so etwas wie ein Hausheiliger war. Selbst die konservativsten Sowjetbürger hatten die Stalin-Porträts schon vor Jahrzehnten abgehängt. Gehörte mein Onkel etwa zur Garde der Altstalinisten, die sich in vergangene Zeiten zurücksehnten? Wie vertrug sich das mit der Weltsicht meines Vaters, der ein so überzeugter Stalin-Hasser war?

Seit ich ihn kannte, beherrschte ihn dieser Hass, er schien sein Lebensinhalt, seine größte Leidenschaft zu sein. Nie war ein Tag vergangen, an dem er diesem Hass keinen Ausdruck verliehen hatte, ich spürte ihn bis jetzt, in jedem seiner schwächer werdenden Atemzüge. Manchmal dachte ich, dass dieser Hass der Motor war, der ihn nicht sterben ließ, der ihn allen Krankheiten und Gebrechen seines Alters zum Trotz so gnadenlos am Leben hielt. Folglich musste sein Bruder Boris so etwas wie sein natürlicher Feind sein. Oder war das Porträt über dem Fernseher gar kein Bekenntnis? War es vielleicht einfach an dieser Wand hängen geblieben, weil mein Onkel irgendwann aufgehört hatte, sich ständig im Galopp der Zeit zu bewegen und die vorgeschriebenen Konterfeis an der Wand auszuwechseln?

Die zwei anderen Brüder meines Vaters, so erzählte mein Onkel, waren schon tot. Der eine, ein hoher Offizier der Roten Armee, wurde gleich nach Kriegsende erschossen – das Schicksal nicht weniger Offiziere, die Stalin irgendwelcher Abtrünnigkeiten oder Fehler bei der Kriegsführung beschuldigt hatte. Der andere war schon früh dem Alkohol verfallen, hatte es nie zu einer Familie gebracht und war in einem Altersheim gestorben. In der Sowjetunion lebten die meisten Alten bei ihren Kindern oder anderen Angehörigen, die Altersheime waren dort so etwas wie Siechenanstalten, in die nur die Alten kamen, die niemanden hatten oder, aus welchen Gründen auch immer, aus dem Generationenvertrag herausgefallen waren. Dort gingen sie bei völlig unzureichender Ernährung und Pflege langsam zugrunde. Der Bruder meines Vaters hatte dieses Martyrium beendet, indem er sich aus dem Fenster des Altersheims stürzte.

Mein Onkel erhob sich, entnahm einer Schublade ein Bündel Briefe und reichte es mir. Auf den Kuverts erkannte ich die regelmäßige, kräftige Handschrift meines Vaters, auf der Rückseite unsere frühere Adresse in den «Häusern». Ich spürte mein Herz klopfen. Würde ich jetzt zum ersten Mal einen Blick ins Innere meines Vaters tun, etwas von seinen Gedanken und Gefühlen erfahren, von denen ich nie etwas gewusst hatte? Doch mein Vater blieb für mich auch in den Briefen an seinen Bruder unsichtbar. Belanglose, nichtssagende Zeilen, Mitteilungen über das Wetter, Glückwünsche zu Geburts- und Feiertagen. Nur in einem seiner Briefe holte mein Vater aus und sang ein Loblied auf Deutschland, indem er das diametrale Gegenteil dessen behauptete, was die sowjetische Propaganda über die Verelendung der Massen im Kapitalismus verbreitete.

Alles wurde mir immer unverständlicher. Hatte mein Vater nicht gewusst, dass er seinen Bruder mit solchen Äußerungen in Gefahr brachte? Wie war es möglich, dass mein Onkel jahrelang völlig ungehindert mit einem Bruder korrespondieren durfte, der nicht nur sein Vaterland verraten hatte, sondern zudem das Leben im Reich des Klassenfeindes pries? Man hatte meinem Onkel eine solche Korrespondenz nicht nur nicht verboten, sondern ihn sogar noch protegiert, man hatte seinem Sohn das Studium an einer Eliteschule erlaubt und ihn in den Mitarbeiterstab des Außenministeriums aufgenommen. Was sagte das über meinen Onkel aus? War er womöglich ein so hingebungsvoller, übereifriger Diener der Sowjetmacht, dass man ihm gefahrlos Feindberührung erlauben konnte? Oder hatte man die Korrespondenz nur mit der Absicht zugelassen, meinen Vater auszuspionieren?

Ich las weiter und stieß auf den Namen meiner Schwester. Gemeint war nicht sie, sondern die Mutter meines Vaters. Demnach hatte er seine zweite Tochter nach seiner Mutter benannt. Ich fragte mich, ob er damit einer russischen Konvention gefolgt war oder ob er den Namen aus Liebe zu seiner Mutter gewählt hatte. Konnte es sein, dass er irgendwann tatsächlich jemanden geliebt hatte, vor unendlich langer Zeit? Eine Frau, die in Kamyschin an der Wolga mit einem Jakow verheiratet gewesen war, vier Söhne geboren hatte und jung an Typhus hatte sterben müssen, gleichzeitig mit ihrem Mann? Nie war es bis in mein Bewusstsein vorgedrungen, dass ich Großmütter haben musste, jetzt war eine von ihnen allein durch die Nennung ihres Namens existent geworden. Wusste meine Schwester, wessen Namen sie trug?

In seinem allerersten Brief, der zuunterst lag, teilte mein Vater seinem Bruder mit, dass seine Frau beim Baden in einem Fluss ertrunken sei. Er nannte sie «ein im wahrsten Sinn des Wortes unschuldiges Mädchen», das er im Krieg in Mariupol kennengelernt habe. Über seine Flucht oder Deportation nach Deutschland kein Wort, aber zum ersten Mal zeigte er mir meine Mutter mit seinen Augen. Was meinte er, wenn er sie «ein im wahrsten Sinn des Wortes unschuldiges Mädchen» nannte? War es dieselbe Unschuld, über die er einst so unerbittlich bei mir gewacht hatte und die er mir gleichzeitig hatte nehmen wollen, damit kein anderer sie bekam? Waren unschuldige junge Frauen seine Passion? War das das Geheimnis seiner Ehe mit meiner um zwanzig Jahre jüngeren Mutter? Zuerst hatte er sie begehrt, dann, nachdem die Leidenschaft sich verbraucht hatte, war sie ihm zur Last geworden, meine unschuldige, lebensschwache, verstörte und verzweifelte Mutter, die er, in der Fremde ja selbst aufgeschmissen, jeden Tag mitschleppen musste, damit sie überhaupt am Leben blieb. Hatte sie ihm am Ende gar einen Gefallen getan, als sie ins Wasser ging? Oder war mein Vater so gespalten, dass er womöglich wirklich glaubte, sie sei bei einem sommerlichen Badevergnügen ertrunken? Konnte er Deutschland nur deshalb preisen, weil ein Teil von ihm nicht nur nichts vom Suizid seiner Frau wusste, sondern auch nichts von der Zwangsarbeit, von den Lagern, von seinem slawischen Untermenschentum, von der Armut, den ständigen Sorgen ums Überleben, von seiner Einsamkeit im deutschen Altersheim?

Mein Onkel erhob sich erneut, kramte aus der Schublade eine postkartengroße Fotografie hervor und legte sie vor mich auf den Tisch. Ich verstand nicht, was sie zeigte – ein altes Schwarz-Weiß-Foto, auf dem ich eine junge Familie sah. Es dauerte eine Weile, bis ich begriff, verwundert, dass ich nicht längst selbst darauf gekommen war. Ich hatte mir über die Vergangenheit meines Vaters in der Sowjetunion alles Mögliche ausgemalt, das Unwahrscheinlichste und Entlegenste, aber auf das Naheliegende war ich nicht gekommen. Dass nämlich ein Mann, der mit vierundvierzig Jahren heiratet, das vermutlich nicht zum ersten Mal in seinem Leben tut. Zumal in der Sowjetunion, wo alle jung heirateten, oft noch als halbe Kinder, und sei es bloß, um eine eigene Wohnung oder wenigstens einen gemeinsamen Unterschlupf in einer der engen elterlichen Wohnungen zu bekommen, einen Ort für die Liebe, den man sonst nur in städtischen Parks oder dunklen Hauseingängen finden konnte. Man heiratete, bekam Kinder, ließ sich scheiden und heiratete wieder, schon deshalb, weil der harte Lebensalltag allein kaum zu bewältigen war.

Meinen Vater aber hatte ich in diesen Zusammenhängen nie gesehen. Immer war er für mich ein Solitär geblieben, ein Mann ohne menschliche Bindungen, obwohl er dazu wahrscheinlich erst in Deutschland geworden war. Als Kind hatte ich mich dafür geschämt, dass ich nicht nur einen russischen, sondern außerdem einen so alten Vater hatte. Manchmal hatte ich behauptet, dass er mein Großvater sei.

Auf dem Foto sah ich ihn nun mit seiner ersten Frau, einer Jüdin, wie mein Onkel mir erklärte, und seinen ersten beiden Kindern. Ich erkannte ihn und erkannte ihn doch nicht: ein junger, schätzungsweise dreißigjähriger Mann mit einem markanten, männlichen Gesicht, sehr schmal, sportlich. Er saß kerzengerade, mit übergeschlagenen Beinen, auf einem Hocker, in schicken, geknöpften Stiefeletten und mit einem flotten Hütchen auf dem Kopf. Er wirkte ein wenig draufgängerisch, ich konnte mir vorstellen, dass er zupacken, sich durchschlagen und gut tanzen konnte. Ein attraktiver junger Russe, dem eigentlich nur noch die Ziehharmonika fehlte, auf der er Schostakowitschs berühmten Walzer «*Na sopkach Mandschurii*» spielte.

Neben ihm saß, auf einer Art Konsole, ein kleines pausbäckiges Mädchen mit einer jener großen russischen Schleifen auf dem Kopf, die mir auch meine Mutter immer ins Haar gebunden hatte. Auf der anderen Seite der Konsole stand eine junge Frau, dunkelhaarig, sehr apart, mit einem leisen, etwas scheuen Lächeln in den dunklen Augen. An ihrer Hand ein etwa sechsjähriger Junge, der einen Matrosenanzug trug und ein Blumenkörbchen hielt.

Ich schaute auf das Foto und konnte nicht begreifen, was es bedeutete: dass meine Mutter nicht die erste Frau meines Vaters gewesen war und ich nicht sein erstes, sondern sein drittes Kind. Empfand ich so etwas wie Eifersucht? Legte ich Wert darauf, das erstgeborene Kind meines Vaters zu sein, zu seiner einzigen Familie zu gehören? Noch eine andere Frage stieg in mir auf: Hatte er Frau und Kinder etwa verlassen, weil er meine Mutter kennengelernt hatte, im Krieg also, als in der Ukraine die deutschen Judenmörder wüteten? Als überall Gaswagen durch die Straßen rollten und an zwei Tagen mehr als dreiunddreißigtausend Juden in die Schlucht von Babij Jar getrieben und erschossen wurden, mehr als sechshundert pro Stunde? War er zu dieser Zeit mit einer um zwanzig Jahre jüngeren Frau auf und davon gegangen, ins Land der Mörder? War das das Geheimnis meines Vaters, das Zentrum seines Schweigens? Oder tat ich ihm unrecht mit meinem ungeheuerlichen Verdacht? War seine erste Ehe längst geschieden gewesen, als er im Alter von dreiundvierzig Jahren meiner Mutter in Mariupol begegnete?

Mein Onkel wusste es offenbar, aber er schwieg. Nachdem ich hatte zugeben müssen, dass ich so gut wie nichts vom Leben meines Vaters in der Sowjetunion wusste, schien er zu bereuen, dass er mir das Foto gezeigt hatte. «Wenn dein Vater dir nichts erzählt hat», sagte er, «darf ich dir auch nichts erzählen.» Zum ersten Mal saß ich einem Menschen gegenüber, der Licht in das Dunkel meiner Fragen bringen konnte, aber er wollte nicht sprechen. Fast flehte ich meinen Onkel an, fast hätte ich geweint, aber er blieb eisern bei der Solidarität mit seinem Bruder. Ich durfte nicht wissen, weil ich nicht wusste. Das Schweigen meines Vaters breitete sich aus wie Ringe auf dem Wasser, es reichte nun bis in dieses russische Stübchen in Moskau.

Die peinliche Situation wurde vom Läuten an der Tür beendet. Gern hätte ich den «Taugenichts» kennengelernt, den missratenen Sohn meines Onkels, aber stattdessen erschien Vitalij, der Vorzeigesohn. Er war etwa so alt wie ich, und es kam mir ein wenig unheimlich vor, dass wir beide, ohne einander zu kennen, den Dolmetscherberuf ergriffen hatten. Allerdings konnte ich meinem Cousin als Kollegin nicht das Wasser reichen. Er sprach nicht nur ein fast akzentfreies Deutsch, sondern beherrschte darüber hinaus das Englische, das Französische, das Italienische und das Arabische. Ein Sprachgenie, ein Polyglott, der einer ganz anderen russischen Spezies angehörte als unsere beiden Väter. Als Mitglied der Nomenklatura war er durch die halbe Welt gereist, er hatte Charme, ausgezeichnete Manieren und trug einen Anzug, wie es ihn in ganz Moskau nicht zu kaufen gab. Trotzdem sah man ihm den Sowjetmenschen an, den Aufsteiger aus kleinen Verhältnissen, der sich selbst überholt hatte. Wusste man im Außenministerium, wer sein Onkel war? War er heimlich zu dem Treffen mit der Tochter eines Verräters gekommen oder mit dem Segen seiner Vorgesetzten?

Außer einer großen Schachtel Pralinen der Sorte «Inspiration» hatte er, wie ich auch, eine Flasche Krimsekt mitgebracht. Er entkorkte sie routiniert, mit einem Knall flog der Korken an die niedrige Decke. Schnell hielten wir unsere Gläser unter die schäumende Fontäne und stießen an, während uns der Generalissimus milde von der Wand zulächelte. Als mein Cousin mir Feuer für meine Zigarette gab, berührten unsere Hände sich flüchtig, und diese Berührung traf mich wie ein Stromschlag. Ich empfand keine Sympathie für ihn, er stieß mich eher ab, aber mein Körper ging eigene Wege. Die Tatsache, dass ich mit Vitalij verwandt war, bewirkte bei mir das Gegenteil dessen, was das normalerweise bedeutete. Dieser Mann war nicht das Fremde, das Andere, sondern das Allernächste, das Eigene, nach dem mein Körper sich seit je verzehrt hatte.

Bereits auf dem Weg zum ersten Verwandtenbesuch meines Lebens hatte meine Physis die Regie über mich übernommen, jetzt geschah es in anderer Weise noch einmal. Ich spürte, wie ich mich aufzulösen begann, während mein Cousin so mit mir sprach, als wäre ich eine verlorene Tochter, die endlich in den Schoß der Familie zurückgefunden hatte.

Später wusste ich nicht mehr, wie ich aus der Wohnung meines Onkels wieder auf die Straße gelangt war. Ich hatte mehrere Gläser Sekt und Wodka durcheinandergetrunken, aber die kühle Luft ernüchterte mich sofort. In der Dunkelheit schwammen zahllose erleuchtete Fenster, jedes eine Kopie des anderen. Mein Vater schlief jetzt weit entfernt in einem Altersheimbett in Deutschland und wusste nicht, dass ich eben seinen Bruder Boris kennengelernt hatte. Träumte er manchmal von seinen ersten Kindern, seinem anderen, so fernen Leben, in dem er die Stiefeletten und das Hütchen getragen hatte? Ich hatte nicht viel über ihn erfahren, aber von einem Tag auf den andern war ich eine Nichte, Cousine, Enkelin und Halbschwester geworden. Ob sie noch am Leben waren, das kleine Mädchen mit den Pausbacken und der Junge mit dem Blumenkörbchen, ob sie sich noch an ihren Vater erinnerten? Hatten sie jemals erfahren, wohin er verschwunden war? Mein Onkel hatte mir nicht einmal ihre Vornamen verraten. Es gab für mich keine Chance, sie zu finden in diesem riesigen, undurchmessbaren Land, über das so viele Stürme hinweggegangen waren.

Von weitem kam mir auf der leeren Straße ein altes Mütterchen entgegen. Als wir auf gleicher Höhe waren, erkannte ich meine Tante Katja. Auch sie musste mich erkannt haben, denn schnell wandte sie ihren Blick von mir ab und heftete ihn auf den Boden, zog sich das Kopftuch tiefer ins Gesicht. Sie konnte wieder nach Hause, weil ich gegangen war.

Man hatte den Sarg mit der Leiche meines Vaters hinübergebracht in die neue, moderne Kapelle mit dem kahlen Holzkreuz über dem Altar. Verloren stand er unter der hohen Kuppel, neben ihm vier Trauergäste. Vater Ioann, der einst meine Mutter beerdigt hatte, war seit langem tot. An seine Stelle war ein junger Pole getreten, der ein nicht zu überschauendes Gebiet betreute und die russisch-orthodoxen Sonntagsmessen im Turnus an verschiedenen Orten abhielt. Jetzt war er fast hundert Kilometer mit dem Auto gefahren, um einen ihm unbekannten russischen Greis zu beerdigen. Er hatte sein Messgewand angelegt und die *kamilavka* aufgesetzt, dann legte er meinem Vater einen *wentschik* auf die Stirn, ein Papierband mit altkirchenslawischen Lettern als Symbol des himmlischen Ehrenkranzes. Er entzündete das mitgebrachte Weihrauchfass und begann mit dem Lesen der Totenmesse.

Mein Vater und ich hatten nie über seine Beerdigung gesprochen, aber ich wusste, dass er die traditionelle russisch-orthodoxe Prägung seiner Kindheit nie abgelegt hatte. Eine kirchliche Bestattung durch einen russischen Priester gehörte sicher zum Gesetz seines Lebens, und indem ich diesen Priester gerufen hatte, war meine letzte Pflicht ihm gegenüber erfüllt. Der Sprechgesang des Priesters erinnerte mich an die Sonntagsmessen meiner Kindheit, nur dass es jetzt keinen Kirchenchor gab. Der Priester war zu einem Selbstgespräch verurteilt. Er sang zuerst seinen eigenen

Part und übernahm auch den des Chores – ein einstimmiger Wechselgesang, der ihm in seinen Dienstjahren in den verstreuten Kirchen in Deutschland wahrscheinlich längst zur Routine geworden war. Er verkörperte den Priester, den Kirchenchor und die Gemeinde in einem.

Während der letzten Lebensmonate meines Vaters war ich Stipendiatin in einem Pfälzer Künstlerhaus gewesen. Als ich ihn vor Antritt des Stipendiums zuletzt besucht hatte, traf ich ihn in einem Zustand der Verwahrlosung an, der die Wahrheit hinter den blitzsauberen Kulissen des Altersheims ein weiteres Mal auf gespenstische Weise offenbarte. Mein Vater saß zwischen verschimmelten Essensresten, seine Hose war verkrustet von Kot, die Nägel wölbten sich wie Vogelkrallen an seinen verschorften Fingern. Seit Wochen schien ihn niemand zu waschen oder gar zu rasieren, wie Stroh spross ihm ein fremdartiger Bart aus dem Gesicht, er konnte seinen Stuhlgang nicht mehr kontrollieren und offenbar nicht mehr allein zur Toilette gehen, auf dem Fußboden lagen eingeschmutzte Unterhosen, der Gestank im Zimmer war unerträglich. Mein Vater hustete jetzt nahezu pausenlos, er konnte nicht mehr sprechen, er konnte vor Husten nicht mehr atmen, vor ihm auf dem Tisch stand ein bis zum Rand gefülltes Sputumglas für den zähen Schleim, den seine zerstörten Lungen fast unentwegt ausstießen. Er war der Husten selbst geworden, jener Husten, der schon so lange ein Teil von ihm war – nun schien er ein Teil des Hustens geworden zu sein, eines Hustens, in dem sich seit je sein Tod verbarg und der jetzt in sein Endstadium getreten war. Sein rechtes Auge war schon vor längerer Zeit erblindet, nur noch das linke Auge besaß einen schwachen Sehrest, aber ausgerechnet über diesem Auge war das Lid erlahmt. Mit einem offenen blinden Auge und einem geschlossenen sehenden Auge saß er in dem Fernsehsessel, den ich ihm gekauft hatte, und wenn der Husten ihn für Sekunden in Ruhe ließ, schob er das heruntergeklappte Lid mit dem Finger hoch und suchte durch den Spalt nach etwas Erkennbarem in der Außenwelt.

Ich putzte sein Zimmer, räumte auf, und nach einem groben Streit mit der Heimleitung fuhr ich zurück in das Künstlerhaus. Wenn ich ihn anrief, beklagte er sich nicht, aber er schien so kraftlos geworden zu sein, dass er selbst den Telefonhörer offenbar nur noch mit Mühe halten konnte. Trotz seines Greisenalters und seiner hochgradigen Arteriosklerose war er immer bei klarem Verstand geblieben, aber jetzt wusste er nicht mehr, wo ich wohnte und dass ich mich vorübergehend an einem anderen Ort befand.

Es war an einem Sonntagnachmittag im November, die Weinhügel vor meinem Fenster lagen unter einem dicht grauen, nässenden Himmel, als ich einen Anruf aus dem Altersheim bekam. Man teilte mir mit, dass mein Vater seit einer Woche die Nahrungsaufnahme verweigere und auch die für ihn lebensnotwendigen Medikamente nicht mehr einnehme. Ich fragte die Stimme in der Leitung, was das zu bedeuten habe, ob mein Vater im Sterben liege, und die Stimme sagte: «Ja, wahrscheinlich.»

Zahllose Male hatte ich mir vorgestellt, wie es eines Tages sein würde, wenn der Anruf kam, und immer hatte ich darauf gehofft, dass man mir nicht den bevorstehenden, sondern den bereits eingetretenen Tod meines Vaters mitteilen würde. Vor nichts fürchtete ich mich mehr als davor, ihn sterben zu sehen. Nun stand mir offensichtlich genau das bevor. Ich fragte mich, was mit ihm geschehen war. Hatte er beschlossen zu sterben, indem er nichts mehr aß und seine Medikamente nicht mehr einnahm, oder war er zu schwach zum Schlucken geworden? Starb er, weil er es so wollte, oder geschah es gegen seinen Willen, weil er doch nicht die letzte Instanz aller Dinge war?

Ich wusste nicht, ob er mich noch wahrnahm, als ich bald darauf wieder an seinem Bett saß, Tag für Tag mehrere Stunden. Die Wochen vergingen, und an seinem Zustand änderte sich nichts. Mein Vater schien sich in Agonie zu befinden, aber auch das hielt schon so lange an, dass es in Alltag überzugehen begann, in etwas, das vielleicht auch diesmal nichts weiter war als eine besonders schwere Krise, die er überstehen würde wie alle anderen vorher auch.

Schon auf dem Flur des Altersheims, wenn ich nach einer kurzen, unruhigen Nacht, übermüdet, betäubt von einem stetig zunehmenden Nebel in meinem Kopf, keuchend den fünften Stock erreichte, kam mir ein schwer zu beschreibender Geruch entgegen, der, vermischt mit dem gewohnten Altersheimgeruch nach Putz- und Desinfektionsmitteln, immer penetranter wurde, je näher ich dem Zimmer meines Vaters kam. Ich konnte nicht genau sagen, woran mich die Ausdünstung seines sterbenden Körpers erinnerte, ob es Zimt war oder das Chinin, das er so viele Jahre lang gegen seine Malariaanfälle eingenommen hatte, oder der schwüle Duft einer Tropenblume. Seit Wochen jedenfalls atmete ich diese Luft ein, die Todesluft meines Vaters, und manchmal war mir, als wäre es sein zu Ende gehendes Leben, das ich einatmete, als würde er sich auf diese Weise noch einmal meiner bemächtigen, mich zu einem Gefäß für das Leben machen, das aus ihm austrat.

Er ahnte gar nicht, wie viel Wahrheit seine Überzeugung enthielt, ich sei dank seiner Erziehung Schriftstellerin geworden. Immer war es auch sein Schweigen gewesen, gegen das ich angeschrieben hatte, das von Anfang an meinen Schreibzwang nährte. Sein Schweigen war für mich zum Schweigen des Universums geworden, an dem ich verzweifelte, und gleichzeitig war, während ich an seinem Sterbebett saß, ständig die Angst in mir, er könnte im letzten Augenblick doch noch zu sprechen beginnen. Ich wusste nicht, was dann geschehen würde, aber ich sah mich in diesem Augenblick aus der Welt verschwinden, einfach aufhören zu existieren.

Nach sechs Wochen hatte mich das tägliche Wachen an seinem Bett so erschöpft, dass ich mich selbst kaum noch auf den Beinen halten konnte. Ich verschob meinen nächsten Besuch bei ihm erst um einen und dann um noch einen Tag, verkrochen im Schlafzimmer meiner Hinterhofwohnung in Nürnberg, wo ich das Telefon nicht hörte, sondern nur das Rattern der Nähmaschine aus der Posamentenfabrik hinter dem Kopfende meines Bettes. Ich wusste nicht, ob ich schlief oder mich in einer Art Trance befand, in einem Zustand tödlicher Ermattung, der von meinem Vater auf mich übergegangen war. Als ich mein Schlafzimmer nach zwei Tagen zum ersten Mal wieder verließ, kam mir schon auf dem Flur das Schrillen des Telefons entgegen. Es war später Abend, der Heimleiter hatte schon seit dem Morgen versucht, mich zu erreichen, und teilte mir mit ungehaltener Stimme den Tod meines Vaters mit, der gegen neun Uhr morgens eingetreten war. Die Frau des Heimleiters sagte mir später, sein Körper sei noch warm gewesen, als sie kurz nach neun sein Zimmer betreten habe, er müsse friedlich eingeschlafen sein, sie habe keine Anzeichen von Todeskampf an ihm entdecken können.

Das Erste, was mir nach dem Anruf des Heimleiters einfiel, war, auf die Straße hinauszulaufen. Ich wusste selbst nicht, warum ich das tat, aber Minuten später stand ich in einem Blumengeschäft und kaufte rote Rosen. Niemals wäre es mir in den Sinn gekommen, meinem Vater, solange er noch lebte, Blumen zu schenken, jetzt hielt ich den großen Rosenstrauß für ihn in der Hand und wusste nicht, was ich damit machen sollte. Etwas war mit ihm für immer aus der Welt verschwunden, der Rest meiner Kindheit, der Rest einer anderen, längst nicht mehr existenten russischen Wirklichkeit, der Rest unserer Familie, die nie eine gewesen war. Außer mir und meiner Schwester gab es in Deutschland niemanden, der Grund gehabt hätte, sich an den russischen Greis zu erinnern, der, nachdem er seine Heimat fast ein halbes Jahrhundert zuvor verlassen hatte, in einem deutschen Altersheimbett gestorben war, fünf Jahre nach seinem Bruder Boris. Auch meine Tante Katja, die auf den Stufen der Poliklinik gesessen hatte, war inzwischen gestorben, bald nach ihrem Mann. Mein Vater hatte als Letzter der vier Brüder die Welt verlassen, obwohl er der Älteste gewesen war. Die einzigen Menschen, die sein Tod noch etwas anging, waren meine Halbgeschwister, aber die würden, wenn sie überhaupt noch lebten, nie vom Sterben ihres Vaters im Altersheim einer westdeutschen Kleinstadt erfahren.

Nach meiner Rückkehr aus Moskau hatte ich eine Zeitlang mit meinem Cousin Vitalij korrespondiert. Zuerst hatte sich auf die Entfernung so etwas wie Freude über die neu entdeckte Verwandtschaft eingestellt, aber dieser

Faden riss bald wieder ab. Vitalij erzählte mir von seinen Reisen, von Landschaften und Städten, die er gesehen hatte, von den nubischen Denkmälern in Ägypten und von der Vulkanlandschaft auf Réunion, er erzählte mir von seinen Sonntagsspaziergängen mit seiner Frau durch die immer schicker werdende Moskauer Altstadt, doch wenn ich ihm eine persönliche Frage stellte, bekam ich keine Antwort. Er teilte nichts von sich mit und wollte auch nichts von mir und meinem Leben in Deutschland wissen. Die Biographie meines Vaters sei ihm unbekannt, behauptete er, darüber habe man in der Familie nie gesprochen. Als ich ihm den Vorschlag machte, gemeinsam auf Spurensuche zu gehen, äußerte er sich nicht dazu. Ich hatte keine Lust, mich ständig nur über fremde Länder zu unterhalten, und so kam die Korrespondenz nach und nach zum Erliegen, erstickte an dem Schweigen, das auch auf Vitalij übergegangen war.

Eine der Fragen, die mich am meisten beschäftigte, war die Vorgeschichte der Ehe meiner Eltern. Es war nicht schwer, sich vorzustellen, was meinen Vater an meiner Mutter angezogen hatte, aber wie war es umgekehrt gewesen? Was hatte meine Mutter an ihm finden können, was verband sie, die gebildete, sensible Frau mit adeliger Herkunft, mit einem so einfachen Mann wie meinem Vater? Ihre Familie hatte man nach der Revolution enteignet, sie wuchs in Armut auf, ausgegrenzt und angefeindet, in ständiger Angst um ihre Eltern, ihre Geschwister und sich selbst. Im Krieg stand sie allein da, bestenfalls hatte sie noch die Kinderfrau Tonja an ihrer Seite. Ihr Vater war bereits gestorben, ihr Bruder befand sich an der Front, ihre Schwester hatte man an den Polarkreis verbannt, ihre Mutter war in den Kriegswirren verschollen. Das war die

Situation, in der sie meinem Vater begegnete – eine verlorene, halb verhungerte Dreiundzwanzigjährige, die von ihrer unbelehrbaren Mutter noch für ein Leben mit Dienstpersonal erzogen worden war und nun, auf sich allein gestellt, im Krieg überleben musste.

Bei meinem Vater lagen etwa dreißig Jahre zwischen dem Verlust seiner Eltern und der Begegnung mit ihr – genau die drei Jahrzehnte, die für mich der große weiße Fleck in seinem Leben waren. Diese Leerstelle konnte ich mit nichts anderem als der Erinnerung daran füllen, dass er nicht nur von den Kamyschiner Melonen geschwärmt hatte, sondern manchmal auch von kaukasischen Pfirsichen. Er hatte nie etwas darüber gesagt, wo er diese Pfirsiche gegessen hatte, aber konnten sie ein Indiz dafür sein, dass er sich irgendwann in den besagten dreißig Jahren im Kaukasus aufgehalten hatte? Auch sie, die Pfirsiche, schienen für eine glückliche Phase seines Lebens zu stehen. Hatte er vielleicht mit seiner ersten Frau im Kaukasus gelebt? War sie eine georgische, armenische oder aserbaidschanische Jüdin gewesen? Ich verlor mich in Vermutungen und Hypothesen, aber aus einer Vorliebe für kaukasische Pfirsiche ließ sich nicht viel ableiten, der Bogen von Kamyschin nach Mariupol war nicht zu spannen. Eine Heiratsurkunde besagte lediglich, dass mein Vater meine Mutter im Juli 1943 im besetzten Mariupol geheiratet hatte, kurz vor der Rückeroberung der Stadt durch die Rote Armee.

Ich stellte mir vor, dass er ein Deus ex Machina für sie gewesen war, der um zwanzig Jahre ältere, lebenserfahrene Mann, der schon als Kind ums Überleben kämpfen musste, der wusste, wie das ging, ein Meister darin war. Er bot meiner Mutter an, was sie zu diesem Zeitpunkt am meisten brauchte: Schutz. Es gelang ihm wahrscheinlich, im zerstörten, ausgebluteten Mariupol Nahrung zu besorgen, Brennholz für den Ofen, Petroleum für die Lampe, wenn wieder einmal der Strom ausgefallen war. Er konnte eine Suppe kochen, was meine Mutter nie gelernt hatte, und bei den Luftangriffen auf die Stadt hielt er sie im Keller des bebenden Hauses fest.

Aber auch jenseits der Not mochte sie einiges verbunden haben. Meine Mutter stammte aus einer musikalischen Familie, in der das Singen und Klavierspielen zum Alltag gehörten. Ihr Bruder war Opernsänger, eine Tante Pianistin, ihre Mutter gab Klavierunterricht und besaß einen reizvollen Kontraalt, sang Romanzen und Opernarien. Vermutlich hatte mein Vater auch nach seiner Chorknabenzeit immer gesungen, alle sangen in Russland, bei jedem Treffen mit Freunden in der Küche, und auch wir hatten zu Hause immer gesungen, das gemeinsame Singen schien manchmal das Einzige zu sein, was uns noch zusammenhielt. Zweifellos hatten meine Eltern auch in Mariupol schon miteinander gesungen, vielleicht war es der auffallend schöne, helle Tenor meines Vaters gewesen, der meine Mutter verzaubert hatte, vielleicht hatte sie sich in den Zusammenklang ihrer Stimmen verliebt.

Auch die Religiosität, zu der sie beide erzogen worden waren und an der sie trotz des verordneten Atheismus festhielten, musste ein Band zwischen ihnen gewesen sein. Und nicht zuletzt mochte der gemeinsame Hass gegen Stalin ihren Bund gestiftet haben. Meine Mutter stand wegen ihrer Herkunft auf der Liste derer, die jeden Augenblick verhaftet und umgebracht werden konnten. Es sah so aus, als hätte auch mein Vater auf einer solchen Liste gestanden, wenn auch aus irgendeinem anderen, mir unbekannten Grund. Aber ihre stärkste Gemeinsamkeit bestand wohl darin, dass sie beide vom sowjetischen System verworfen waren, dass sie sich in diesem System keine Überlebenschancen ausrechneten.

Ich hörte dem monotonen Sprechgesang des Priesters zu, und vor meinem inneren Auge erschien wieder das Sterbezimmer meines Vaters. Schon vor seinem Tod war sein Leben aus diesem Zimmer verschwunden gewesen. Man hatte den Teppichboden entfernt, unter dem ein graues, verklebtes Linoleum zum Vorschein gekommen war, und die Jugendliege, auf der er die letzten fünfzehn Jahre seines Lebens geschlafen hatte, war durch ein Krankenhausbett ersetzt worden. Die Lupe, die braune Strickjacke, die noch über dem Stuhl hing, die Hausschuhe, die er im Altersheim doch noch zu tragen gelernt hatte, seine Armbanduhr – alles das gehörte einem Menschen, der nichts davon mehr brauchte. Der russische Abreißkalender an der Wand zeigte ein lang zurückliegendes Datum an, den Tag, an dem mein Vater zum letzten Mal ein Kalenderblatt abgerissen hatte, den Tag, an dem er aus der Zeit herausgetreten war oder keine Kraft mehr gehabt hatte, die Hand zu heben. Ein Galgen, den er nicht mehr erreichen konnte, hing über dem Bett, auf dem er mehrmals am Tag im Eilverfahren gewindelt wurde. Obwohl er längst nicht mehr kauen, geschweige denn Besteck in die Hand nehmen konnte, bekam er weiterhin die normale Heimkost, die ihm ohne Kommentar auf den Nachttisch gestellt und genauso kommentarlos wieder abgeholt wurde. Ich brachte ihm Babynahrung und Joghurt mit, aber nur selten gelang es mir, ihm einen Teelöffel davon in den Mund zu schieben, er drehte den Kopf weg und wollte nicht schlucken. Bloß gegen den Tee, den ich ihm aus einer Schnabeltasse einflößte, wehrte er sich nicht. Sein Husten war übergegangen in ein morastiges, gurgelndes Dauergeräusch, er hatte keine Kraft mehr, sich von dem tödlichen Schleim zu befreien, in dem seine Lungen ertranken. Mit emporgerecktem Kinn und eingesaugtem Mund lag er bewegungslos auf dem Bett, am Ende seines Schweigens zum Röcheln geworden, zu diesem unaufhörlichen Gurgeln und Schnorcheln seiner erstickenden Lungen. Es war offensichtlich, dass Luft und Nahrung keine Lebensquellen mehr für ihn waren, dass er bereits aus den menschlichen Lebensgesetzen ausgetreten war, dass er auf diesem Bett lag wie ein Fisch, den eine Welle aufs Land geworfen hatte.

Einmal noch versuchte er, sich zu orientieren. Er öffnete die Augen und fragte mit erstaunlich klarer Stimme, wie spät es sei. Er unterschied sogar noch Tag und Nacht, denn als ich ihm die Uhrzeit gesagt hatte, wollte er wissen, ob morgens oder abends, und dann fragte er, wann die Straßenbahn gehe. Es musste sehr lange her sein, dass er Straßenbahn gefahren war, aber für seine letzte Reise hatte er offenbar dieses Verkehrsmittel gewählt.

Ein anderes Mal beklagte er sich, dass die Schublade seines Nachttisches abgeschlossen sei. Ich öffnete sie und erklärte ihm, dass sich gar kein Schloss daran befinde. «Sie schließen sie mit Luft ab», erwiderte er mit schnorchelndem Atem, und sein geöffnetes blindes Auge starrte in einen entfernten Raum, der voller imaginärer Feinde war. Ich erinnerte mich an seine mittlerweile verstorbene Zimmernachbarin, die sich bei mir einmal darüber beschwert hatte, dass ihr alles aus der Hand falle, weil die Heimleitung die Gegenstände heimlich einseife. Mir kam der Gedanke, dass das, was wir Altersparanoia nennen, vielleicht nichts anderes war als eine Überforderung des Geistes, der eine so hochgradige körperliche Schwäche als solche nicht mehr erkennen konnte und stattdessen einem äußeren Feind die Schuld an der Misere gab.

Eines Tages kam ein Arzt und wollte meinen Vater zum Aufstehen bewegen. Da der nicht die geringsten Anstalten machte, der Aufforderung zu folgen, hob er ihn kurzerhand aus dem Bett und stellte ihn am Boden ab wie einen Gegenstand aus Holz. Eine kurze Weile hielt er ihn fest, dann ließ er los. Ich hatte es für unmöglich gehalten, aber mein Vater stand tatsächlich noch einmal allein auf seinen Beinen, vornübergebeugt, seitlich an die Bettkante gelehnt, mit einer Hand am Nachttisch, die Beine so dünn wie zwei Stöcke. Der knielange weiße Latz, der mit einer Schleife in seinem Nacken festgebunden war, entblößte die mir zugewandte Rückseite seines Körpers. Die Haut war nicht erschlafft, wie ich es bei einem so alten Menschen erwartet hatte, sondern spannte sich über seinem Skelett wie ockerfarbenes, glänzenden Zellophan, das, so schien es, jeden Augenblick reißen konnte. Sein Anblick erinnerte mich an den eines großen, verhornten Insekts, das sich auf seinen Hinterbeinen halb aufgerichtet hatte und wie für immer in dieser Position erstarrt war.

Eine Geschichte für sich waren die akustischen Verhältnisse, in denen mein Vater starb. Ich kannte ihn als sehr lärmempfindlichen Menschen – das einzige Leiden, das ich schon an ihm wahrgenommen hatte, als er noch gesund war, war das Leiden an den Geräuschen der Außenwelt. Wäre sein Gehör in den letzten Wochen seines Lebens genauso beschädigt gewesen wie der Rest seines Körpers, wäre das wahrscheinlich eine Gnade für ihn gewesen, aber ausgerechnet das Gehör blieb bei ihm bis zuletzt intakt. Immer hatte fast so etwas wie Todesstille im Haus geherrscht, aber gerade jetzt, da mein Vater im Sterben lag, wurde das Gebäude des Altersheims renoviert, von morgens bis abends dröhnten Presslufthämmer in den Zimmerwänden. Er starb auf einer Baustelle, und ich konnte nichts dagegen tun. Meine erneuten Kämpfe mit der Heimleitung, alle Bitten, ihn in ein anderes, ruhigeres Zimmer zu verlegen, führten zu nichts, denn sämtliche noch bewohnbaren Zimmer waren überbelegt, mein Vater konnte froh sein, dass er in dieser Situation den Luxus eines Einzelzimmers genoss. Ich bat den behandelnden Arzt, ihn in ein Krankenhaus einzuweisen, in ein Zimmer, in dem er in Ruhe würde sterben können, aber der Arzt lehnte ab: Der Kostenaufwand eines Krankenhausaufenthaltes sei im Fall meines Vaters nicht mehr begründet. Auch dieses Gespräch endete mit einer unschönen Szene, diesmal an seinem Sterbebett. Immer schon war ich in seinen Belangen gegen Wände gerannt, immer hatte ich verhandelt und es nie geschafft, seine Interessen durchzusetzen – er blieb eine unmögliche, nicht zu normalisierende Existenz.

Mehrfach dachte ich daran, ihn zu mir nach Hause zu holen, aber mir fehlten nicht nur die Voraussetzungen und die Kraft für die Vierundzwanzigstundenpflege eines Sterbenden, mir fehlte vor allem der Mut. Diese Mutlosigkeit rechtfertigte ich damit, dass ich ihm gegenüber zu nichts verpflichtet war, dass meine Geschichte mit ihm mich für immer aus allen Tochterpflichten entlassen hatte. Manchmal stellte ich mir vor, ein Dutzend meiner Schlaftabletten in seinem Tee aufzulösen und ihm mit der Schnabeltasse einzuflößen, aber so eine Erlösungstat hätte nur die Liebe vollbringen können, gestärkt durch ein Erbarmen, das ich für meinen Vater nicht aufbringen konnte. Ich war eine Wächterin, die ihn beim Sterben beobachtete, mehr nicht.

Nur ein einziges Mal berührte ich ihn auf seinem Sterbebett. Ich cremte die aufgesprungene, rissige Haut seiner Füße ein, die seltsamerweise nicht kalt waren, sondern heiß. Es war die intimste Berührung, die es je zwischen uns gegeben hatte, meine Hände an seinen brennenden, ausgedorrten Füßen, die er zu nichts mehr gebrauchen konnte, die nur noch schmerzten. Die Creme verschaffte ihm offenkundig Linderung, jedenfalls seufzte er mehrmals tief, während ich sie ihm in die Füße rieb. Ich nahm mir vor, das jetzt öfter zu machen, aber ich konnte mich nicht mehr dazu überwinden.

Zu meinem großen Erstaunen begann er eines Tages wieder zu essen. Da er Fisch immer besonders gern gegessen hatte, wahrscheinlich weil es die Hauptnahrung während seiner Kindheit an der Wolga war, mischte ich in das von mir hergestellte Püree aus Gemüse und Kartoffeln etwas Sardellenpaste, und nachdem er den ersten Löffel geschluckt hatte, riss er sofort wieder den Mund auf. Er aß und aß. Jeden Morgen, bevor ich zu ihm fuhr, kochte und pürierte ich, immer größere Portionen, weil er, der stets ein sehr zurückhaltender Esser gewesen war, plötzlich nicht mehr genug bekommen konnte. Sein fast schon verhungerter Körper schien die gesamte Nahrung einfordern zu wollen, die er in den Wochen davor entbehrt hatte, Unmengen an Püree mit Sardellenpaste verschwanden im schwarzen Loch seines aufgerissenen Mundes, und mich beschlich ein niederträchtiges Grauen. Würde ich für den Rest meines Lebens im Sterbealltag meines Vaters gefangen bleiben? Würde er sich allen Anzeichen der Agonie zum Trotz auch diesmal wieder erholen, war auch das nur eine Episode, eine seiner vielen schweren Krisen, die er überstehen würde wie alle bisherigen auch? Würde das alles niemals enden?

Der Angriffskrieg der Nazis beginnt für meinen Vater am 8. Oktober 1941 in Mariupol. An diesem Tag wird die ukrainische Stadt von der deutschen Wehrmacht besetzt – Hitlers Unternehmen Barbarossa, das den Bolschewismus vernichten und neuen Lebensraum für das deutsche Volk erobern soll. Zu seinem Plan gehört es, möglichst viele Slawen auszurotten und den Rest der deutschen Herrenrasse zu unterwerfen. Die künftigen Domestiken sollen Menschen ohne eigene Kultur, ohne Bildung und Identität sein, Befehlsempfänger, Sklaven im Dienst des Tausendjährigen Deutschen Reiches.

Nicht nur die Hafenanlagen, Bahnhöfe und Fabriken der Stadt werden bombardiert, auch ein großer Teil der Wohngebäude wird zerstört. Es gibt kaum noch Strom, kaum noch Wasser, in den Häusern, die noch stehen geblieben sind, drängen sich immer mehr Menschen zusammen. Alle müssen für die Deutschen arbeiten – wer es nicht täte, bekäme keine Lebensmittelmarken, müsste verhungern. Genau das aber verlangt Stalin von den Menschen, unter seiner Herrschaft muss jeder bereit sein, den Heldentod fürs Vaterland zu sterben. Ganze Völker der Sowjetunion werden zu Verrätern, weil sie nicht verhungern wollen. Allein die Tatsache, dass sie auf besetztem Gebiet leben, genügt, um der Kollaboration verdächtigt zu werden.

Während die sowjetische Wirtschaft darniederliegt, zerschlagen von der Wehrmacht, boomt in Deutschland die Kriegsindustrie. Das Problem besteht darin, dass die meisten deutschen Männer an der Front sind und akuter Arbeitskräftemangel herrscht. Die Nazis sind in der Zwickmühle. Einerseits soll jegliche Vermischung deutschen Blutes mit dem der rassisch minderwertigen Slawen ausgeschlossen werden, andererseits ist der Krieg nur durch den Import von Arbeitskräften zu gewinnen.

In den besetzten Teilen der riesigen Sowjetunion ist das Potenzial an künftigen Zwangsarbeitern am größten. Den Massendeportationen gehen breit angelegte Werbekampagnen voraus, in denen die Sowjetbürger aufgefordert werden, sich freiwillig zum Arbeitseinsatz in Deutschland zu melden. Den hungrigen, vom Krieg zermürbten Menschen wird in Deutschland das Paradies versprochen. Am Anfang zeitigt die allgegenwärtige Propaganda einigen Erfolg, aber als nach und nach die Wahrheit über die wirklichen Arbeits- und Lebensbedingungen in Deutschland durchsickert, geht auf den Arbeitsämtern, die die Zwangsarbeiter rekrutieren, die Zahl der Freiwilligen deutlich zurück.

Hitler ernennt seinen Mustergauleiter Fritz Sauckel zum Generalbevollmächtigten für den Arbeitseinsatz. Mit dem Aufruf, «endlich auch die letzten Schlacken der Humanitätsduselei abzulegen», gibt er das Kommando zur Eröffnung der Menschenjagd. Im Lauf der Kriegsjahre werden in der Sowjetunion Millionen ergriffen, oft einfach da, wo sie gerade gehen oder stehen, und in Viehwaggons nach Deutschland deportiert. Die Bewohnerschaft ganzer Dörfer wird auf den Transport gebracht, samt den Alten und den Kindern, die Häuser werden in Brand gesteckt. Allein aus Mariupol werden 60 000 Menschen verschleppt, jeder Zehnte kehrt nicht mehr wieder.

Meine Eltern verlassen die Ukraine erst im April des Jahres 1944. Das spricht gegen meine Vermutung, dass sie freiwillig gegangen sind. Jeder weiß zu dieser Zeit, welche Verhältnisse in Deutschland herrschen. Nur auf Bauernhöfen und in kleinen Familienbetrieben haben die osteuropäischen Zwangsarbeiter eine geringe Chance, gut behandelt zu werden, in den großen Industriebetrieben, in denen sie oft die Hälfte der Arbeiterschaft stellen, findet Vernichtung durch Arbeit statt. Die Slawen sind nichts anderes als Produktionsmittel, die unter minimalstem Aufwand maximal ausgebeutet werden. Sobald ihre Kraft verbraucht ist, werden sie entweder als Wracks in die Heimat zurückgeschickt oder kommen in Krankenbaracken, wo sie, sich selbst überlassen, meistens sterben.

Sollten meine Eltern zu einem so späten Zeitpunkt tatsächlich noch freiwillig gegangen sein, wie viele Äußerungen meines Vaters es nahelegen, dann müssen sie in einer Lage gewesen sein, in der sie nichts mehr zu verlieren hatten, in der sie nur noch zwischen Zwangsarbeit und Tod wählen konnten. Als die Rückeroberung von Mariupol durch die Rote Armee bevorsteht, fliehen sie jedenfalls nach Odessa, das noch fest in der Hand der deutschen Wehrmacht ist. Dort schlüpfen sie bei einer Tante meiner Mutter unter, aber schon bald darauf steht die Rote Armee auch vor den Toren von Odessa. Auf einem deutschen Schiff, das außer dem geladenen strategischen Material auch zukünftige Zwangsarbeiter befördert, gelangen sie über das Schwarze Meer nach Rumänien. Viele von denen, die auf dem Seeweg deportiert werden, kommen unterwegs um – die Rote Armee bombardiert die auslaufenden Schiffe mit den geraubten Rohstoffen ohne Rücksicht auf die Landsleute, die sich ebenfalls auf diesen Schiffen befinden. Meine Eltern haben Glück, sie überleben.

In Rumänien setzen sie zum ersten Mal den Fuß auf nicht sowjetischen Boden. Hier hat Stalins langer Arm keinen Zugriff mehr auf sie, Rumänien ist Kriegsverbündeter Deutschlands. Nach einem Aufenthalt in einem Durchgangslager geht es weiter, entweder über die Donau oder in einem der Viehwaggons, die, beladen mit Menschenfracht, ständig ins Deutsche Reich rollen. Vermutlich nicht erst bei der Ankunft in Leipzig ahnt mein Vater, was sie erwartet: ein großer Gulag. Ein Land, das übersät ist von Lagern. Insgesamt sind es 45 000, davon sind 30 000 Zwangsarbeiterlager.

Meine Eltern werden einem Rüstungsbetrieb des Flick-Konzerns zugeteilt, der Allgemeinen Transportgesellschaft mbH, der ATG. Es handelt sich um ein Montagewerk für Kriegsflugzeuge: ein riesiger Betrieb, eine eigene kleine Stadt mit oberirdischen und unterirdischen Werkhallen. Hier arbeiten annähernd zehntausend Menschen, zweitausend davon sind Zwangsarbeiter, die in zwanzig verschiedenen, stark überfüllten Lagern untergebracht sind, streng getrennt nach Nationalität und Geschlecht. Mit den «Ostarbeitern» – ein Terminus technicus von Hermann Göring – darf niemand sprechen, sie sind eine Gruppe für sich, müssen an ihrer Kleidung den Aufnäher «OST» tragen, die am wenigsten vorteilhafte Kennzeichnung nach dem Judenstern. Man nennt sie manchmal «Nutztiere», aber sie sind nicht einmal das. Nutztieren lässt man ausreichend Nahrung und Pflege angedeihen, so ein Aufwand wird mit den slawischen Arbeitern nicht betrieben. In den Weiten des Ostens gibt es schier grenzenlosen Nachschub an frischer, fast kostenloser Arbeitskraft.

Das Archiv der ATG existiert nicht mehr, vielleicht ist es im Krieg verbrannt, eher noch hat die Firmenleitung es selbst vernichtet, um keine Spuren zu hinterlassen. In den Nürnberger Prozessen, in denen die Zwangsarbeit zum Verbrechen gegen die Menschlichkeit erklärt und Fritz Sauckel – «der größte und grausamste Sklavenhalter seit den Pharaonen» – zum Tod durch den Strang verurteilt wird, versuchen ehemalige leitende Mitarbeiter der ATG, die Zwangsarbeit schönzureden. Obwohl bekannt ist, dass beim Flick-Konzern, der insgesamt über 100 000 Zwangsarbeiter beschäftigte, besonders unmenschliche Arbeits- und Wohnbedingungen herrschten, vor allem für die «Ostarbeiter», loben sie ihre Lager beinah über den grünen Klee.

Mit seinen vierundvierzig Jahren ist mein Vater deutlich älter als das Gros der Zwangsarbeiter, von denen die meisten im Teenageralter sind, bis schließlich auch Kinder ab zehn Jahren zur Deportation freigegeben werden. Dem verblichenen Fragebogen einer amerikanischen Besatzungsbehörde entnehme ich, dass er in den fünf Jahren, in denen er in Mariupol lebte, als Buchhalter gearbeitet hat. Wie er ausgerechnet zur Buchhaltung kam, kann ich mir nur schwer vorstellen, aber dass er keine körperliche Arbeit verrichten musste, sondern in einem Büro sitzen durfte, musste für jemanden wie ihn eine große Errungenschaft gewesen sein. Jedenfalls ist er, als er nach Deutschland kommt, körperliche Arbeit nicht oder nicht mehr gewohnt, und er ist nicht mehr jung.

Wie muss ich ihn mir als Zwangsarbeiter vorstellen, wie hat er zu dieser Zeit ausgesehen? War an ihm noch etwas von dem attraktiven, vitalen jungen Mann in den geknöpften Stiefeletten auf dem Foto zu erkennen? Oder war er nur noch Haut und Knochen, ein ausgezehrter, von der Krätze befallener Mann voller Läuse, mit dunklen Augenhöhlen und vorstehenden Schlüsselbeinen? Eine der zerlumpten Gestalten, die morgens um fünf mit scheuernden Holzschuhen an den nackten Füßen zur Arbeit getrieben werden, bewacht vom Aufsichtspersonal, das nicht mit Beschimpfungen und Schlägen spart? Wahrscheinlich leidet er an den üblichen Hungersymptomen: an Ödemen, Durchfall und Verstopfung, an Sehstörungen, Schweißausbrüchen, Schwindel, Zittern, an zwanghaften Gedanken, die ständig ums Essen kreisen.

Die Ernährung der slawischen Arbeiter besteht aus einer trüben Brühe, die man im Russischen *balanda* nennt, eine wässrige Lagersuppe, in der ein paar Kohlstreifen, ein paar Rüben- oder Kartoffelstücke schwimmen. Einmal pro Woche gibt es etwas rohes Pferdefleisch von der Freibank und hundert Gramm Margarine. Die Hauptnahrung ist sogenanntes Russenbrot, das aus Roggenschrot, Zuckerrübenschnitzen, Strohmehl und Laub hergestellt wird und den Verdauungsapparat schädigt. Viele Zwangsarbeiter leiden an Typhus und Ruhr, auch die Tuberkulose grassiert in den Lagern. Diejenigen, bei denen die Krankheit ausbricht, haben kaum eine Überlebenschance. Sie kommen in sogenannte Heilstätten und werden, wenn sie nicht schnell genug von selbst sterben, mit überdosierten Medikamenten umgebracht, weil kaum Aussicht auf die Wiederherstellung ihrer Arbeitskraft besteht.

Vielleicht ist mein Vater diesem Schicksal nur knapp entgangen. Bei Röntgenuntersuchungen in der Nachkriegszeit wurden bei ihm immer wieder verdächtige Flecken auf der Lunge festgestellt, aber erst später, im Alter, brach die Krankheit aus. Er musste drei Monate in einer Lungenheilanstalt verbringen, in einem Saal mit zwei Dutzend anderen hustenden, Blut spuckenden Männern, aber er bekam ein Antibiotikum und wurde wieder gesund, während viele Zwangsarbeiter noch Jahre nach der Befreiung an der Tuberkulose starben, mit der sie sich im Lager infiziert hatten.

Die Arbeitszeit beträgt für die «Ostarbeiter» zwölf Stunden, an sechs Tagen pro Woche. Den Sonntag nutzen die meisten, um sich endlich einmal auszuschlafen, ihre Wäsche zu waschen oder im Rahmen ihrer bescheidenen Möglichkeiten Körperpflege zu betreiben. Bei Engpässen wird allerdings auch am Sonntag gearbeitet, was im späten Stadium des Krieges immer öfter vorkommt.

Die mir so gut bekannte Abneigung meines Vaters gegen Schmutz mochte schon in der rückständigen, mit zivilisatorischer Hygiene nicht gesegneten Sowjetunion entstanden sein, aber das Lager hatte diese Abneigung sicher befördert. Wenn er meine Mutter und mich mit seinen unerfüllbaren Sauberkeitsanforderungen terrorisierte, kämpfte er vielleicht immer noch gegen die Lagerwelt des Drecks – gegen die schmutzstarrenden, von Ungeziefer wimmelnden Schlafpritschen, gegen den pestilenzartigen Gestank der Aborte, gegen die schmierigen, schlierigen Waschrinnen, gegen den Durchfall seines Pritschennachbarn, der von oben auf ihn herabtropfte, gegen das verschmutzte, verkeimte Essen. Vielleicht erblickte er bereits in einem Staubkorn etwas von jenem unausmerzbaren, allgegenwärtigen Lagerdreck, der sich damals in jede seiner Poren gefressen hatte.

Auch seine besondere Geräuschempfindlichkeit war

vielleicht dem Lager geschuldet, denn das Lager ist nicht nur eine Welt des Drecks, sondern auch eine Welt des Lärms. So etwas wie Stille existiert dort nicht. Zwölf Stunden am Tag wird in der Werkhalle Metall geschnitten, es wird geschweißt, gehämmert, gebohrt, geschliffen, auf dem Gelände der ATG werden gefertigte Maschinen eingeflogen. Zwölf Stunden am Tag sind die Ohren einem akustischen Dauergewitter ausgesetzt, was für ein so feines Gehör wie das meines Vaters ein Martyrium gewesen sein muss. Und auch nachts in der Baracke ist es nie still. Die Männer schnarchen, manche schreien im Schlaf, andere husten oder stöhnen, von draußen dringt das Gebrüll der Wachen herein, das Gebell der Spürhunde, mit deren Hilfe Patrouillen nach flüchtigen Arbeitern suchen.

Obwohl die Baracken über Nacht abgeschlossen sind, gelingt manchmal ein Ausbruch. Die einen gehen auf Jagd nach ein paar verfaulten Kartoffeln auf den umliegenden Feldern, andere versuchen, in die Wälder zu entkommen. Wer erwischt wird, wird erschossen oder bei Minusgraden mit Wasser übergossen und in den Karzer gesperrt. Es versteht sich von selbst, dass die Arbeiter kein Kündigungsrecht haben, dass sie ihre Stelle nicht wechseln und natürlich nicht in die Heimat zurückkehren dürfen. Sie sind das Eigentum ihres Arbeitgebers. Ausgang ist ihnen nur selten und zumeist bloß in Begleitung einer Aufsichtsperson erlaubt. Sie dürfen kein Fahrrad besitzen, nicht die öffentlichen Verkehrsmittel benutzen, keine Gaststätten besuchen.

Auch in den brutalen Schlägen meines Vaters traf mich vielleicht etwas von seiner Lagervergangenheit. Er wusste, wie es war, geschlagen zu werden, das Aufsichtspersonal im Lager besaß Züchtigungsrecht und machte davon gern Gebrauch. Fritz Sauckel ermunterte die Firmenleitungen dazu, mit Zwangsarbeitern, die nicht parierten, kurzen Prozess zu machen, sie sofort der Polizei zu übergeben, aufzuhängen, zu erschießen. Niemand weiß, wie viele Arbeiter tatsächlich erschossen und erschlagen wurden, an der Tagesordnung waren sogenannte Maulschellen, Peitschenhiebe, Essensentzug, verlängerte Arbeitszeiten, Karzer, stündliches Wecken bei Nacht und andere Strafen und Schikanen. Schon wegen einer Bagatelle konnte ein «Ostarbeiter» in ein KZ eingewiesen werden oder, beinah noch schlimmer, in ein Arbeitserziehungslager, das kaum jemand lebend wieder verließ.

Seine Ablehnung der deutschen Sprache lag sicher in der russischen Mentalität begründet, die sich beharrlich gegen alles Fremde wehrt, aber zweifellos hatte auch dazu das Lager beigetragen. Zum ersten Mal hörte er die deutsche Sprache wohl aus dem Mund der deutschen Besatzer in Mariupol, später dann wieder im Lager der ATG, das nicht der geeignete Ort dafür war, sich dem Deutschen zu öffnen, es gar lieben zu lernen. Am Anfang hatte er sich taub gestellt, um die Schimpfwörter nicht zu hören, die das Aufsichtspersonal für die slawischen Untermenschen parat hatte, aber mit der Zeit errichtete er eine Wand gegen die deutsche Sprache, einen Schutzwall, den nichts mehr einreißen konnte.

Musste eine Tochter wie ich, die sich bei der ersten Gelegenheit auf die Seite der Deutschen geschlagen hatte, nicht eine Verräterin für ihn gewesen sein, eine Verbündete derer, die ihn geschunden, geschlagen, verhöhnt hatten? Versuchte er, da er das elementare Zugehörigkeitsbedürfnis eines

Kindes zu seiner Umwelt nicht verstand, mich zu brechen, mich gefangen zu nehmen, zu seinem Eigentum zu machen, wie er selbst einst zum Eigentum der Sowjetmacht und dann zum Eigentum der Firma Flick gemacht worden war? Und wie hätte ein Mensch, der nie Freiheit erfahren, dessen Leben sich im Würgegriff zweier Diktaturen abgespielt hatte, einem anderen, noch dazu seinem eigenen Kind, Freiheit gewähren können? Für ihn konnte Freiheit nur ein abstrakter Begriff sein. Ihre Zumutungen hatte er nie kennengelernt, bis dahin war er in seinem Leben nicht gekommen.

Weiß er, wo auf dem weitläufigen Lagergelände meine Mutter ist, das «im wahrsten Sinn des Wortes unschuldige Mädchen», das er vor kurzem erst geheiratet hat? Weiß er, wo sie arbeitet, wo ihre Baracke steht? Liebt er sie damals noch, macht er sich Sorgen um sie? Begegnet er ihr manchmal zufällig auf dem ATG-Gelände, gibt es Wege, die sich kreuzen? Existieren Nischen, wo Frauen und Männer sich heimlich treffen können?

Der Geschlechtsverkehr mit einer Deutschen hätte ihn das Leben gekostet, Slawen, die eine Deutsche anrührten, wurden als Schänder aufgehängt, die Frauen trieb man als Huren durch die Straßen. Aber welche Regeln galten für Zwangsarbeiter, die miteinander verheiratet waren? Das Deutsche Reich war an rassisch minderwertigem Nachwuchs nicht interessiert, schon deshalb durften Männer Frauenlager und Frauen Männerlager nicht betreten. Trotzdem wurde ich gezeugt, eines von nicht wenigen Kindern, die in den Lagern entstanden sind. Viele schwangere Frauen mussten eine Abtreibung über sich ergehen lassen, Kinder, die dennoch das Licht der Welt erblickten, wurden den Müttern in der Regel nach der Geburt weggenommen und in sogenannte Aufzuchtsräume für Bastarde gebracht. Dort verhungerten sie zumeist, starben an Krankheiten und mangelnder Hygiene. Manchen ersparte man dieses Martyrium, indem man sie gleich mit einer Giftspritze tötete.

Weiß mein Vater von diesen Dingen? Weiß er, in welcher Hölle er sich befindet, oder will er das gar nicht wissen, weil allein der überleben kann, der nichts weiß, nichts denkt, nichts fühlt, nur schuftet wie eine Maschine? Ist das deutsche Arbeitslager ein böses Erwachen für ihn oder bloß die Steigerung einer Lebensbrutalität, an die er seit je gewöhnt ist? Einmal hörte ich von einem jüdischen Kind, das von einer Polin aus einem KZ gerettet worden war. Als eines Tages ein alter Mann in der Nachbarschaft starb, fragte es: «Wurde der Mann vergast oder erschossen?» So wie dieses Kind nicht wusste, dass die meisten Menschen von selbst sterben, so wusste mein Vater vielleicht nicht, dass es ein Leben ohne Gewalt und Hunger gibt. Er war aus dem Grauen eines totalitären Regimes in das noch größere Grauen eines anderen geraten, und vermutlich hatte er erst nach seiner Ankunft in Deutschland begriffen, dass er hier als rassisch minderwertiges Lebewesen galt, dass man in ihm nichts anderes sah als eine Arbeitsmaschine.

Das musste auf den fruchtbaren Boden des Minderwertigkeitskomplexes fallen, den er als Slawe sowieso hatte, vielleicht stimmte er innerlich dem Rassismus der deutschen Nazis sogar zu. Gleichzeitig quälte ihn vielleicht auch ein Schuldgefühl, weil er sich an der Herstellung von Kriegsgerät beteiligte, das gegen seine Landsleute gerichtet war. Oder erlaubte er sich auch solche Gedanken nicht, hatte er nur die verhasste Sowjetmacht vor Augen, der er dennoch entronnen war und an deren Vernichtung er mitarbeitete? War es der Hass gegen dieses System, das ihm die Kraft zum Durchhalten gab? Der Hass und die Hoffnung darauf, dass das alles eines Tages zu Ende gehen und ein Leben in Freiheit beginnen würde, gemeinsam mit seiner jungen Frau?

Die Frage aller Fragen wird für ihn und alle anderen gewesen sein, wie lange der Krieg noch dauern wird. Natürlich gibt es kein Radio und keine Zeitung, das Lager ist eine eigene Welt, ein eigener, in sich abgeschlossener Organismus, in den nichts von außen eindringt. Niemand weiß etwas von den Vorgängen an der Front, jeder nährt sich von Gerüchten, klammert sich an jedes Gemunkel über Siege oder Niederlagen. Die einen hoffen, dass die Rote Armee bald vor der Tür stehen wird, die anderen zählen auf die Amerikaner. Die einen sehnen sich danach, endlich wieder nach Hause zu kommen, zu ihren Eltern, zu ihren Familien, die anderen wollen nicht zurück, sie hoffen auf ein besseres Leben in Deutschland nach dem Krieg, obwohl sie für die Fortsetzung des Krieges schuften. Ohne das Heer der rechtlosen Arbeitssklaven wäre die deutsche Kriegswirtschaft längst am Ende. Kaum eine deutsche Fabrik, kaum ein Handwerksbetrieb, kaum ein Bauernhof, kaum ein Haushalt, die nicht von den billigen Arbeitskräften aus aller Herren Länder profitieren würden. Ein «Ostarbeiter» bekommt etwa sieben Mark Wochenlohn – dafür kann er sich nicht einmal einen Laib Brot kaufen, da der zu dieser Zeit zehn Reichsmark kostet.

Und über allem steht die Angst. Die Amerikaner fliegen ihre Luftangriffe tagsüber, die Engländer nachts. Leipzig brennt, es kommt zu Feuerstürmen. Die deutsche Bevölkerung flieht in Luftschutzbunker, aber die Zwangsarbeiter haben nur in Ausnahmefällen Zutritt, nachts sind sie in ihren Baracken eingeschlossen. Die einen beten, die anderen schreien, die Übrigen liegen abgestumpft auf ihren Pritschen, während sie die Detonationen der Brand- und Sprengbomben hören und den Widerschein des Feuers im Fenster sehen. Ungezählte Zwangsarbeiter kommen bei den Luftangriffen der Alliierten um, aber es gibt keinen Hinweis darauf, dass die Lager der ATG je von einer Bombe getroffen wurden. Immer wieder entgehen meine Eltern dem Tod, nach den deutschen und sowjetischen Bomben überleben sie auch die der Amerikaner und Engländer.

Irgendeinen Ort für heimliche Umarmungen müssen sie trotz aller Bewachung gefunden haben, denn als die Amerikaner im Mai 1945 Leipzig befreien, ist meine Mutter im dritten Monat schwanger. Hätten meine Eltern mich ein halbes Jahr früher gezeugt, hätte man mich, ihr erstes gemeinsames Kind, wahrscheinlich ebenfalls in einen Aufzuchtsraum für Bastarde gebracht und am Ende irgendwo auf dem Lagergelände in einer großen Margarineschachtel vergraben. Vielleicht wäre das besser gewesen für meine Eltern. Vielleicht war dieses Kind, das sie nicht gewollt haben können, jener berühmte Tropfen, der das Fass zum Überlaufen bringt, jenes kleine, aber entscheidende Gewicht, das ein Boot sinken lässt.

Nach der Befreiung haben über Nacht Millionen Zwangsarbeiter in ganz Deutschland kein Obdach mehr. Mit den Überlebenden der Konzentrationslager und den Vertriebenen und Flüchtlingen aus dem Osten werden sie Teil einer der größten Völkerwanderungen aller Zeiten. Auf der Konferenz von Jalta wird die Zwangsrepatriierung aller Sowjetbürger beschlossen. In den Lagern sollen sich grausame Szenen abgespielt haben: Sowjetische Zwangsarbeiter werfen sich westlichen Alliierten zu Füßen und flehen darum, sie in Deutschland bleiben zu lassen oder zu erschießen. Andere haben sich bereits an Barackenbalken erhängt – aus Angst vor Stalins Rache. Wiederum andere wollen nichts als nach Hause, machen sich zu Fuß auf den weiten Weg, ausgemergelte, zerlumpte Gestalten, die sich zusammentun und ihren letzten Bettel auf Handwagen hinter sich herziehen. Für die westlichen Alliierten ist es eine kaum zu bewältigende logistische Aufgabe, all die Millionen Verschleppten auf den Rücktransport in die Heimat zu bringen.

Repatrianten, die unter dem Verdacht aktiver Kollaboration mit dem Kriegsfeind stehen, werden gleich bei der Ankunft in der Sowjetunion erschossen, viele kommen aus dem deutschen Arbeitslager nahtlos in ein sowjetisches, die Mehrheit wird an den Rand der Gesellschaft verbannt – Menschen, die verschwiegen werden und, bis auf die wenigen, die Jahre später Anträge auf Wiedergutmachung stellen, selbst schweigen. Sie haben Angst, sie passen nicht ins Bild des heldenhaften sowjetischen Menschen, der dem Dienst am Feind den Freitod hätte vorziehen müssen. Sie bekommen in der Regel keine Arbeit, keine Wohnung, die meisten leben in bitterer Armut bis zu ihrem Tod.

Nur wenige schaffen es, sich der Zwangsrepatriierung zu entziehen und in Deutschland zu bleiben. Wie konnte das auch meinen Eltern gelingen? Das, was ich darüber herausfinde, ist fast nichts. Den Behörden war bekannt, dass sie aus der Ukraine nach Deutschland gekommen waren, aber im Fragebogen der Amerikaner geben meine Eltern als Herkunftsort Krakau an. Der Grund dafür kann nur in der Tatsache bestehen, dass Sowjetbürger, die zum Zeitpunkt der Deportation auf polnischem Territorium lebten, sich nicht repatriieren lassen mussten, wenn sie das nicht wollten. Die Lüge kann meinen Eltern niemand geglaubt haben, zumal auf demselben Fragebogen an anderer Stelle Odessa als Ort der Deportation angegeben ist. Noch ein blinder Fleck in der Biographie meiner Eltern, ein Sachverhalt, der, würde ich ihn kennen, mir vielleicht eine ganz andere Geschichte über sie erzählen würde.

Eins jedenfalls steht fest: Wären die Amerikaner in Sachsen geblieben, wäre ich wohl in Leipzig geboren worden, aber schon zwei Monate nach der Befreiung ziehen sie sich zurück und überlassen den Osten Deutschlands der Roten Armee. Erneut werden meine Eltern von der Sowjetmacht eingeholt, sie ist ihnen bis nach Deutschland gefolgt. Mit seiner schwangeren Frau flieht mein Vater in Richtung Westen, mit ihnen ein zweites Paar aus der Ukraine. Irgendwie gelangen sie bis nach Nürnberg. In den Trümmern der Stadt finden sie einen unverschlossenen Lagerschuppen, der zu einer Eisenwarenfabrik gehört. Dort schlüpfen sie heimlich unter für die Nacht, nicht ahnend, dass dieses zufällige Versteck für lange Zeit ihr erstes Zuhause in Deutschland bleiben wird.

Obwohl Displaced Persons, wie die aus den zahllosen Lagern befreiten Ausländer nun heißen, ihren Wohnort nicht selbst bestimmen dürfen, sondern sich in eines der vielen neuen Sammellager einweisen lassen müssen, gelingt es meinen Eltern dank des deutschen Fabrikbesitzers, auch diese Bestimmung zu unterlaufen. Der humane Fabrikant, der wahrscheinlich selbst Zwangsarbeiter hatte und nun vielleicht so etwas wie Wiedergutmachung leisten will, überlässt seinen Schuppen den beiden Paaren aus der Ukraine. Fünf Jahre lang gewährt er ihnen Asyl auf seinem privaten Territorium, obwohl er sich damit strafbar macht.

Der Schuppen, der seinen Bewohnern nur den Platz bietet, den ihnen die darin lagernden Bündel aus rostigem Alteisen übrig lassen, liegt an der Grenze zu Fürth, ich erinnere mich noch an die Adresse: Fürther Kreuzung 1a. Ein ungepflasterter Hof voller Alteisen, ein Bahndamm, über den Tag und Nacht Personen- und Güterzüge rollen, ein Bahnwärterhäuschen, in dem wir unser Wasser holen müssen, die Fabrik mit den stampfenden Maschinen, in deren Rhythmus unser Schuppen den ganzen Tag vibriert, auf der anderen Seite, versteckt hinter Bäumen, das Privathaus des Fabrikbesitzers.

In einem Lager für Displaced Persons wären meine Eltern und ihre Mitbewohner notdürftig versorgt gewesen, aber wie schaffen sie es, in der freien Wildbahn des Nachkrieges zu überleben? Vielleicht steckt der großherzige Fabrikbesitzer ihnen hin und wieder etwas zu, vielleicht gibt es auch den einen oder anderen Arbeiter, der gelegentlich etwas für sie abzweigt, vielleicht durchwühlen die beiden Männer die in Trümmern liegenden Häuser nach verschütteten Lebensmitteln, vielleicht gehen sie stehlen, vielleicht bringt mein Vater es fertig, irgendwelche Geschäfte auf dem Schwarzmarkt zu machen. Hin und wieder bekommt er ein paar Pfennige für das Alteisen, das er sammelt und zum Schrotthändler bringt.

Meine Geburtsurkunde besagt, dass ich an einem frühen Dezembermorgen des Jahres 1945 in einem Fürther Krankenhaus geboren werde, im bis heute bestehenden Nathanstift, einem vom jüdischen Bankier Alfred Louis erbauten

Geburtshaus, das den Krieg überdauert hat und zwei bis drei Kilometer von unserer damaligen Adresse entfernt ist. Vermutlich bringt mein Vater meine Mutter dorthin, gemeinsam mit seinem ukrainischen Kumpel stützt er sie, weil sie schon Wehen hat. Vermutlich ist es kalt, vielleicht fällt Schnee. Vielleicht haben sie im Schuppen eine alte Holzkiste für das Kind vorbereitet, eine Decke hineingelegt. Es muss ein Ofen da gewesen sein, sonst hätten wir dort nicht fünf Winter überleben können. Das Heizmaterial gehen die Männer wahrscheinlich ebenfalls suchen, sie nehmen alles, was sie an Brennbarem finden können. Vielleicht gibt es in der Nähe einen Wald, aus dem sie abgebrochene, feuchte Äste anschleppen, vielleicht stehlen sie irgendwo Briketts. Das in Lumpen eingewickelte Kind schreit Tag und Nacht, man weiß nicht, was es hat. Es schreit und schreit, so wurde es mir später erzählt.

Mir ist, als hätte ich es selbst gesehen, aber vermutlich entspringt das Bild, das ich vor Augen habe, späteren Erzählungen: Meine Eltern stehen nackt und mit erhobenen Händen an der Wand, angeleuchtet von einer mir unsichtbaren Lichtquelle. Ich bin erst einige Wochen alt, als sie mitten in der Nacht von der amerikanischen Militärpolizei verhaftet werden. Warum? Weil sie nicht auf dem Fabrikhof wohnen dürfen? Weil man sie für Kommunisten, für Spione hält oder für Kollaborateure, die den deutschen Nazis zugearbeitet haben? Warum verhaftet man nicht auch das zweite Paar im Schuppen, warum nur meine Eltern?

Im Gefängnis hätte mein Vater sich endlich einmal satt essen können, aber er tut das Gegenteil, geht in den Hungerstreik. Er verlangt, dass man meine Mutter wieder freilässt, weil ihre Milch die einzige Nahrung für das im Schuppen zurückgelassene Kind ist. Er hungert, damit ich essen kann. Und er hat Erfolg. Nach ein paar Tagen lässt man meine Mutter wieder gehen. Und kurz darauf wird auch er wieder freigelassen. Der Verdacht gegen meine Eltern, welcher auch immer, hat sich nicht erhärtet, und die Verhaftung erweist sich sogar als ein Glücksfall. Die Amerikaner sehen nicht nur davon ab, uns in das für uns zuständige Nürnberger Valka-Lager einzuweisen, das größte Lager für Displaced Persons in Bayern, sie sind so begeistert von der Stimme meines Vaters, dass sie ihn als Sänger engagieren. Zusammen mit ein paar anderen, wahrscheinlich im Valka-Lager lebenden Russen unterhält er von da an amerikanische Soldaten mit russischen Volksliedern. Während die meisten Deutschen darben, leben wir dank der Stimme meines Vaters auf einmal wie die Maden im Speck. Er wird in Naturalien bezahlt, mit Weißbrot, Dosenkäse, Trockenmilch, Eipulver, Salzbutter, Lucky-Strike-Zigaretten, Hershey-Schokolade. Der Lohn ist so reichlich, dass er auf dem Schwarzmarkt handeln kann – für Schokolade und Zigaretten bekommt man viel Geld. Wir können Fleisch und Rote Rüben für den Borschtsch kaufen, den mein Vater auf dem Petroleumkocher kocht, auch Kartoffeln, die er schält und brät, weil meine Mutter das nicht hinkriegt. Immer hat sie Kopfschmerzen und weint. Einmal bringt mein Vater ihr eine Armbanduhr vom Schwarzmarkt mit, sodass wir von da an immer wissen, wie spät es ist. Ein anderes Mal kommt er mit einem schweren alten Herrenrad nach Hause, auf dem er von nun an zur Arbeit fahren kann. Vielleicht ist er jetzt so reich wie noch nie, seit er das Häuschen seiner Eltern für einen Sack Mehl verkaufen musste.

Trotz unseres unverhofften Reichtums ist der Schuppen kein heimeliger Ort. Immer schwebt über uns das Damoklesschwert des Valka-Lagers, in dem wir eigentlich sein müssten. Wir haben keine Elektrizität, wir sind auf Gedeih und Verderb dem Bahnwärter ausgeliefert, der uns unverhohlen seine Abneigung zeigt. Täglich kann er uns das Wasser verweigern, das wir bei ihm holen müssen. Nachts schleichen Unbekannte um unsere Behausung. Wir werden von Schritten geweckt, man hört Stimmen, jemand leuchtet mit einer Taschenlampe in unser Fenster. Es ist klar: Man will uns hier nicht, man will, dass wir verschwinden. Wir sind nicht einfach nur Lumpenpack, wir sind Feinde, die Sieger, die Kommunisten und Bolschewisten, der Antichrist, die Barbaren, die Millionen deutscher Väter und Söhne umgebracht und deutsche Frauen vergewaltigt haben. Wir sind daran schuld, dass Deutschland in Schutt und Asche liegt, dass die Menschen hungern, dass sich überall Krüppel auf Krücken durch die Straßen schleppen.

Ich weiß nicht, aus welcher Zeit meine erste bewusste Erinnerung an meinen Vater stammt. Ich sehe nur vor mir, wie er im Schuppen auf einem Feldbett liegt und schläft, angezogen, in löcherigen Socken, die meine Mutter ihm nicht stopfen kann. Gerade eben, so fühlt es sich für mich, das Kind, jedenfalls an, hat er noch mit mir gespielt und gelacht. Ich treibe das Spiel weiter, indem ich mich an ihn heranschleiche und mit den Fingern ganz sacht seine Füße unter den löcherigen Socken kitzle. Er schreckt hoch, starrt mich einen Moment mit verständnislosen Augen an, dann versetzt er mir einen Schlag von solcher Wucht, dass ich gegen die Bretterwand vis-à-vis dem Bett fliege. Von diesem Moment an habe ich einen Vater.

Ich bin fünf Jahre alt, als man uns schließlich doch noch ins Valka-Lager bringt. Unsere Mitbewohner sind schon lange fort, sie sind nach Brasilien ausgewandert. Der großzügige deutsche Fabrikant kann nichts mehr für uns tun, er hat lange genug seine Hand schützend über uns gehalten, nun kann er sich nicht mehr gegen die Behörden stellen. Ich erinnere mich an den knatternden «Goliath», auf dessen Ladefläche wir zwischen unseren Habseligkeiten zu unserem neuen Wohnort gefahren werden – unzähligen Baracken, bewohnt von viertausend Displaced Persons, viertausend ehemaligen Zwangsarbeitern.

Die Baracke, in der wir ein Zimmer bekommen, ist in noch schlechterem Zustand als unser Schuppen. Das verzogene Fenster schließt schlecht, der Ofen raucht, sodass wir ständig husten müssen, und wenn es regnet, stellen wir schnell Gefäße auf, weil das Dach undicht ist. Durch die dünnen Wände hört man jedes Wort, jedes Lebensgeräusch von nebenan, die ganze Nacht nagen Mäuse an dem alten Holz, morgens sind wir zerstochen von Wanzen. Immerhin gibt es hier Strom, wenn auch nur jeden zweiten Tag. Und wir sind nicht mehr auf den Bahnwärter angewiesen, sondern stellen uns draußen im Korridor an, wo es einen Wasserhahn und eine Toilette für alle gibt.

Die meisten ehemaligen Zwangsarbeiter sind krank, traumatisiert, körperlich und seelisch zerrüttet. Viertausend entwurzelte, abgerissene, ortlos gewordene Gestalten, die als Hottentotten gelten, als asozial, verschlagen, gewalttätig und kriminell. Die Propaganda der Nazis stellte die Slawen zuweilen mit Schwänzen und Hörnern dar, diese Bilder sind in der Nachkriegszeit noch nicht verblasst. Die Deutschen fürchten sich vor Racheakten der ehemaligen

Arbeitssklaven und hassen sie dafür, dass die Amerikaner sie bevorzugt behandeln, indem sie sie ernähren, während die Deutschen selbst zusehen müssen, wie sie über die Runden kommen. Unsere höchstpersönliche Nahrungsquelle ist zwar versiegt – die Amerikaner wollen keine russischen Volkslieder mehr hören –, aber wir werden weiterhin satt, obwohl auf dem Speiseplan des Lagers meist nur pappiger Maisbrei steht.

Mein Vater geht irgendwelchen dunklen Geschäften nach, wie so viele andere im Lager, die auf der Jagd nach einem Job, nach einem minimalen Verdienst sind. Er verfällt immer mehr der Trunksucht, ist gereizt, aggressiv, er schreit, droht, tritt gegen Wände und Stühle. Von seiner anfänglichen Liebe zu meiner Mutter, falls es sie je gegeben hat, scheint nicht mehr viel übrig zu sein. Er sieht in ihr dasselbe, was einst die Sowjetmacht in ihr gesehen hat: einen degenerierten, nichtsnutzigen Auswuchs der abgeschafften Aristokratie. Er nennt sie verweichlicht, parasitär, wirft ihr ständig ihre «weißen Händchen» vor, behauptet, sie habe verdorbene Gene und leide an einer vererbten Geisteskrankheit. Meine Mutter erwartet wieder ein Kind, sie hat schon einen dicken Bauch und wird immer stiller, immer abwesender. Vermutlich hat für sie der Countdown bereits begonnen.

Im Jahr 1952 werden die Displaced Persons von den Amerikanern den neu gegründeten deutschen Flüchtlingsbehörden übergeben und erhalten einen neuen Status. Von nun an heißen sie «heimatlose Ausländer». Viele Lager bleiben noch bis in die sechziger Jahre hinein bestehen, aber nach und nach wird immer mehr neuer Wohnraum für die ehemaligen Zwangsarbeiter geschaffen. Sie werden wieder gebraucht von der prosperierenden deutschen Wirtschaft.

Unser Umzug fällt mit der Geburt meiner Schwester zusammen. Aus dem Krankenhaus kehrt meine Mutter gar nicht mehr ins Valka-Lager zurück, sondern wird mit dem Neugeborenen gleich an unseren neuen Wohnort gebracht. Er liegt am Rand einer fränkischen Kleinstadt unweit von Nürnberg. Abseits, an einem Fluss namens Regnitz, wo damals die Wiesen und Felder begannen, hatte man vier zweistöckige, im Karree angeordnete Blocks gebaut, auf dem Rasen im Hof drei junge Birken: die «Häuser» – für die meisten der etwa zweihundert ehemaligen osteuropäischen Zwangsarbeiter, die hier einzogen, die Endstation.

Die Osterferien waren vorüber, ich ging wieder zur Schule. Zu Hause war alles genauso wie immer, als wäre nie etwas geschehen. Ich wusste nicht, ob mein Vater vorgehabt hatte, mich in meinem Zimmer verdursten zu lassen, oder ob er sich mit dem Aufschließen der Tür nur deshalb Zeit gelassen hatte, weil ihm aufgefallen war, dass meine Schwester mich mit Wasser und Brot versorgte. Jedenfalls dichtete er das Loch in der Scheibe wortlos mit einem Stück Teerpappe ab, die rostigen Nägel blieben im Fensterkreuz stecken.

Vom Kloster war nie mehr die Rede. Seine Unterschrift auf dem Zeugnis hatte ich gefälscht, das machte ich auf Mitteilungen aus der Schule immer so. Sein Vor- und sein Zuname waren die einzigen Wörter, die mein Vater mit lateinischen Buchstaben schreiben konnte, sie standen in seinem Heimatlosenpass, und es war ein Kinderspiel für mich, die hölzernen Schriftzeichen nachzumachen. Aus dem letzten Buchstaben seines Nachnamens schoss ein schwungvoller Schnörkel heraus, der seiner russischen Unterschrift entliehen war und wie angeklebt wirkte. Er sollte wohl die Unbeholfenheit meines Vaters in der deutschen Schrift kaschieren, aber er hob sie nur hervor. Nie hatte jemand in der Schule etwas von meinem Betrug bemerkt, nie hatte dort einer meinen Vater zu Gesicht bekommen. Wahrscheinlich existierte er gar nicht im Bewusstsein der Lehrer, die mich sowieso längst aufgegeben hatten.

Mir leuchtete nicht ein, warum ich überhaupt noch in die Schule ging, es bestand nicht die geringste Hoffnung, dass ich die Prüfungen zur mittleren Reife bestehen könnte. Ich hörte unserem Geschichtslehrer zu, einem schwarzhaarigen Mann mit schwarzer Hornbrille, der passenderweise Schwarz hieß, aber mein Kopf war wie mit Mörtel gefüllt – ich verstand einfach nicht, was der Dreißigjährige Krieg war und in welcher Beziehung ich zu ihm stand. Schon immer war die Schule nur Zwang für mich gewesen, eine Biege- und Brechmaschine, ein Teil des ganzen falschen Lebens, in dem ich gefangen war. Nie blieb von dem Wissen, das ich mir nur für Noten und Zeugnisse einbläute, etwas in mir haften, im Gegenteil. Je länger ich zur Schule ging, desto weniger verstand ich die Welt, desto fremder wurde sie mir.

Das Lachen meiner Mitschüler über mich hatte nach dem Ende der Ferien eine neue Dimension angenommen. Einige von ihnen waren ebenfalls zum Tanzen in der «Linde» gewesen und schienen mich dort beobachtet zu haben. Wahrscheinlich hatte man mir meine Bedürftigkeit und meinen Liebeshunger immer schon angesehen, aber jetzt war es, als hätte ich ein Loch, durch das die anderen bis in mein Innerstes hineinschauen konnten. Es war mir nicht klar gewesen, dass so viele meiner Mitschüler Achim Uhland kannten, dass er ein Mädchenschwarm war, jedenfalls schienen mehrere Mädchen aus meiner Klasse ein Auge auf ihn geworfen zu haben. Offenbar war es nicht unbemerkt geblieben, dass auch ich gewagt hatte, mir ausgerechnet von ihm etwas zu erhoffen, und das machte mich lächerlicher denn je.

Niemand wusste, dass er mich geküsst hatte, und vermutlich hätte mir das auch niemand geglaubt. Oft glaubte ich es selbst nicht. Hätte er mich wirklich geküsst, hätte er mich dann am nächsten Tag Russenlusch nennen können? Wie konnte beides gleichzeitig stimmen? Mal dachte ich, ich hätte mir seinen Kuss im Glückstaumel meiner ersten Tanznacht nur eingebildet, mal dachte ich, dass es meine eigene innere Stimme war, die mich Russenlusch genannt hatte, meine Angst davor, dass er mich früher oder später genau so nennen würde. Vielleicht, auch dieser Gedanke kam mir, war es mein Pech gewesen, dass ich vor der «Moonlight»-Bar Zeugin seiner Niederlage geworden war, vielleicht hatte er mich weggestoßen, weil man ihn selbst gerade weggestoßen hatte. Ich glaubte genau zu wissen, was er in diesem Moment gefühlt hatte: Sein Verstoßensein von jener Frau war dasselbe wie meines von ihm, wir teilten das Verstoßensein und, so schien es mir, auch die Lächerlichkeit, da wir beide auf etwas hofften, das uns nie im Leben widerfahren konnte. Und trotzdem hoffte ich wieder, die Hoffnung war immer schon so etwas wie ein Teil, ein Nebenprodukt meiner Hoffnungslosigkeit.

Die Erziehungsmethoden meines Vaters hatten sich seit dem Schulbeginn verschärft. Wenn ich auch nur zehn Minuten zu spät von der Schule nach Hause kam, sperrte er mich aus und ließ mich erst wieder ein, wenn ich am nächsten Tag pünktlich war. Hatte er Nachtschicht, schloss er mich in meinem Zimmer ein. Im Grunde war ich nur noch eingesperrt oder ausgesperrt. Ich klingelte immer seltener an der Tür, inzwischen herrschte schon fast sommerliches Wetter, ich trieb mich draußen herum und schlief nachts entweder auf dem Speicher oder, wenn der abgeschlossen war, in einem halb verfallenen Schuppen, den ich in den Flussauen entdeckt hatte.

Irgendwann ging ich überhaupt nicht mehr nach Hause, und ich hörte auf, in die Schule zu gehen. Zuerst fürchtete ich noch, man würde mich suchen und vielleicht sogar die Polizei einschalten, aber nichts geschah. Mein Verschwinden schien niemanden zu interessieren, weder meinen Vater noch die Lehrer. Mir, der bisher sogar der Schulweg durch die deutsche Stadt nur erlaubt gewesen war, weil er sich nicht vermeiden ließ, mir, der die deutschen Straßen seit je verboten waren, zuerst, weil ich zu klein, später, weil ich nicht mehr klein genug dafür war, mir tat sich plötzlich eine unheimliche Freiheit auf. Ich konnte tun und lassen, was immer ich wollte, niemand kümmerte sich um mich, niemand schien überhaupt zu bemerken, dass ich die gültige Ordnung verlassen hatte. Es war, als hätte man mich sofort nach meinem Verschwinden vergessen oder aber niemals zuvor auch nur zur Kenntnis genommen, dass ich vorhanden war.

Es war das Jahr 1961: die Zeit des dunkelsten Schweigens, vor allem in der Provinz. Eine Zeit wie in einem toten Winkel, wie vom Zifferblatt der Uhren gesprungen, wie herausgefallen aus den Kalendern. Alle rannten, rafften, verbesserten, verschönerten ihre Wohnungen und Häuser, veredelten ihre Haut mit Nylon und Trevira, aber die Zeit hatte noch nie so tief und bewusstlos geschlafen. Man feierte die Prüderie, die Biederkeit der wimpernklimpernden Wirtschaftswunderfräuleins, denn die Sexualität war der zweitschlimmste Feind nach den Russen. Das herrschende Schweigen war noch ganz ohne Risse und Lücken – ein Land im Koma, aus dem es nicht erwachen konnte nach dem Grauen.

Ich wusste nichts von diesem Grauen. Weder im Kloster

noch in der Schule hatte man uns etwas davon erzählt, der Lehrstoff war nicht über den Dreißigjährigen Krieg hinausgekommen, näher hatte man sich an die Gegenwart noch nicht herangetraut. Die Zeit schlief, und ich schlief mit ihr, ich wusste noch nichts von mir, von meiner Herkunft und meinen Zusammenhängen, ich lebte noch im Paradies des Nichtwissens, ich hatte mich noch nie im Spiegel gesehen, hatte noch nie neben mir gestanden, in all meiner Verirrung war ich noch eins mit mir selbst. Ich lief aus einem Unheil ins nächste, aber auch das ahnte ich nicht, ausgerechnet ich lebte in der Gewissheit, dass die Welt gut war, dass es mir nur gelingen musste, bis zu ihr vorzudringen, ihrem Mittelpunkt, der für mich die Hauptstraße eines deutschen Provinzkaffs war. Der Ort, wo ich früher oder später auch ihm wiederbegegnen musste, Achim Uhland.

Manchmal übernachtete ich auch weiterhin in den «Häusern». Wenn die Haustür offen stand, wenn diese erste Hürde überwunden und auch die zweite Tür nicht abgeschlossen war, schlief ich auf dem Speicher. Dort war ich der Witterung weniger ausgesetzt als in dem Holzschuppen am Fluss, wo ich mich nachts immer ein wenig fürchtete, weil mir ständig meine Mutter erschien, wie sie in der Dunkelheit zum Wasser ging, das ich durch die Wände des Schuppens leise murmeln und glucksen hörte. Tagsüber stahl ich, was auf den umliegenden Feldern wuchs, Futtermais, Karotten, Kohlrabi, nachts riss ich Äpfel, Birnen, Mirabellen von Bäumen, deren Äste über die Zäune der dunklen Gärten hingen.

Meine Schwester traut sich nicht, mir die Tür zu öffnen, wenn mein Vater bei der Arbeit ist, sie hat Angst vor Strafen. Ich kann mir nicht vorstellen, wie sie jetzt lebt, allein mit ihm, ich kann mir nicht vorstellen, was sie als vierjähriges Kind in den letzten Lebensmonaten meiner Mutter durchgemacht hat, als ich auf dem belgischen Bauernhof die glücklichste Zeit meiner Kindheit verbrachte, ich kann mir nicht vorstellen, wie die Zeit im Kloster für sie war, als sie sich jedes Mal weinend an mich klammerte, wenn wir uns zufällig begegneten. Nie hat sie mir etwas über all diese Dinge erzählt, auch sie hat das Schweigen geerbt, schon als Baby hat sie fast nie geschrien.

Irgendwann mache ich eine erstaunliche Entdeckung. Ohne mir etwas davon zu versprechen, probiere ich den Speicherschlüssel an unserer Wohnungstür aus, natürlich passt er nicht. Dann versuche ich es mit dem Waschküchenschlüssel, und wie durch ein Wunder dreht er sich ohne Widerstand im Schloss und öffnet mir die Tür.

Von nun an kann ich immer in die Wohnung, wenn mein Vater nicht zu Hause ist. Mit einem raschen Blick vergewissere ich mich, dass sein Fahrrad nicht unter der Kellertreppe steht, dann schließe ich die Wohnungstür auf und plündere den Speiseschrank. Ich verschlinge das Weißbrot meines Vaters, seine Ölsardinen, seinen Speck. Früher habe ich mich vor rohen Eiern immer geekelt, aber das kann ich mir jetzt nicht mehr leisten. Wenn ein Ei da ist, steche ich nach dem Vorbild meines Vaters ein Loch in die Schale und sauge das glibberige Innere aus. Meine Schwester sieht mir bei meinem Mundraub mit erschrockenen Augen zu, obwohl sie von meinem Vater offenbar nichts zu befürchten hat. Er spricht sie anscheinend nie auf meine Einbrüche an, er duldet sie stillschweigend, und ich weiß nicht, ob er mir gegenüber nun doch Gnade walten lässt, ob ich ihm vielleicht sogar leidtue oder ob ich für ihn gestorben bin, sodass selbst meine Diebstähle ihn nicht dazu bringen können, auf meine Existenz zu reagieren.

Nach und nach trage ich fast meine gesamten Habseligkeiten in den Schuppen hinüber. Ich nehme mir Decken und mein Kopfkissen mit, und gelegentlich traue ich mich inzwischen sogar, ein paar Stunden in meinem alten Bett zu schlafen, während mein Vater arbeitet. Die Nächte im Schuppen sind unruhig. Der hölzerne Verschlag, in den ich gerade so der Länge nach hineinpasse, scheint seit langem verlassen, aber irgendwo gibt es vielleicht doch noch einen Besitzer, der jeden Augenblick auftauchen und mich verjagen, womöglich meinem Vater ausliefern kann. Manchmal glaube ich, draußen Schritte zu hören, ein Tappen, ein Scharren – könnte es ein Tier sein, das mich wittert und angreifen will? Durch die Ritzen zieht der kühle Hauch des Wassers zu mir herein, die Feuchtigkeit des Morgennebels, ich friere trotz der Decken. Oder die Nacht ist so heiß, dass ich es in dem stickigen Verschlag nicht mehr aushalte und mich zum Schlafen draußen ins Gras lege. Einmal wache ich auf und liege in einer Pfütze. Ich habe nicht gemerkt, dass es zu regnen angefangen hat.

Gegen Abend gehe ich auf die Hauptstraße, obwohl ich immer fürchten muss, dort Georg zu begegnen. Jetzt, da ich endlich der Alleinherrschaft meines Vaters über mich entronnen bin, ist er für mich der neue, der deutsche Tyrann. Ständig ist er auf der Suche nach mir, er verfolgt mich, er lauert mir auf, er verstellt mir den Weg auf der Straße und droht mir seinen Selbstmord an für den Fall, dass ich ihn wieder abweisen würde. Ich bin auf der Flucht vor ihm, und gleichzeitig warte ich auf ihn – ist er doch meine einzige Fährte, meine einzige Verbindung zu Achim Uhland, den ich seit der Nacht in der «Moonlight»-Bar nicht mehr gesehen habe. Wenn ich Georg nach ihm frage, zuckt er nur mit den Schultern und sieht mich schadenfroh an.

Ab und an begegne ich auf der Hauptstraße auch einer meiner einstigen Mitschülerinnen, die mich nicht zu vermissen scheinen. Einmal kommt Sonja auf mich zu und fragt, was ich jetzt mache. Ich lüge und sage, ich würde das Konservatorium besuchen. Sie schaut mich verständnislos an – entweder glaubt sie mir nicht, oder sie hält ein Konservatorium für eine Konservenfabrik. Aufgeregt berichtet sie mir, dass sie in den Sommerferien mit ihrem Freund an den Wörthersee fahren wird, in einem Jahr, nach Schulabschluss, wollen sie heiraten. Ich weiß, dass alle Mädchen in meiner ehemaligen Klasse das wollen. Das ganze Leben davor scheint für ein deutsches Mädchen die Vorbereitung auf dieses Ereignis zu sein, eigentlich beginnt das Leben erst mit dem Heiraten. Viele bekommen schon seit Jahren zu Weihnachten und zum Geburtstag Geschenke zur Vervollständigung dessen, was Aussteuer heißt, Bettwäsche, Tischwäsche, Geschirr, Silberbesteck. Schon jetzt suchen sie ihre Hochzeitskleider aus und wollen später mit ihrem Mann ein Haus bauen. Alles das geht weit über meine Träume hinaus, denn der grundlegende Unterschied zwischen meinen deutschen Altersgenossinnen und mir besteht darin, dass ihre Hochzeit in der Welt stattfinden wird, in der sie sich bereits befinden, während ich diese Welt überhaupt erst erreichen muss. Außerdem eilt es bei mir, weil ich kein Dach über dem Kopf habe.

Meistens bin ich mir dessen bewusst, wie deplatziert und chancenlos ich auf dem Heiratsmarkt der Hauptstraße bin, eine abgemagerte, heruntergekommene, ständig hustende

Sechzehnjährige mit dem Stigma der «Häuser» auf der Stirn. Obwohl es jetzt noch andere Fremde in der Stadt gibt, sie kommen aus Italien und werden Gastarbeiter genannt. Es sind ausschließlich Männer, irgendwelche armseligen, hageren, dunkelhäutigen Gestalten, die mit stummen, wilden Augen durch die Straßen gehen und noch mehr auffallen als die Leute aus den «Häusern». Einmal stellt sich mir einer von ihnen in den Weg, er reißt sein Hemd vor mir auf, zeigt mir seine nackte, schwarz behaarte Brust und stößt fremdartige Laute aus. Ich verstehe nur «deine Vater» und stürze zu Tode erschrocken davon, nicht ahnend, dass sich in diesen Worten vermutlich keine Drohung verbarg, sondern der von mir so ersehnte Heiratsantrag. Es ist ein Mann mit schönen schwarzen Locken und glänzenden weißen Zähnen, der mir wahrscheinlich mitgeteilt hat, dass er bei meinem Vater um meine Hand anhalten will. Hätte ich ihn verstanden, hätte ich die Ehefrau eines Italieners werden können, vielleicht die eines einstigen Fischers mit einem großen, lärmenden Familienclan irgendwo in Sizilien, eine Ewigkeit entfernt von meinem Vater.

Und da ist noch einer, den ich nicht verstanden habe, ein Nachbar aus den «Häusern», dessen rote Zigarettenglut mich eines Nachts im Hof erschreckt hatte. Jeder kannte die Tragödie des Tadschiken. Seine Frau hatte im Zwangsarbeiterlager einen Sohn geboren, und ein glücklicher Zufall wollte es, dass das Kind von einem Schweizer Ehepaar aufgenommen und später adoptiert wurde. Auf diese Weise wurde dem Kind wahrscheinlich das Leben gerettet, aber der Tadschike konnte den Verlust seines Erstgeborenen nicht verschmerzen. Oft saß er draußen im Hof und ließ ein islamisches Gebetskettchen durch seine Finger gleiten, fing zu weinen an und zeigte den Vorübergehenden das Foto seines Sohnes. Der Wunsch nach einem zweiten Sohn hatte ihm mittlerweile eine ganze Schar von Mädchen beschert, lauter kleine orientalische Prinzessinnen, eine hübscher als die andere, aber der so ersehnte Sohn blieb ihm versagt – als läge ein Fluch auf ihm, als wären die vielen Mädchen Allahs Strafe dafür, dass er seinen Erstgeborenen weggegeben hatte.

Wie aus dem Nichts war seine Zigarettenglut in der Dunkelheit vor mir aufgetaucht. «Deine Vater nix gut», hörte ich ihn sagen, «du komm wohn bei mir ...» Ausgerechnet er, der zu lauter Mädchen verdammte Vater, bot einem weiteren Mädchen ein Obdach an. Aber ich erblickte in ihm keinen Freund, sondern einen Feind, der mit meinem Vater unter einer Decke steckte und mich nur in eine Falle locken wollte. Auch vor ihm lief ich erschrocken davon.

Wenn ich auf der Hauptstraße unterwegs bin, hilft mir meine Einbildungskraft, nicht wahrzunehmen, wer ich bin und wie ich wirklich aussehe. Ich stelle mir Dörthe vor, die Arzttochter aus meiner ehemaligen Schulklasse, oder Steffi, die einmal Mannequin werden will und das am höchsten auftoupierte Haar hat, ich stelle mir so lange und intensiv ein bestimmtes deutsches Mädchen vor, bis ich ihr Wesen in mir spüre, bis ich so gehe, lächle wie sie, bis ich dasselbe Kleid, dieselbe Frisur trage. Das Hineinschlüpfen in andere Personen ist eine mir seit langem vertraute Übung, die mir inzwischen mühelos gelingt. Ich muss mich nur für kurze Zeit in die Fotos versenken, die im Schaukasten des Capitol-Kinos ausgestellt sind, und schon bin ich Nadja Tiller, Lilli Palmer oder Sophia Loren.

Neidisch schaue ich auf die Mädchen, die bereits an der

Hand eines Jungen über die Hauptstraße flanieren. «Die gehen miteinander», heißt es, manche sind sogar schon verlobt. Die Mädchen schreiten langsam, würdevoll an der Hand ihres Freundes über das Trottoir, ihre Petticoats wippen diskreter als die der anderen, mit königlicher Gemessenheit stöckeln sie dahin. Im Grunde gehören sie gar nicht mehr dazu, sie haben den Sinn und Zweck des Sichzeigens auf der abendlichen Hauptstraße schon weit hinter sich gelassen, sie schenken den Übrigen nur noch den erhabenen Anblick des erreichten Ziels. So ist es, besagen ihre Gesten, so sieht es aus, wenn man die Gunst der Welt nicht mehr nötig hat, weil man sie schon besitzt.

Das Geheimnis dieser Mädchen besteht darin, dass sie das Unvereinbare in sich vereinen, dass sie ganz besonders sexy und ganz besonders anständig in einem sind. Davon hat man uns im Kloster nichts gesagt. Sexy war ein verdorbenes, ein schlechtes Mädchen, das kein Mann der Welt je heiraten würde. In Wirklichkeit war es ganz anders, das sah ich jetzt. Es gingen genau die Mädchen an der Hand eines Bräutigams, die die beiden Gegensätze, den Sex-Appeal und die Anständigkeit, auf eine höchst diffizile Art in sich vereinten. Ich sah, dass es eine Frage der Dosierung war, ein geheimes Rezept, nach dem man jene ideale Mischung herstellte, die allein zum Geheiratetwerden geeignet war, jenen Trunk, in dem ein Tropfen von dem einen zu viel oder ein Tropfen von dem anderen zu wenig bereits alles verderben konnte. Das Wissen um diese geheime Dosierung war es, das die auserwählten Mädchen ganz im Bewusstsein ihres Besitzes über den Laufsteg der Hauptstraße trugen, den Laufsteg ihres Triumphs.

Ich selbst wusste nie, woran es mir mehr fehlte – an

Anständigkeit oder an Sex-Appeal. Einerseits musste es etwas mit meinem Sex-Appeal zu tun haben, dass ich seit je den Ruf eines verdorbenen Mädchens hatte, andererseits schien es gerade das Fehlen von Sex-Appeal zu sein, meine ganze klösterliche Unattraktivität und Rückständigkeit, verdoppelt durch meine russische Unattraktivität und Rückständigkeit, das mich so uninteressant zum Heiraten machte. Wenn ich an den Jungen vorbeiging, die auf dem Marktplatz wie an einer Reling am Straßengeländer lehnten und den vorübergehenden Mädchen nachpfiffen, wusste ich jedenfalls nie, was gerade richtiger war: meine Hüften im Gehen zu versteifen und meine Augen niederzuschlagen, um nicht zu sexy zu wirken, oder mich lieber gemessen in den Hüften zu wiegen und einen Blick aus den Augenwinkeln zu riskieren, damit ich nicht zu anständig aussah.

Eine besondere Attraktivität hatte für mich ein deutscher Handwerker. Er schien mir der Inbegriff deutschen Lebens zu sein, der Inbegriff jener Achtbarkeit, von der die Bewohner der «Häuser» so weit entfernt waren. Der deutsche Handwerker war in meiner Vorstellung der deutscheste und damit der sicherste Ort der Welt. An seiner Seite, so dachte ich, würde ich eine der Frauen werden, die ich am meisten beneidete, abgesehen von der einen, die Achim Uhland liebte.

Manchmal passierte es mir sogar, dass ein deutscher Handwerker meine Heiratswürdigkeit auf die Probe stellte. Er geht ein Stück neben mir auf der Hauptstraße oder nimmt mich auf seinem Moped mit, und dann, im Stadtpark oder irgendwo am Waldrand, muss ich mich von ihm küssen lassen. Von irgendwoher weiß ich, dass man das

Küssen zulassen muss, wenn man geheiratet werden will, aber auf keinen Fall darf man dem Mann noch mehr erlauben, sonst würde man sofort als unanständiges Mädchen entlarvt. Unklar ist mir allerdings, ob ich das Küssen schön finden muss oder ob ich womöglich schon in diesem ersten Teil der Probe durchfalle, weil ich mich vor dem deutschen Handwerker ekle, vor seiner nassen Zunge in meinem Mund, vor seinem Geruch, vor seinen gierigen Händen, die an mir herumzerren. Also warte ich während des Küssens nur auf den Augenblick, in dem ich mich endlich nicht nur wehren darf, sondern wehren muss, um die Probe zu bestehen.

Sobald der deutsche Handwerker versucht, seine Hand unter meinen Pulli zu schieben oder gar unter meinen Rock, darf, ja muss ich mich widersetzen, obwohl ich nur sehr vage Vorstellungen von dem habe, worauf der deutsche Handwerker hinauswill – ich ahne nur, dass es dasselbe ist, worauf mein Vater hinauswollte, als er im Begriff war, sich zu mir ins Bett zu legen. Manchmal wird der deutsche Handwerker so zudringlich, dass ich mich seiner kaum noch erwehren kann, sodass ich daran zu zweifeln beginne, ob das alles überhaupt noch eine Probe ist oder nicht von Anfang an meine Verwerfung. Komme ich für eine Probe überhaupt in Frage, gibt es für mich etwas zu beweisen, oder steht über mich von vornherein schon alles fest? Jedenfalls endet jede Probe damit, dass der Handwerker sehr unzufrieden mit mir ist und später, wenn ich ihm auf der Hauptstraße wieder begegne, entweder an mir vorbeigeht oder mich zu einer Wiederholung der Probe auffordert, die aber erneut zu nichts führt. Trotzdem gehe ich immer wieder mit, allein schon in der Hoffnung darauf, dass einer von ihnen mir wenigstens einen Unterschlupf für die Nacht anbietet, aber auch das geschieht nie.

Eines Tages sehe ich Achim Uhland endlich wieder. Er kommt mir auf der Hauptstraße entgegen, begrüßt mich sogar. «Hallo», sagt er, «wie geht's?» Er scheint sich gar nicht mehr daran zu erinnern, dass er mich Russenlusch genannt hat, denn er geht ein Stück mit mir, genauer, ich gehe mit ihm, gehe ein paar Minuten neben ihm, als wäre das genauso selbstverständlich wie bei den anderen, die zu zweit unterwegs sind. Er geht mit hochgezogenen Schultern, die Hände in den Taschen seiner Lederjacke vergraben, als würde er frieren, und etwas an ihm, vielleicht seine melancholischen Augen, erinnert mich an meine Mutter. Ein Hauch seines Geruchs streift mich, während ich neben ihm gehe, ein Geruch wie nach Bittermandel, der mir am Prellstein so nah gekommen war. Er ist wieder ganz der, den ich in der «Linde» kennengelernt habe, der Unnahbare, der Souverän, der niemanden will und niemanden braucht, dem ohnehin alles gehört. Während ich in den Straßen umhergestreift bin, habe ich mich die ganze Zeit gefragt, wo er gerade ist, was er macht – jetzt, in diesem Moment, weiß ich es: Er geht neben mir auf der Hauptstraße. So gern möchte ich ihn fragen, wohin er geht, woher er kommt, aber ich traue mich nicht. Vielleicht ist er ja auf dem Weg zu der Frau aus der «Moonlight»-Bar, nach der seine Hand sich draußen auf der Straße so verzweifelt ausgestreckt hat. Wer ist sie? Wie muss man sein, um von ihm geliebt zu werden? Immerzu stelle ich mir diese Frage, sie ist das Rätsel der Rätsel für mich.

Ein paar Mal wirft er mir einen halben Seitenblick zu, und sosehr ich mich darum bemühe – es gelingt mir nicht, die Hoffnung in meinen Augen zu verbergen. Wahrscheinlich weiß er auch, dass ich inzwischen eine stadtbekannte Streunerin bin, alle wissen es, sein Freund Georg, der mich ständig belauert, weiß es sowieso. Und irgendwann beschleunigt er seinen Schritt, womit er mir offenbar zu verstehen geben will, dass er mich lange genug neben sich geduldet hat, dass er jetzt allein weitergehen wird. Ich bleibe zurück und sehe ihm nach, beobachte, wie er sich von mir entfernt, immer weiter, bis er ganz vorn, am Schuhgeschäft, hinter einer Biegung der Straße verschwindet.

Schon bald darauf treffe ich ihn erneut, diesmal zusammen mit Georg. Er lächelt mich an, wirkt viel zugänglicher als beim letzten Mal, und nach einer kurzen Plauderei geschieht das Wunder: Er verabredet sich mit mir für den Abend im Stadtpark, auf der Bank in der Grotte, die dafür bekannt ist, dass Liebespaare sie aufsuchen, um sich an diesem versteckt liegenden Ort zu küssen.

Eine Stunde zu früh sitze ich auf der Bank und warte. Allein das Wartendürfen auf ihn ist ein unverhofftes Glück, so verwirrend und unwirklich, dass ich gar nicht besonders überrascht bin, als zur verabredeten Zeit nicht er erscheint, sondern Georg. Zuerst frage ich mich noch, ob Achim Uhland ihn vielleicht als Boten geschickt hat, der mir etwas ausrichten soll, oder ob Georg ihm einfach zuvorgekommen ist, weil er ja wusste, dass er mich auf dieser Bank antreffen würde, aber schon im nächsten Moment bekomme ich die Antwort. Kaum hat Georg sich neben mich gesetzt, drückt er mich wie von Sinnen hinunter auf die Bank und wirft sich auf mich. Ich beiße und kratze, ich reiße an seinen Haaren, während mir klarwird, was los ist: Achim Uhland hatte nie vorgehabt, sich mit mir zu treffen, er hatte seinem

Freund nur einen Gefallen getan, er hatte mich ihm zum Fraß vorgeworfen. Vielleicht wollte er etwas an ihm gutmachen, indem er ihm das zurückgab, was er ihm nach dem Tanzabend in der «Linde» weggenommen hatte, vielleicht tat Georg ihm leid, weil er das Unglück der unerwiderten Liebe selbst so gut kannte. Ein weiteres Mal hatte er mir gezeigt, dass ich für ihn nur eine Russenlusch war.

Irgendwann gelang es mir, mich freizustrampeln, Georg fiel auf den Boden neben der Bank, und ich trat ihn mit den Füßen, ich schlug mit einem Ast auf ihn ein. Die Wut war aus mir herausgeplatzt, und Georg wehrte sich nicht, er lag zusammengekrümmt auf der Erde und ließ sich von mir schlagen. Ich trat ihn noch einmal und noch einmal, schließlich ließ ich ihn liegen und rannte davon, zu meinem Schuppen am Fluss.

Der Sommer war inzwischen in sein letztes Stadium getreten. Die Tage wurden kürzer, nachts war es manchmal schon empfindlich kalt. Ich suchte Pilze im Wald und aß sie roh, ich pflückte wilde Brombeeren und stahl Pflaumen aus den Gärten. Auf die Hauptstraße ging ich nur noch selten – die Hoffnung, dass ich dort jemanden finden oder selbst gefunden werden könnte, hatte mich verlassen. Stattdessen setzte ich mich oft auf eine Bank auf dem Kinderspielplatz am Park und beschrieb die noch leeren Seiten meiner einstigen Schulhefte, die ich aus der Wohnung meines Vaters geholt hatte. Ich erfand tragische Liebesgeschichten, die alle mit dem Tod der Heldin endeten. Oder ihr Geliebter starb, worauf sie sich in ein Kloster zurückziehen wollte oder in irgendeine abgelegene Gegend der Welt, zum Beispiel in den afrikanischen Dschungel, aber auf dem Weg dorthin begegnete sie einem Mann, der sie von ihrem Vorhaben abbrachte und ihre eigentliche große Liebe wurde. Ich feilte lange an den Sätzen, weil ich merkte, dass die Worte, die ich wählte, oft nicht das ausdrückten, was ich meinte. Aber zum ersten Mal hatte ich, über das Singen hinaus, einen Ort für mich gefunden, eine Art Arche, in die ich mich flüchten konnte. Manchmal verbiss ich mich so in eine Geschichte, dass ich erst zu schreiben aufhörte, wenn ich nach Einbruch der Dunkelheit nichts mehr sah und alle Kinder längst zu Hause waren.

In die Stadt ging ich meistens nur noch, um in der Mühlgasse herumzustreifen, wo Achim Uhland wohnte. Schon in meiner Kindheit war diese Straße ein Mysterium für mich gewesen, ein deutsches Märchen. Heute nennt man solche Gegenden Klein-Venedig, damals war es die Armeleutegegend der Stadt, das deutsche Gegenstück zu den «Häusern», ein enges, dunkles Gässchen, das von einem nach Abwässern stinkenden Nebenflüsschen der Regnitz durchschnitten wurde. Ein Wehr erfüllte die Gasse mit einem ständigen Tosen, das sich mit dem Ächzen eines Mühlrads vermischte. Tag und Nacht wälzte es seine morschen Schaufeln durchs Wasser, mit allerletzter Anstrengung, die zu nichts mehr nütze war, denn die dazugehörige Mühle war nicht mehr in Betrieb. Die alten Fachwerkhäuser standen auf ihrer Rückseite im Wasser, krumm, niedrig, ineinandergewachsen, aneinandergelehnt, als würden sie frieren oder als müssten sie sich gegenseitig stützen. Kleine, marode Holzbalkone und puppenhafte Galerien klebten an den Fassaden, drohten jeden Augenblick abzubrechen und ins Wasser zu fallen. Da und dort eine matte Geranie, da und dort aufgehängte Wäsche, die in der Kellerluft dieser Gasse nicht zu trocknen, sondern zu modern schien. Häuser, die aussahen wie runzlige, verschorfte Altfrauengesichter, ergraute Glucken, die am Wasser schliefen.

Hier drücke ich mich oft herum, meistens im Schutz der Dunkelheit. Wenn ich von fern das Geräusch eines Mopeds höre, verstecke ich mich schnell auf der anderen Straßenseite, von der aus ich unbemerkt einen Blick auf Achim Uhland werfen könnte, wenn er käme. Sein Haus hat mir Georg einmal gezeigt – um den Preis, dass ich den ganzen Weg bis dorthin an seiner schweißigen Hand gehen musste. Im Gegenzug hatte ich noch ein paar zusätzliche Informationen über Achim Uhland erhalten. Ich erfuhr, dass er schon seit seiner Geburt in diesem Haus wohnte, dass seine Mutter eine «Amilusch» war, wie Georg sich ausdrückte, sie hatte immer mit GIs herumpoussiert, am liebsten mit «Negern». Als Achim Uhland zwei oder drei Jahre alt war, verschwand sie mit einem von ihnen für immer, irgendwohin nach Florida. Seitdem lebte er allein mit seinem Vater, einem Frührentner und Säufer, der ihn früher ständig verprügelt hatte, bis Achim Uhland eines Tages zurückschlug und ihm das Nasenbein brach. Zwischendurch war er für zwei oder drei Jahre an jenem Ort gewesen, den mein Vater einst auch mir als letzte Züchtigungsmaßnahme angedroht hatte – in einer Erziehungsanstalt. Mehr wollte Georg mir nicht über ihn erzählen.

Das Haus, in dem er wohnt, unterscheidet sich von den anderen in der Gasse. Es liegt an einer kleinen Brücke, die über das Flüsschen führt, direkt am Wehr, wo das Tosen am lautesten ist. Ein Eckhaus, das aus einer anderen Zeit zu stammen scheint und die Armseligkeit der anderen Behausungen noch übertrifft. Kein Fachwerk, keine Verzierungen, einfach nur vier nackte, schmutzige Mauern unter einem grauen Dach, von dem sich die Schieferplatten lösen. Mir kommt es wie das Haus der Verdammten vor, die ihr ganzes Leben den infernalischen Lärm des fallenden Wassers hören müssen. Für die Menschen, die in diesem Haus wohnen, hat das Sprechen eigentlich gar keinen Sinn, weil sie einander sowieso nicht hören könnten.

Nirgends bin ich Achim Uhland näher als auf der Brücke. Wenn ich mich in der Dunkelheit über das hölzerne Geländer beuge und ins schwarze, kochende Wasser sehe, das mir kalte Spritzer ins Gesicht schleudert, ist mir, als lauschte ich seinem Lebensgeräusch, als hörte ich etwas, das ein Teil von ihm geworden sein muss. Und etwas von ihm kann ich berühren, wenn ich meine Hand an die kalte, feuchte Mauer des Hauses lege. Es ist, als atmete sie und als könnte sie mich jeden Augenblick dafür bestrafen, dass ich sie berühre.

Durch ein mit einer grauen, spinnwebenartigen Gardine verhängtes Fenster sehe ich seinen Vater, einen glatzköpfigen Mann, der angezogen auf einem Sofa in einer Wohnküche liegt und schläft. Das Sofa ist zu klein für seinen massigen, aufgedunsenen Körper, im nächsten Moment, so scheint es, muss es zusammenbrechen unter dem Gewicht. Ich kann es nicht hören, aber ich sehe, dass der Mann schnarcht, sein Körper erbebt unter dem Geräusch, das er selbst erzeugt. Ich betrachte den Kochherd mit dem silbernen Ofenrohr, das alte, speckig wirkende Küchenbuffet, die Wanduhr über der Tür, den mit einem karierten Wachstuch bedeckten Tisch. Ich beneide alle diese Gegenstände, die Achim Uhland viel besser kennen als ich. Ich betrachte alles ganz genau, aber ihn sehe ich kein einziges Mal in dem Haus, ich sehe ihn nie kommen oder gehen. Offenbar wohnt er bei seinem Vater genauso wenig wie ich bei meinem.

Manchmal sitzt der Mann hinter dem Fenster auch im Unterhemd am Tisch und brütet vor sich hin. In dem Getöse wirkt er wie ein Akteur in einem Stummfilm. Er trinkt Bier aus der Flasche und raucht, überall liegen leere Flaschen herum, aus dem Aschenbecher quellen Zigarettenkippen. Mit seinem zerbrochenen Nasenbein und den Haaren, die aus seinen grobschlächtigen Schultern sprießen, sieht er aus wie ein riesiges, gefährliches Tier. Jede seiner Bewegungen scheint eine Drohung auszudrücken. Während mein Vater immer gezielt und präzise zuschlägt, muss die Hand dieses Mannes den dumpfen, wahllosen Schlag einer Bärenpranke haben. Manchmal ist es, als schaute er plötzlich zu mir her, als hätte sein finsterer, lauernder Blick mich draußen vor dem Fenster entdeckt. Dann ducke ich mich schnell und laufe davon.

Eines Tages lerne ich in der Mühlgasse Lali kennen. Sie wohnt auf der anderen Seite der Gasse, wo die Fachwerkhäuser nicht im Wasser, sondern auf der Erde stehen. Lali ist genau das Glück widerfahren, von dem ich schon immer träumte: Sie lebt bei einer deutschen Pflegemutter. Mit ihrer bräunlichen Haut, ihrem schwarzen Lockenkopf und ihren katzenhaften Bewegungen gleicht sie meiner Vorstellung von einem Findelkind, einem Zigeunermädchen, das vom Wagen gefallen ist. Ihre wirklichen Eltern sind gestorben, «vergast von den Deutschen», sagt sie und rührt an eine Erinnerung in mir. Manchmal hatte meine Mutter von Duschen gesprochen, aus denen kein Wasser herauskam, sondern Giftgas, mit dem Juden umgebracht wurden, und später erklärte uns Schwester Marie-Joseph, das sei die Strafe dafür gewesen, dass die Juden Christus ans Kreuz genagelt hätten.

Lali arbeitet als Lehrling in einem Gemüsegeschäft und hat ständig Nierenschmerzen, weil sie oft im kalten Wirtschaftsraum hinter dem Laden arbeiten und die Kühlkammer sauber machen muss. Manchmal nimmt sie mich mit zu sich nach Hause, in eine Wohnung aus zwei Stübchen mit winzigen Fenstern unterm Dach. Ihre Pflegemutter, eine stille alte Frau mit einem grauen Dutt am Hinterkopf, stellt auch mir einen Teller mit Nudelsuppe oder Bratkartoffeln mit Wirsinggemüse hin, ein richtiges, warmes Essen, das ich schon lange nicht mehr gehabt habe. Erst während ich es in mich hineinschlinge, bemerke ich, wie hungrig ich bin. Lalis Pflegemutter sagt, ich sei so dünn wie die Leopoldin, die eines Tages mit dem Badewasser im Abfluss verschwindet, oder sie sagt, ich sähe aus wie das Leiden Christi, und dann füllt sie meinen Teller ein zweites Mal auf. Hinterher habe ich Magenschmerzen, weil ich solche Mengen an Nahrung nicht mehr gewohnt bin.

Lali und ich dürfen zusammen Mikado spielen und Radio hören, manchmal tanzen wir zur Musik. Bei den langsamen Stücken umschlingen und wiegen wir uns, wie Liebespaare es tun. Auch Lali ist verliebt in einen Jungen, der nichts von ihr wissen will. Es ist, als gehörten wir beide zu der geheimen Weltgemeinschaft jener unglücklich Verliebten, die in so vielen Liedern und Schlagern besungen werden.

Immer öfter steige ich die dunkle, knarrende Holzstiege zu Lalis Wohnung hinauf, es wird mir schon fast zur Selbstverständlichkeit. Sie ist meine erste deutsche Freundin, zumindest meine erste Freundin, die bei einer deutschen Pflegemutter wohnt. Als ich einmal sogar über Nacht bleiben und bei Lali im Bett schlafen darf, werde ich übermütig und frage ihre Pflegemutter, ob sie mich nicht auch als Pflegekind behalten kann. Da wird sie auf einmal böse. Sie sagt, dass sie kein Geld hat, um mich auch noch durchzufüttern, dass ich verschwinden und nicht wiederkommen soll. Sie droht mir sogar damit, mich bei der Polizei anzuzeigen, die mich zu meinem Vater zurückbringen wird.

Draußen wird es immer kälter, der feuchte Morgennebel kriecht in den Schuppen, es regnet durchs Dach. Ich wasche mich immer seltener im Fluss, weil das Wasser so eisig geworden ist, meine Kleider und Haare sind schmutzig und klamm. Auf den Feldern und in den Gärten gibt es nicht mehr viel zu stehlen. An den Wochenenden, wenn mein Vater zu Hause ist und ich nicht an seinen Lebensmittelschrank herankomme, habe ich meist nicht mehr als ein paar rohe, sandige Kohlblätter im Magen, das steinharte, bittere Fruchtfleisch einer Quitte oder zwei, drei rohe Kartoffeln, die ich mit der erdigen Schale esse. Manchmal muss ich so stark husten, dass ich mich fast erbreche, meine Hände und meine Lippen sind rissig, mein ganzer Körper schmerzt. Nur meine erfrorenen Füße scheinen glücklich darüber zu sein, dass mir nicht mehr warm wird. Sie haben aufgehört zu jucken und zu brennen, die Kälte ist seit der Nacht im Kohlenkeller ihr Element.

An einem Tag im Oktober beschließe ich, nach Nürnberg zu fahren, in die Großstadt. Mir ist klargeworden, dass ich irgendwo hinmuss, wo mich niemand kennt, wo niemand weiß, wer ich bin. Nur noch wegen Achim Uhland habe ich ausgeharrt, in der Hoffnung darauf, dass der Zwischenfall im Stadtpark ein Missverständnis war. Seit der vermeintlichen Verabredung habe ich ihn nicht mehr gesehen, weder ihn noch Georg, vielleicht suchen auch sie ihr Glück mittlerweile anderswo. Mir ist der Winter zu dicht auf den Fersen, ich weiß, dass ich so nicht weitermachen kann. Die Hauptstraße, die ich für das Zentrum der Welt hielt, hat jeden Glanz für mich verloren, sie hat sich für mich als öder, feindseliger Ort erwiesen, an dem mich nichts mehr erwartet außer dem Tod. Zudem falle ich inzwischen auf als Stadtstreicherin, jeden Tag bin ich darauf gefasst, von der Polizei aufgegriffen zu werden: Wenn ich einen Streifenwagen kommen sehe, verberge ich mich schnell in einem Hauseingang.

In der Wohnung meines Vaters wasche ich mich und ziehe das Beste an, was ich noch habe. Ich esse fast das ganze Brot auf und einen Teil der fettigen Sulze, die mein Vater kocht. Ich durchwühle die Wohnung nach Geld, aber seit meinem Diebstahl bewahrt mein Vater es in einem Versteck auf, das ich nicht finden kann. Doch ich habe Glück und schaffe es auch ohne Fahrkarte in das vierzig Kilometer entfernte Nürnberg, wechsle mehrmals das Abteil und schließe mich in der Zugtoilette ein. So entkomme ich der Kontrolle.

Dann bin ich zum ersten Mal wieder in der Stadt, in der wir einst im Valka-Lager lebten und in der ich zuletzt mit meinen Eltern und meiner Schwester in der russischen Barackenkirche war. Gleich auf dem Bahnhof ereignet sich das Wunder, das Märchen aus tausendundeiner Nacht. Ein dunkelhäutiger Mann in einem schneeweißen Hemd und einem eleganten Pepitaanzug spricht mich an und lädt mich in die Bahnhofsgaststätte ein. Er bestellt einen Piccolo und macht mir schon nach einer halben Stunde einen Heiratsantrag. Er sagt, er studiere in Deutschland Medizin, aber später würden wir in Teheran leben, im Palast seines Vaters, der der reichste Teppichhändler von ganz Persien sei. Vorläufig, so sagt er, könne ich bei ihm wohnen, in seiner großen Wohnung gleich um die Ecke. Er hat vielsagende schwarze Augen und riecht nach einem süßen Parfüm, das mich an Weihrauch erinnert.

Als wir das kleine Zimmer im dritten Stock eines heruntergekommenen Altbaus hinter dem Bahnhof betreten haben, schließt er die Tür von innen ab, steckt den Schlüssel in seine Hosentasche und stößt mich auf das Bett, das gleich neben der Tür steht. «Du kannst ruhig schreien», sagt er, «hier hört dich niemand, alle sind heute weg.» Trotzdem hält er mir mit seiner parfümierten Hand den Mund zu. Ich bekomme seit je keine Luft durch die Nase und kämpfe die ganze Zeit gegen das Ersticken an. Von allem anderen merke ich fast nichts.

Das also, denke ich, als ich irgendwann im Dunkeln unter dem Waschbecken kauere, während der Mann am anderen Ende des Zimmers auf dem Bett liegt und schnarcht, das also ist es, was Männer und Frauen miteinander im Bett machen. Das also muss es sein, worauf sie alle hinauswollen, mein Vater, die deutschen Handwerker und Georg. Das muss sie sein, die Todsünde, gegen die wir im Kloster jeden Tag anbeten sollten.

Ich wage nicht zu atmen, aus Angst, den Mann aufzuwecken. Es ist, als würde ich erst jetzt seine Bewegungen in mir spüren, mein Unterleib pocht und brennt. Meine Finger tasten nach dem Schmerz und stoßen in eine seifige Nässe, die mir an den Schenkeln hinabrinnt. Mein erster Gedanke ist, dass ich verletzt bin, dass ich auslaufe, dann dämmert mir, dass es das ist, was man den Samen des Mannes nennt. Mir ist, als wäre dieser Samen die eigentliche Quelle des süßen Parfümgeruchs, der überall an mir haftet, an meinen Händen, an meinem Haar, an jedem Gegenstand im Zimmer. Soll ich aufspringen, das Fenster aufreißen und laut um Hilfe rufen? Würde mich jemand hören um diese späte Uhrzeit, von so weit oben, in der wenig belebten Gegend hinter dem Bahnhof? Und was würde der Mann mit mir machen, bevor Hilfe käme?

In dem Lichtschimmer, der durch den dichten Vorhang am Fenster dringt, kann ich sein weißes Hemd sehen und seine halb herabgelassene Hose, so schläft er, mit dem Gesicht zur Wand. Ich erinnere mich an die blitzschnelle Bewegung, mit der er das Zimmer abgeschlossen und den Schlüssel eingesteckt hat, und ich frage mich, ob er ihm später vielleicht aus der Hosentasche gefallen ist. Ich lausche in die Tiefe der fremden Wohnung – nichts ist zu hören außer einem fernen, undeutlichen Sirren, das wie das Geräusch unseres Stromzählers im Keller klingt. Ich habe keine Idee, wer die anderen sein könnten, die hier wohnen, aber es scheint wirklich niemand da zu sein, ich bin mit dem Mann allein. Die Parfümluft im Zimmer ist so schwül, dass mir der Schweiß den Rücken hinunterläuft, mein Kleid klebt an der Haut, und gleichzeitig friere ich, ich kann nicht aufhören zu zittern. Immer noch ist mir, als hielte mir die Parfümhand den Mund zu, als bekäme ich keine Luft. In der Dunkelheit, an die meine Augen sich gewöhnt haben, erkenne ich ein schmales Zimmer, das mit einem klobigen Schrank, zwei Sesseln und einem Couchtisch eingerichtet ist, in einem Wandregal steht Geschirr. Ist es ein möbliertes Zimmer, in dem der Perser wohnt? Besteht die ganze Wohnung aus solchen Zimmern? Muss dann nicht irgendwann doch jemand nach Hause kommen?

Ich bemerke auf einmal, dass mir etwas fehlt, dass ich an den Füßen nur noch Strümpfe trage. Wo sind meine Schuhe geblieben? Hat der Mann sie mir ausgezogen, damit ich auf keinen Fall fliehen kann? Vorsichtig strecke ich meinen Kopf unter dem Waschbecken hervor und beginne, mich auf allen vieren über den Boden zu bewegen, Zentimeter für Zentimeter. Meine Hände tasten etwas, das Teppichboden sein muss, ein muffiger Geruch steigt mir in die Nase, offenbar ist der Bodenbelag alt und schmutzig, aber er dämpft die Geräusche. Als ich an eine Möbelkante stoße, erstarre ich. Für eine Sekunde stockt das Schnarchen des Mannes, dann kehrt es in seinen gleichmäßigen Rhythmus zurück. So lautlos wie möglich schiebe ich ein Knie vor das andere.

Endlich bin ich an der Tür, direkt neben dem Mann auf dem Bett. Ich kann die warme Ausdünstung seines Körpers spüren, sein weißes Hemd leuchtet in der Dunkelheit. Er ist klein und kräftig gebaut, und ich erinnere mich, dass er dichte schwarze Augenbrauen hat. Ich weiß, dass die Tür abgeschlossen ist, soll ich es trotzdem versuchen? Ich hebe die Hand, für einen Moment übertönt das Hämmern meiner Schläfen das Schnarchgeräusch. Kurz warte ich noch, dann drücke ich die Klinke hinunter. Sie gibt zwar keinen Laut von sich, aber die Tür geht nicht auf, wie zu erwarten war. Ich taste den Fußboden neben dem Bett nach dem Zimmerschlüssel ab, wieder Zentimeter für Zentimeter, doch meine Hand findet nur meine Schuhe, zuerst den einen, dann den zweiten.

Ich schaue den Mann auf dem Bett an. Hat er keine Angst davor, dass ich ihn umbringen könnte, während er schläft? Sein Rücken ist auf meiner Augenhöhe, genauso ungeschützt wie einst der Rücken meines Vaters, als er sich auf dem Bett über mich beugte. Nur dass ich jetzt keine Schere habe, nichts, was ich in diesen Rücken stoßen könnte. Ob ich versuchen sollte, ihm den Schlüssel aus der Hosentasche zu ziehen? Ich erinnere mich genau, dass er die Tür mit der rechten Hand abgeschlossen hat, demnach muss er den Schlüssel in die rechte Hosentasche gesteckt haben. Er schläft auf der linken Seite, nur der Stoff seiner Hose trennt mich von der Freiheit, sie ist zum Greifen nah. Vielleicht schläft er so fest, dass er gar nichts merken würde? Mehrmals strecke ich die Hand aus, fast berühre ich den Mann schon, aber jedes Mal ziehe ich sie wieder zurück, ich traue mich nicht.

Unverrichteter Dinge robbe ich zurück auf meinen Platz unter dem Waschbecken, immer noch zitternd hocke ich neben dem Abflussrohr und halte meine Schuhe fest. Ich presse sie an mich wie wiedergefundene Teile meines Körpers, die mir abhandengekommen waren. Die Zeit ist eine Zündschnur, die immer schneller brennt – auf den Augenblick hin, in dem der Mann aufwachen wird. Die Nässe zwischen meinen Beinen ist getrocknet, sie fühlt sich jetzt an wie verkrusteter Zucker, ein fremder, scharfer Geruch wie nach Laich steigt zu mir auf. Ich sitze da und warte auf ein erstes Zeichen des Morgens, ein erstes Geräusch aus der bewohnten Welt. Hat der Fremde den Willen meines Vaters an mir vollstreckt, ist das, was er mit mir gemacht hat, die Strafe dafür, dass ich mich meinem Vater verweigert habe? Hat mein Vater mich freigelassen, weil er wusste, dass mir in der Freiheit genau das widerfahren wird, was mir jetzt widerfahren ist?

Irgendwann, es ist noch dunkel, ist die Zündschnur abgebrannt. Der Mann wacht auf, er macht Licht, zwei Sekunden lang schaut er mich an, als wüsste er nicht, wie ich in sein Zimmer gekommen bin. Dann steht er vom Bett auf, er nennt mich «deutsche *bitch*», zerrt mich unter dem Waschbecken hervor und wiederholt auf dem Fußboden, was er beim ersten Mal auf dem Bett mit mir gemacht hat. Jetzt drückt er mir nicht die Hand auf den Mund, sondern presst meine beiden Arme auf den Boden, was völlig überflüssig ist, da ich sowieso nicht daran denke, mich zu wehren – es würde alles nur verlängern. Ich rette mich in den Totstellreflex, den die Schläge meines Vaters mich gelehrt haben, und halte die Luft an, um so wenig wie möglich von seinem Parfümgeruch einatmen zu müssen.

Nachdem er seine Hose wieder hochgezogen hat, holt er den Zimmerschlüssel aus der Tasche, der auch diesmal nicht herausgefallen ist, und geht zur Tür. Er schließt auf und hält mir zwischen Daumen und Zeigefinger, mit einem gönnerhaften Lächeln, ein silbernes Fünfmarkstück hin.

«Für die Heimfahrt», sagt er.

Ich renne los, mit meinen Schuhen in der Hand.

Bald nach meiner Rückkehr aus der Großstadt begann für mich der Winter auf der Straße. Den Hunger kannte ich inzwischen gut, die Kälte hatte mir in der Nacht im Kohlenkeller ihre Zähne gezeigt, doch erst jetzt, da ich ihr ständig ausgesetzt war, verstand ich ihre Lehre: Der Sommer auf der Straße war das Paradies, die Nagelprobe begann im Winter. Das Verhungern ging langsam, es drohte mir nicht, aber die Kälte machte kurzen Prozess. Erfrieren konnte ich in einer einzigen Nacht.

Ich hatte mehrere Schlafplätze. Am erbarmungslosesten waren die Nächte im Schuppen am Fluss, dort schlief ich nur noch, wenn sich mir keine andere Möglichkeit bot. Das war vor allem an den Wochenenden der Fall, wenn mein Vater die ganze Zeit zu Hause war. An den Werktagen wartete ich ab, bis er zur Arbeit fuhr, entweder morgens um sechs oder nachmittags um drei, dann öffnete ich mit dem Waschküchenschlüssel die Wohnungstür und verkroch mich im Bett meines ehemaligen Zimmers. Auch da war es kalt, der Ofen wurde nicht mehr geheizt, aber im Vergleich zum Schuppen herrschten wohlige Temperaturen. Eigentlich hätte längst meine Schwester in dieses Zimmer einziehen müssen, aber es war wie ein abgetrennter, stillgelegter Teil der Wohnung, den nie jemand außer mir zu betreten schien. Wusste mein Vater, dass ich in seiner Abwesenheit hier schlief? Warum unternahm er nichts dagegen? Er wechselte weder das Türschloss aus, noch passte er mich einmal ab, um mir den Schlüssel wegzunehmen, dessen Herkunft ihm rätselhaft sein musste. Ließ er mich gewähren, weil er unangenehme Konsequenzen fürchtete, wenn man seine Tochter eines Tages irgendwo draußen erfroren auffinden würde?

An den Wochenenden und an Feiertagen rettete mich vor dem eisigen Schuppen der Speicher, vorausgesetzt, er war nicht abgeschlossen. Dort schlief ich auf einer ausrangierten, verlotterten Matratze und deckte mich mit Lumpen und Pappe zu. Einmal weckte mich ein Schrei. Unsere Nachbarin Marjanka war heraufgekommen, um ihre Wäsche abzunehmen. Sie presste ihre Hand vor den Mund und starrte mich an wie ein Gespenst. «Ich denk, du tot», sagte sie entgeistert.

Ein anderes Mal, als der Speicher abgeschlossen war und ich ratlos im dunklen Haus umherirrte, schon drauf und dran, bei Marjanka zu klingeln und sie zu fragen, ob ich bei ihr übernachten dürfte, abgehalten nur von der Angst vor ihrem trunksüchtigen Mann, der sie ständig verprügelte, entdeckte ich einen Schlafplatz in der Waschküche. Jemand musste gerade gewaschen haben, denn das Innere des runden, emaillierten Kessels war noch warm. Ich stieg hinein, rollte mich zusammen und zog den eisernen Deckel über mich, dann schlief ich in der Wärme glücklich ein.

Tagsüber stellte ich mich immer wieder in den warmen Luftstrom, der aus den Abluftschächten mancher Geschäfte aufstieg. Am liebsten hätte ich über diesen Schächten gewohnt, aber nie konnte ich mich lange auf den Gittern aufhalten. Man kannte mich in diesen Geschäften schon und vertrieb mich früher oder später. In meinem verschlissenen, schmutzigen Wintermantel, den ich auch nachts nie auszog, drückte ich mich auf den Straßen herum, irgendwann flüchtete ich mich in die Heka, das erste, neu eröffnete Kaufhaus der Stadt, in dem immer viele Leute zwischen den gefüllten Regalen umhergingen, Kunden und Neugierige aus den umliegenden Dörfern. Hier konnte ich für längere Zeit in die Wärme eintauchen, die Verkäuferinnen hatten viel zu tun und beachteten mich nicht. Öfter schloss ich mich auf der Toilette ein und döste vor mich hin. Einmal fiel ich in einen so festen Schlaf, dass ich von der Kloschüssel kippte und jemand von draußen zu rufen und an der Tür zu rütteln begann.

Von jeher hatte man mich des Stehlens bezichtigt. Wenn in der Schule etwas weggekommen war, hatte man immer mich beschuldigt, darauf konnte der Dieb oder die Diebin sich verlassen. Nie hätte ich es gewagt, mich an deutschem Eigentum zu vergreifen, aber jetzt machte ich meinem Ruf alle Ehre. In der Heka gab es keine Lebensmittel, dafür einen Süßwarenstand. Im Gedränge griff ich schnell nach einer Tüte Waffeln oder einer Tafel Schokolade, verbarg sie unter meinem Mantel und ging so unauffällig wie möglich zum Ausgang, immer wieder erstaunt darüber, dass ich nicht erwischt wurde. Auch im Supermarkt gelang es mir gelegentlich, etwas zu stehlen, obwohl es dort viel schwieriger war, da ich auf dem Weg nach draußen mit meiner Beute an der Kasse vorbeimusste.

Eines Tages überschritt ich auch die letzte Hemmschwelle und begann zu betteln. Ich sprach Passanten auf der Straße an und bat sie um zehn Pfennig. Die meisten streiften mich mit einem feindseligen Blick und gingen weiter, aber immer wieder passierte es auch, dass jemand stehen blieb und sein Portemonnaie öffnete. Es kam vor, dass ich mir an einem Tag fünfzig Pfennig zusammenbetteln konnte. Davon kaufte ich mir mehrere Brötchen oder ein Brötchen und etwas Stadtwurst oder Bierschinken.

Oft wurde mir übel, obwohl ich gar nichts im Magen hatte. Ich wusste nicht, ob es daher kam, dass ich plötzlich den Parfümgeruch des Persers in der Nase hatte, oder ob die Übelkeit es war, die sofort die Erinnerung an seinen Geruch weckte. Einmal hatte ich in der Heka blindlings nach einer Zellophantüte mit großen, gelblichen Klumpen gegriffen, die nach süßer Seife schmeckten. Hungrig schlang ich sie trotzdem in mich hinein, obwohl auch ihr Geruch mich an den Perser erinnerte. Danach konnte ich nicht mehr aufhören zu brechen. Mir war, als würden Kaskaden jener klebrigen, parfümierten Flüssigkeit aus mir herausschießen, die der Mann in jener Nacht zwischen meinen Beinen hinterlassen hatte.

Da ich mich nicht ständig in der Heka herumdrücken konnte, ließ ich mich von der Kälte manchmal in die Kirche am Rathausplatz treiben. Dort war es zwar auch kalt, aber ein bisschen weniger kalt als draußen, und ich saß im Trockenen. Vor einem der Seitenaltäre brannten fast immer ein paar Kerzen, an denen ich mir die Hände wärmen konnte. Es war Advent, hin und wieder kam jemand herein und warf eine Münze ins Krippenspiel. Entzückt betrachtete ich, wie die kleinen Figuren sich in Bewegung setzten, ein Esel begann im Stall mit dem Jesuskind zu nicken, die Heiligen Drei Könige boten ihre Geschenke dar, sogar ein winziges Mühlrad drehte sich in einem plätschernden Bächlein, und eine Drehorgel spielte «Stille Nacht». Wenn die Musik verstummt war, setzte ich mich ins gedrechselte Gestühl, über dem ein riesiges Kreuz schwebte – der sterbende Christus, zu dem ich in meiner Klosterzeit so viel beten musste. Auf einmal tat er mir leid mit den Nägeln in Händen und Füßen, mit den Blutstropfen auf der Stirn unter der Dornenkrone. Gegen sein Leiden war das meine klein und unbedeutend.

Ich saß so lange in der halbdunklen Kirche, bis sie geschlossen wurde. Dann ging ich wieder auf die Straße, schlotternd, hustend. Früher hatte ich das Gewicht meines Körpers nicht gespürt, aber je mehr er an Substanz verlor, desto schwerer wurde er. Meine Beine kamen mir vor wie bleierne Gewichte, die man mir angehängt hatte und die ich nur noch mühsam mit mir herumschleppte. In meinem Kopf war eine dumpfe Leere und Düsternis, von der ich nicht wusste, ob sie von außen in mich einsickerte oder meinem eigenen Inneren entsprang. Der Hunger saß in mir wie ein zweites Lebewesen, das unaufhörlich an mir saugte. Dauernd gaukelte meine Phantasie mir wundersame Essensgerüche und Gerichte vor, goldbraune Kartoffelpuffer, die es manchmal im Kloster gegeben hatte, die Nudelsuppe von Lalis Pflegemutter, Butterbrötchen mit heißem Kakao, große duftende Fleischstücke. Es schien, als hätte mein Körper angefangen, sich selbst aufzuessen, als würde mir nach und nach auch der Platz in mir selbst ausgehen.

Eines Nachts, ich schlief im Schuppen, draußen regnete es in Strömen, wurde die Tür aufgerissen. In der Dunkelheit stand ein Mann vor mir. Ich erkannte die Umrisse von Achim Uhland. Er keuchte vom Laufen, tropfte vor Nässe und zitterte am ganzen Körper. Er war zusammen mit Georg irgendwo eingebrochen und hatte jemanden schwer verletzt. Die Polizei war hinter ihm her, ich sollte ihm helfen, ihn verstecken.

Eine halbe Nacht lang lag er neben mir, presste seinen nassen, bebenden Körper an meinen. Für Augenblicke fiel er in Schlaf, schreckte wieder hoch und klammerte sich umso angstvoller an mich. Durch die Lederjacke spürte ich sein Herz klopfen. Ich berührte sein nasses Haar, meine Wange war an seinem Gesicht. Sofort wäre ich mit ihm vor der Polizei geflohen, egal, wohin, aber er wollte mich nicht in seine Misere hineinziehen. «Irgendwann hole ich dich», sagte er, «wart auf mich.» Er küsste mich ganz anders als am Prellstein, hart, fordernd, fast so, dass es mir wehtat. Dann stürzte er wieder davon, in die Dunkelheit, in den Regen. Nie erfuhr ich, was aus ihm geworden war. Ich sah ihn nicht wieder.

Als ich wenige Tage darauf in der Bahnhofsgegend umherirrte, bemerkte ich an einem Fabriktor ein Schild: «Telefonistin gesucht. Bitte beim Pförtner melden.» Ich wusste, wie schmutzig und abgerissen ich aussah, vermutlich roch ich schlecht, aber ich hatte nichts zu verlieren. Ich nahm meinen ganzen Mut zusammen und betrat das Pförtnerhäuschen. Der Pförtner, ein vertrocknetes Männlein mit einer dunkelblauen Kappe, musterte mich von oben bis unten und sagte, ich sei hier falsch. Ich bestand darauf, mich um die Stelle zu bewerben. Der Mann brummte etwas, dann griff er widerwillig zum Hörer eines großen schwarzen Telefonapparates und rief irgendwo an. Prompt erschien eine grauhaarige Dame in einem grauen Kostüm, auch sie musterte mich so, als würde sie mich gleich davonjagen, aber ehe ich mich's versah, saß ich in einem Büro dem Personalchef gegenüber.

Er hieß Herr Dr. Böhme und lächelte mich mit freundlichen Augen an. Mein Name sagte ihm, dass ich aus den

«Häusern» kam, und er erriet, dass ich von dort fortgelaufen war und keine Bleibe mehr hatte. Er stellte mir noch einige Fragen, schüttelte immer wieder den Kopf, machte sich ein paar Notizen, dann sagte er, ich hätte eine schöne, ansprechende Stimme, genau die richtige für eine Telefonistin. Allerdings müsse mein Vater meiner Anstellung zustimmen, da ich noch minderjährig sei. Im tiefsten Innern hatte ich es gewusst: An meinem Vater kam ich nicht vorbei, er hatte das letzte Wort über mich, und er würde niemals zustimmen. Seit ich in diesem Büro saß, kämpfte ich mit den Tränen, weil mich plötzlich jemand gesehen hatte, zum ersten Mal in meinem Leben hatte mich ein Deutscher gesehen, jetzt brach es aus mir hervor, und ich begann zu schluchzen. Herr Dr. Böhme lenkte ein. Wenn es so sei, sagte er, werde er mich erst einmal auf Probe einstellen, für drei Monate, danach würden wir weitersehen. Kurz darauf stand ich wieder auf der Straße, mit hundertfünfzig Mark Vorschuss, den man mir im Lohnbüro ausgezahlt hatte, und der Adresse eines alten Ehepaars, das ein möbliertes Zimmer vermietete.

Ich konnte nicht fassen, was mir geschehen war. Ein Fremder hatte mich von einer Minute zur anderen in die deutsche Welt aufgenommen, er hatte sie in einen freundlichen, zugänglichen Ort verwandelt. Er hatte mich dem Recht meines Vaters auf mich entrissen, obwohl er damit vielleicht etwas Verbotenes tat. Auf nie erhoffte Weise war eingetreten, was bis eben noch völlig unmöglich schien. Als hätte ein Engel seine Hand gehoben und den Bann gelöst, der über mich verhängt war.

Ich war siebzehn Jahre alt, und ich hatte es geschafft. Ich hatte ein Dach über dem Kopf und bekam in der Betriebskantine jeden Tag gegen eine Essensmarke eine warme Mahlzeit in drei Gängen. Ich verdiente mein eigenes Geld, und dieses Geld machte mich endlich unabhängig von meinem Vater. Ich war jetzt das, was man ein «möbliertes Fräulein» nannte: Ich wohnte in der Mansarde eines jener deutschen Häuser, in denen ein Gummibaum auf der Treppe stand und es nach Bohnerwachs und 4711 roch. Ich hatte ein behaglich eingerichtetes, warmes Zimmer mit einer Kochgelegenheit und einer Dusche auf dem Flur. Auf dem Fußboden lag ein Teppich, und am Fenster hing ein weißer Store. Die Vermieter luden mich abends zum Fernsehen ein und bewirteten mich mit Limonade und Salzstangen.

Nicht nur das Fernsehen war damals noch etwas Besonderes, auch das Telefonieren, und telefonieren durfte ich nun den ganzen Tag. Jeder in der Firma, der ein Ferngespräch führen wollte, musste bei mir anrufen und das Gespräch bestellen. Ich wählte Nummern, drückte Knöpfe, stellte Verbindungen her, nahm die Anrufe auf den Amtsleitungen entgegen. Schon nach kurzer Zeit kannte ich nicht nur die Abteilungsleiter und Sachbearbeiter, sondern auch viele der auswärtigen Anrufer, meistens waren es Telefonistinnen wie ich, die ein paar kollegiale Worte mit mir wechselten, bevor ich weiterverband. An einem Arbeitstag kam ich mit mehr Deutschen in Kontakt als bisher in einem Jahr. Auch in der Firma waren alle nett zu mir, alle mochten mich auf einmal, es schien überhaupt keine Rolle mehr zu spielen, dass ich aus den «Häusern» kam. Die hübsche blonde Irene, die vor kurzem den Wettbewerb um die schönsten Beine der Stadt gewonnen hatte und mit einem Bundeswehrsoldaten verlobt war, ging in der Mittagspause mit mir spazieren, ein Mädchen, das in meiner Wahrnehmung am anderen Ende der Welt gelebt hatte. Oft saß ich einfach nur in meinem neuen Zimmer und war stundenlang damit beschäftigt, glücklich zu sein. Für dieses Glück hatte ich nicht mehr tun müssen, als in ein Pförtnerhäuschen hineinzugehen.

Eines Tages, als ich in der Mittagspause am Fenster der Telefonzentrale stand und von der Kantine ein schwacher Essensgeruch zu mir herüberzog, stieg in mir wieder diese dumpfe Übelkeit auf, die mich schon so lange verfolgte. Da fiel es mir wie Schuppen von den Augen. Ich konnte mich nicht mehr daran erinnern, wann ich die letzte Monatsblutung gehabt hatte, es musste schon lange her sein. Ich sah an mir hinab und bemerkte die Unebenheit an mir, eine winzige, noch kaum erkennbare, aber doch vorhandene Wölbung meines Bauches.

Langsam hob ich den Kopf und blickte in die Rücken derer, die draußen auf dem Weg zur Kantine waren. Sie waren jetzt wieder die anderen, von denen mich ein Abgrund trennte. Ich hatte mich getäuscht, ich war doch nicht entkommen, ich war siebzehn Jahre alt, und ich erwartete ein uneheliches Kind. «Die muss heiraten», sagte man abfällig über Mädchen, die ohne Ehering am Finger schwanger geworden waren, das war Schande genug, aber ich hatte nicht einmal jemanden zum Heiraten. Ich war eine Russenlusch, eines der russischen Weiber, die, wie es hieß, keine Unterhosen trugen. Alles, was man immer schon von mir gewusst hatte, hatte sich bestätigt. Niemand hätte mir geglaubt, dass ich vergewaltigt worden war, aber es gab auch niemanden, dem ich es hätte sagen können. Und wenn ein Mädchen wie ich vergewaltigt wurde, dann war es selbst daran schuld, dann war es seine Verderbtheit, die den Mann provoziert hatte. Dabei hätte der Perser, der in mir eine «deutsche *bitch*» gesehen hatte, mich vielleicht gar nicht angerührt, wenn er gewusst hätte, dass ich Russin bin. Hätte ich ihm nicht weisgemacht, dass ich Ursula hieß, sondern meinen wirklichen Namen genannt, wäre ich jetzt vielleicht nicht schwanger. Ich fühlte in mir den dringenden Wunsch, ihn in den Häusern hinter dem Nürnberger Bahnhof zu suchen und über seinen Irrtum aufzuklären, als hätte ich so das Geschehene rückgängig machen können.

Die Gedanken kreisten in meinem Kopf, und ich setzte mich auf den Stuhl unter dem Fenster. Das Glück, eine Telefonistin zu sein, war zu spät gekommen, in einem Moment, in dem ich bereits verloren gewesen war, ohne es zu wissen. Mein Leben war vorbei, bevor es angefangen hatte. Jetzt konnte ich nur noch meiner Mutter in die Regnitz folgen. Ich erinnerte mich an jenes weit zurückliegende Erlebnis, als ich als Kind einmal fast ertrunken wäre, nie hatte ich das unbeschreibliche Leuchten und Klingen unter Wasser vergessen, aber jetzt, im Winter, war es wahrscheinlich anders.

Mehrere Tage ging ich umher und schloss mit meinem Leben ab, und gleichzeitig heftete sich ein mir völlig unbekanntes Glücksgefühl an mich. Ich bekam ein Kind. Ich wurde Mutter. In mir wuchs ein zweites Lebewesen, für das meine Existenz nicht unerwünscht, nicht überflüssig, sondern notwendig war. Zum ersten Mal in meinem Leben war ich nicht mehr allein. Das Kind war kein zweites, von mir abgetrenntes Wesen, das mich jeden Augenblick verlassen, verstoßen konnte, es war ein Teil von mir, ich war ein Gewebe, ein Blut, ein Atem mit ihm. Ich fühlte eine grenzenlose Zustimmung für sein Dasein, die ganze Zustimmung, die mir für mein eigenes immer gefehlt hatte. Plötzlich besaß ich den Ort, nach dem ich immer gesucht hatte. Er war nicht irgendwo im Außen, sondern in mir selbst, in dem Kind, das ich in mir trug. Es war mein Ort, und ich war der seine. Das Kind sah mich von innen, es wusste um mich, es glaubte mir, was niemand mir geglaubt hätte, es war der erste Mensch, für den noch nichts feststand über mich. Ein Mensch, dem ich alles geben konnte, was ich selbst nie besessen hatte: Geborgenheit, Schutz, Halt.

Ein paar Tage lang war ich benommen, wie betrunken vor Freude, aber langsam dämmerte mir, dass in mir nicht nur mein Kind wuchs, sondern auch das des Persers. Jetzt schien er es zu sein, den ich in mir trug. Ich war ein Gewebe, ein Blut, ein Atem mit *ihm*, mit seinem Körper, der gewaltsam in mich eingedrungen war und sich nun durch mich fortpflanzen wollte. Auf der Jagd nach etwas Nahrung und Wärme hatte ich nicht geahnt, dass ich auch das wenige noch teilen musste, mit dem Kind des Mannes, der mich gefangen genommen, mich zweimal vergewaltigt und mir am Schluss fünf Mark geschenkt hatte. Zudem besaß ich außerhalb von mir ja gar keinen Ort für das Kind, ich war nur eine Untergeschlüpfte auf Zeit, am erstmöglichen Anfang einer Zukunft, die das Kind mir nahm. Ein Kind, das nicht nur meine Fortsetzung und Wiederholung sein würde, sondern noch eine Steigerung von mir. Das namenlose Kind eines unbekannten Vaters und einer minderjährigen Mutter aus den «Häusern», ein Bastard mit verdächtiger Hautfarbe. Ein Kind, das meinem Leben für immer den Stempel meines Vaters aufdrücken würde. Niemals, in einem einzigen Moment wusste ich es, konnte ich dieses Kind zur Welt bringen. Ich würde alles tun, um es aus mir herauszureißen, oder ich würde mit ihm gemeinsam sterben.

In meiner ehemaligen Schulklasse war ein Mädchen gewesen, dessen Vater Frauenarzt war. Man munkelte, er tue verbotene Dinge und habe deshalb sogar schon vor Gericht gestanden. Er hatte seine Praxis ganz in der Nähe meines neuen Wohnortes. Auf dem Weg zu ihm schneite es, Kinder bewarfen mich mit Schneebällen. Als ich ausrutschte und hinfiel, spürte ich ein Reißen in meinem Unterleib, und auf der Toilette in der Arztpraxis entdeckte ich einen kleinen hellen Blutfleck in meiner Unterhose.

Der Arzt untersuchte mich und sagte, alles sei in bester Ordnung, das Blut habe nichts zu bedeuten, ich würde im Juni ein gesundes Kind zur Welt bringen. Natürlich glaubte er mir nicht, dass ich vergewaltigt worden war, und er glaubte mir ebenso wenig, dass ich die Schwangerschaft erst so spät bemerkt hatte, ich sei doch ein intelligentes Mädchen. Als ich ihn bat, mir zu helfen, kanzelte er mich entrüstet ab: Was ich denn von ihm halten würde! Und in diesem Stadium sei es sowieso längst zu spät. Er warf mich aus der Praxis und drohte mir mit einer Anzeige.

Ich konnte das, was ich nun machen musste, nicht in meinem möblierten Zimmer bei dem freundlichen deutschen Ehepaar machen, ich musste dazu in die «Häuser» gehen. Ich wartete einen Tag ab, an dem mein Vater Frühschicht hatte und meine Schwester in der Schule war. Morgens um acht betrat ich mit Hilfe des Waschküchenschlüssels zum letzten Mal die Wohnung. Zuerst sprang ich zehnmal hintereinander vom Küchentisch, dann trank ich die drei Flaschen Coca-Cola aus, die ich mir unterwegs gekauft hatte, und ich tauchte meine Füße in heißes Salzwasser, wovon sie feuerrot wurden und fast zerplatzten vor Schmerz. In meinem Unterleib tat sich nichts.

Also suchte ich mir in Küche und Keller lange spitze Gegenstände zusammen, und schnell stellte sich heraus, dass mein Gang zum Frauenarzt völlig überflüssig gewesen war, weil ich selbst konnte, was er mir verweigert hatte. Es tat sehr weh, doch schon nach wenigen Minuten traten die ersten Tropfen Blut aus mir aus, genauso hellrot wie nach meinem Sturz auf der Straße. Ich bekam Krämpfe, die an- und abschwollen, in immer kürzeren Abständen und immer heftiger werdend, als würde ich von innen gesprengt. Es dauerte über zwei Stunden, in denen ich glaubte, das Kind ließe sich durch nichts austreiben, es würde entweder doch bleiben oder mich mitreißen in den Tod. Aber dann, ganz plötzlich, gab es mich doch frei, rutschte, mit einem großen Schwall dunklen klumpigen Blutes, widerstandslos aus mir heraus. Ein Kind mit einem Kopf, zwei Armen und zwei Beinen, dunkelrot, leberfarben und so klein wie ein Frosch. Da lag es, auf dem Feldbett in meinem Zimmer, und mir blieb nichts anderes übrig, als es in die Kloschüssel zu werfen und hinunterzuspülen wie ein Exkrement. Ich fürchtete, es würde den Abfluss verstopfen, aber dazu war es viel zu klein. Eine Weile starrte ich in die leere Kloschüssel, deren Öffnung in die Kanalisation führte, in eine Unterwelt aus stinkenden Abwässern, in denen jetzt das Kind schwamm. Dann merkte ich, dass Blut an meinen Beinen hinablief.

Ich wusch mich unter der kalten Dusche, trocknete mich ab und stopfte mir einen Lumpen in die Unterhose. Danach machte ich mit mechanischen Bewegungen alles sauber, trug die kalt gewordenen Blutklumpen aus meinem Bauch auf der mir vom Putzen so gut bekannten grauen Handschaufel ins Bad und spülte sie ebenfalls hinunter, bevor ich den Boden mehrmals wischte. Nur aus dem harten Gewebe des Feldbettes, auf dem ich fast mein ganzes Leben geschlafen hatte, ließ sich das Blut nicht ganz herausreiben, es blieb als Zeichen für meinen Vater zurück. Ich wusch mir die Hände, legte den Waschküchenschlüssel auf den Tisch und ging.

Die Totenmesse für meinen Vater nahm kein Ende. Schon mehrmals waren die Köpfe der Sargträger im Spalt einer Hintertür der Kapelle erschienen, an die Dauer einer russisch-orthodoxen Beerdigungszeremonie waren sie nicht gewöhnt, wahrscheinlich brachten wir ihren ganzen Zeitplan durcheinander. Ich spürte, dass auch Wolfgang, der neben mir stand, ungeduldig zu werden begann. Wir lebten seit sechs Jahren zusammen, und ich wusste, dass alles, was ihn vom Schreiben seiner Bücher abhielt, vergeudete Zeit für ihn war. Hätte er geahnt, wie lange diese Beerdigung sich hinziehen würde, wäre er wohl gar nicht erst mitgekommen.

Endlich schloss der Priester das altkirchenslawische Liturgiebuch und forderte uns auf, Abschied zu nehmen. Nach russischer Sitte bedeutete das, den Toten zum letzten Mal zu küssen. Zuerst trat meine Schwester an den Sarg. Sie war jetzt wieder die Diva, die sich mit dem Pathos einer tragischen Opernheldin über die Leiche ihres Vaters beugte. Dann war die Reihe an mir. Ich konnte mich nicht daran erinnern, meinen Vater jemals geküsst zu haben. Als meine Lippen seine Wange berührten, empfand ich dasselbe Erstaunen wie als Zehnjährige beim Kuss auf die Wange meiner toten Mutter. Auch die Wange meines Vaters war unerwartet kalt, sie fühlte sich an wie eisgekühlter Teig. Ich fragte mich, ob es die Kälte der Toten war oder die der Kühlkammer, in der seine Leiche drei Tage lang gelegen hatte.

Die Friedhofsarbeiter kamen, um den Sarg zu schließen. Der letzte Blick auf meinen Vater – mir war bewusst, dass ich mich mein ganzes restliches Leben an diese eine Sekunde erinnern würde, an den merkwürdig unwirklichen Augenblick, bevor er unter dem hellbraunen Sargdeckel verschwand, unwiderruflich und für immer. Ich hatte noch die archaische Vorstellung, dass Särge zugenagelt würden, aber die Arbeiter legten den Deckel auf den Sarg und ließen nur ein paar Verschlüsse einschnappen.

Draußen regnete es noch immer. Der Wind blies uns vereinzelte, kalte Tropfen ins Gesicht, während wir über den Friedhof gingen. Die zwei Friedhofsarbeiter schoben den Sarg auf einem hohen, verdächtig wankenden Fahrgestell vor sich her. Auf dem Sarg lag der einsame Kranz mit der lilafarbenen Schleife, die im Wind flatterte. Wir steuerten auf das Grab meiner Mutter zu, das nun auch das Grab meines Vaters werden würde – als stünde nach über drei Jahrzehnten ein Wiedersehen meiner sechsunddreißigjährigen Mutter mit meinem fast neunzigjährigen Vater bevor, als würde mein greiser Vater sich zu der jungen Frau legen, als die meine Mutter damals beerdigt wurde. Hätte ich sie, der ich als Kind nicht hatte helfen können, zumindest jetzt davor schützen müssen, dass der Mann zu ihr unter die Erde kam, dem sie nur durch den Tod hatte entkommen können?

Zu der Zeit, als sie beerdigt wurde, war der Friedhof, den man vis-à-vis dem alten angelegt hatte, noch fast leer gewesen, inzwischen waren die schmächtigen Birken zu mächtigen Bäumen geworden. Ich erkannte in ihnen mein eigenes Alter, jene Zeit, die zwischen mir und der Zehnjährigen lag. Das Mädchen, das bei der Beerdigung der Mutter neben dem Vater stand, war in meinem Gedächtnis nur noch ein Schemen.

Wir hatten das Grab meiner Mutter erreicht. An seiner Stelle klaffte ein viereckiges Loch. Es war exakt ausgehoben, wie mit einer Maschine hineingeschnitten in die Erde, und verblüffte mich mit seiner Tiefe. Die glatten, fettigen Wände ähnelten dem Querschnitt einer bunten Torte. Hier also hatte meine Mutter die ganze Zeit gelegen, in den Schichten einer Erde, die sich unter der grauen Oberfläche als so farbenprächtig erwies. Ich fragte mich, ob ihr Gebein schon verwest war oder ob sich noch Reste davon in dem Haufen ausgehobener Erde verbargen, in dem zwei Schaufeln steckten.

Plötzlich fiel mir ein, dass ich meinen Fotoapparat mitgenommen hatte, um noch eine letzte Aufnahme von meinem Vater zu machen. Während der Totenmesse hätte ich dafür genügend Zeit gehabt, aber ich hatte es vergessen. Es gab fast keine Fotos von ihm, kaum mehr als diejenigen, die hineingeklebt waren in seine Heimatlosenpässe und in die mit seinen Fingerabdrücken versehene Arbeitskarte aus dem Jahr 1944. Zu meiner Überraschung boten mir die Friedhofsarbeiter sofort an, den Sarg noch einmal zu öffnen. Er stand bereits auf der Erde, aber sie bückten sich, öffneten die Verschlüsse und nahmen den Sargdeckel wieder ab.

Mein vermeintlich letzter, fürs ganze Leben eingeprägter Blick auf meinen Vater war, wie sich jetzt herausstellte, erst der vorletzte gewesen. Es wunderte mich, dass er immer noch genauso aussah wie in der Kapelle, dass er unter dem geschlossenen Sargdeckel derselbe geblieben war und wahrscheinlich auch unter der Erde noch eine ganze Weile derselbe bleiben würde. Wieder lag er, wie schon in den letzten Wochen im Altersheim, auf einer Baustelle, diesmal auf der Baustelle seines eigenen Grabes, neben der tiefen Grube und dem Erdhaufen, in dem die beiden Schaufeln steckten. Regentropfen fielen ihm ins Gesicht, der Wind blies schmutziges Laub über ihn hinweg, zerrte an der weißen Sargdecke, riss ihm den *wentschik* von der Stirn. Heike lief, ihren großen Hut festhaltend, dem davongewehten Papierband mit den altkirchenslawischen Lettern hinterher, brachte es zurück aus den Büschen, in denen es sich verfangen hatte. Bis zur letzten Sekunde auf der Erdoberfläche blieb das Leben meines Vaters eine Ungereimtheit, ein Fiasko, und gleichzeitig schien er, noch einmal befreit aus dem Gehäuse des Sarges und unter dem offenen Himmel liegend, zurückgegeben an die Natur, an Regen und Wind, entlassen in die Freiheit jenseits aller Gesellschaften und Systeme.

Von irgendwoher näherte sich uns ein undefinierbares, maschinenartiges Geräusch. Ich blickte um mich und konnte nichts entdecken. Erst als ich den Kopf hob, sah ich sie. Direkt über uns kreuzten drei weiße Schwäne den Friedhof, die Bewegungen ihrer ausladenden, schweren Flügel erzeugten dieses laute, maschinenähnliche Brausen. Noch nie hatte ich Schwäne in so hohem Flug gesehen, wahrscheinlich kamen sie vom Rhein-Main-Donau-Kanal und flogen zu einer anderen Wasserstelle. Wie aus dem Nichts waren sie über uns aufgetaucht, genau in dem Moment, als die Friedhofsarbeiter den Sargdeckel noch einmal abgenommen hatten. Vielleicht sandten sie meinem Vater eine geheime Botschaft von der Regnitz hinter den «Häusern», vielleicht grüßten sie ihn auf ihrem Flug.

Schnell machte ich noch ein paar Fotos, als könnte ich im letzten Moment das Leben meines Vaters doch noch dokumentieren, etwas von ihm festhalten in der Welt. Doch als ich eine Woche später den entwickelten Film abholte, stellte sich heraus, dass aus den Aufnahmen nichts geworden war. Der Film war leer.

Die Rowohlt Verlage haben sich zu einer nachhaltigen Buchproduktion verpflichtet. Gemeinsam mit unseren Partnern und Lieferanten setzen wir uns für eine klimaneutrale Buchproduktion ein, die den Erwerb von Klimazertifikaten zur Kompensation des CO_2-Ausstoßes einschließt.

www.klimaneutralerverlag.de

MIX
Papier aus verantwortungsvollen Quellen
FSC® C014496
FSC
www.fsc.org